CANTIQUES

NOUVEAUX

A L'USAGE DE LA SOLITUDE DE NAZARETH.

MONTPELLIER,

IMPRIMERIE DE PIERRE GROLLIER, RUE DES TONDEURS, 9.

1859.

CANTIQUES NOUVEAUX.

AUX NAZARÉENNES.

Mes filles,

Le monde, sans cesse distrait de la pensée du ciel par les pensées de la terre, ne comprend pas votre bonheur, il n'y croit même pas. Cependant, je le dis avec joie, en général, vous n'échangeriez pas contre ses jouissances, ses richesses, ses grandeurs, votre humble position.

Vous avez, vous, mes filles, la paix de l'âme, fruit du sincère et pieux repentir, et cette paix, au-dessus de tout sentiment, selon l'expression du grand apôtre, les mondains ne la connaissent pas, parce que, ne vivant pas toujours, comme vous, de la vie de la foi, leur cœur est inaccessible au pieux remords. C'est pourquoi leurs pensées ne sont pas vos pensées, leurs désirs ne sont pas vos désirs. De là vient, par exemple, qu'ils ne peuvent se persuader que la mort soit l'objet de vos vœux les plus ardents. Ils semblent avoir oublié que le trépas est pour le juste le terme de son exil, la fin de ses peines, le commencement de son éternelle béatitude.

Vous reconnaîtrez aisément, mes filles, que les cantiques qui vous sont mis ici sous les yeux ne sont que la naïve expression des sentiments de votre cœur.

Approbation de l'Autorité ecclésiastique.

INTRODUCTION.

———◇·❁·◇———

Notre bonheur sur la terre est de pouvoir chanter l'hymne du divin amour, de notre union avec Dieu par l'état de grâce et, par suite, avec Marie et les saints, et de pouvoir la chanter toujours et partout. C'est dans le chant de cette hymne sublime que nous pouvons seulement trouver notre joie, notre trésor, notre gloire. O le beau cantique ! Quand le chanterons-nous dans le ciel ? En attendant, exerçons-nous à le chanter sur la terre avec l'Eglise, notre mère, les saints prêtres et les âmes ferventes.

L'amour est l'âme de ce cantique. Aimons, et nous le chanterons, et avec d'autant plus d'harmonie que nous excellerons en ferveur. David aimait Dieu, et parce qu'il était tout embrasé de son amour, il le chantait sans cesse, en disant : Je bénirai en tout temps le Seigneur, et ses louanges seront toujours sur mes lèvres. Mais que disait-il dans ses ferventes mélodies? Mon bonheur sur la terre est d'être uni à Dieu : *Mihi autem adhærere Deo bonum est* (Ps. 72, 29). Comme s'il eût dit : que les autres mettent leur bonheur dans les plaisirs, les grandeurs, les richesses du monde, mon bonheur à moi est Dieu seul, en qui, pour le temps et pour l'éternité, je trouve et au delà tout ce que mon esprit et mon cœur peuvent désirer de bon, de doux, d'agréable, de précieux........ Tel a été, par leur vie surhumaine, le langage des apôtres, des martyrs....... en un mot, de tous les saints. Tel a été encore celui de vos compagnes qui, de cet asile, sont parties pour le ciel. Tel est aussi le vôtre et celui de tous ceux qui, comme vous, n'aiment et ne cherchent que Dieu.

Écoutez, mes filles, ce que saint Paulin écrivait à un de ses amis qui s'était retiré du monde dans le sanctuaire de la solitude : Que les orateurs, lui disait-il, s'enorgueillissent de leurs belles harangues ; que les savants tirent vanité de leur science, que les riches s'infatuent de leur or, que les rois se réjouissent de leurs états ! Pour nous, notre science, notre gloire, nos richesses, notre royaume, sont Jésus-Christ. Laissez les gens du monde jouir agréablement de leurs honneurs durant le peu de temps qu'ils ont à passer sur la terre ; qu'ils cueillent tant qu'ils voudront le fruit de leurs fades et éphémères plaisirs, bientôt ils sécheront comme l'herbe des champs, et leurs jours de joie s'évanouiront comme l'ombre. Jésus, qui a bien voulu se faire notre précepteur, nous apprend, par ses exemples et par ses paroles, à mépriser ce qui ne va pas au delà des limites du temps, mais seulement à désirer les biens de l'éternité. (S. Paul., Ep. 27, *ad Apium.*)

Ne sont-ce pas là, mes bien chères filles, vos sentiments ? Tout en vous nous les annonce, vos mélodies d'amour, vos paroles brûlantes.... Non, vous n'échangeriez pas votre position contre celle des plus heureux des mortels. Dieu seul nous suffit, parce qu'il est seul notre tout.

Vous vous rappelez sans doute, mes filles, ce que je vous disais, il y a déjà quelque temps, à l'occasion des effets admirables que produit l'amour divin dans l'âme qu'il pénètre de ses feux. N'est-ce pas que vous fûtes toutes dans l'étonnement lorsque je vous disais que l'âme souillée, même de grands crimes, devenait belle en aimant Dieu, qui est la beauté essentielle? Sur quoi, une d'entre vous s'écria, tout étonnée : Mais, mon père, cela est-il bien possible? J'aurai beau, ce me semble, fixer mes regards sur une personne belle, les traits de mon visage n'en seront pas moins les mêmes.

Vous avez raison, ma fille, lui dis-je; mais il n'est pas ici question de la beauté du corps, je ne parle que de la beauté de l'âme, et ce que l'amour de la créature ne peut produire, l'amour de Dieu peut l'opérer et l'opère, en effet, tous les jours. Dieu, dit saint Augustin, est toujours beau et la beauté même. Il nous a aimés, nonobstant notre difformité, non pour nous laisser dans cet état de laideur, mais afin que, touchés de son amour, nous l'aimions, et que par notre amour nous revêtions notre âme de sa beauté; car la charité est la beauté de l'âme, *charitas est animœ pulchritudo.* (Tract. in Epist. 1 S. Joan.), de sorte que notre beauté est toujours en rapport avec notre amour..... C'est par l'amour que Madeleine est devenue belle, que saint Augustin est devenu beau..... et que, tous les jours, vous devenez belles aux yeux de Dieu et même aux yeux des hommes, auxquels votre vie, comme un miroir limpide, découvre les charmes des beautés de votre âme.

O le beau cantique, mes filles, que le cantique de l'amour! vous ne cessez de le chanter tous les jours, avec une harmonie toujours nouvelle, avec un zèle toujours nouveau. Plus vous le chantez, et plus vous aimez à le chanter, parce que l'amour, selon la pensée de saint Grégoire et de saint Augustin, vous découvrant tous les jours de nouvelles merveilles, vous ne pouvez jamais vous rassasier de le chanter. *Cantare et psallere*, dit saint Augustin, *negotium esse solet amantium* (Serm. 254).

Aimez Dieu de plus en plus, mes filles, et vous deviendrez toujours plus belles. Et plus vous serez belles, plus vous serez pures, et par conséquent plus propres à voir Dieu et par suite à lui devenir semblables. C'est la raison qu'en donne le disciple bien-aimé : *Scimus quoniam cùm apparuerit, similes ei erimus quoniam videbimus eum sicuti est* (S. Joan. 3, 2). Nous savons que lorsqu'il nous apparaîtra nous lui serons semblables, parce que nous le verrons comme il est, dans sa propre essence.

Mais comment, mon père, me demanda une autre, cela peut-il se faire ? Un pauvre cesse-t-il d'être pauvre en regardant un homme riche et opulent ? Un malade recouvre-t-il la santé en voyant une personne qui se porte bien ? Un fou n'est-il pas toujours fou quoiqu'il ait sous ses yeux un homme sensé ?

Écoutez, mes filles, lorsque saint Jean nous dit que la vue de Dieu nous rend semblables à lui, il parle des bienheureux qui sont au ciel et non des justes qui sont sur la terre, parce que la vision de Dieu n'est pas une simple vision, comme celle que nous avons nous-mêmes des objets qui nous environnent dans cette vallée de larmes, où nous ne voyons Dieu qu'à travers les voiles de la foi.

La vue de Dieu dont les justes jouissent dans le ciel est une possession de Dieu même et, par suite, une union intime et parfaite avec lui ; de sorte que Dieu, en s'unissant immédiatement à l'âme, la rend divine, sans que toutefois, quoiqu'elle devienne dieu en perfection, elle cesse d'être créature.

N'est-ce pas, mes filles, que la blancheur rend

blancs les objets auxquels elle s'attache ; que la beauté fait beaux les objets auxquels elle s'allie et s'unit, sans toutefois que ces objets perdent leur essence propre et naturelle ? Ainsi, par exemple, le fer mis dans la fournaise revet toutes les qualités du feu : la clarté, la couleur, la chaleur, et quoiqu'il conserve toujours sa nature de fer, on dirait pourtant à le voir, à le toucher, qu'il n'est pas de fer, mais qu'il est de feu, tant il lui ressemble. De même les bienheureux, dans le ciel, conservent leur nature propre ; mais ils sont tellement perdus en Dieu et pénétrés de ses perfections, de sa sainteté, de sa sagesse,..... qu'on les dirait des dieux.

Voilà, mes filles, ce que nous pouvons même dire, avec une certaine analogie pourtant, des justes qui sont sur la terre : lorsqu'ils voient Dieu par une foi vive et mise en action par l'amour, ils jouissent en quelque sorte des mêmes prérogatives dont les bienheureux sont en possession dans le ciel.

Au reste, n'est-ce pas aux justes de la terre que s'adresse le psalmiste lorsqu'il dit : Vous êtes des dieux et les enfants du Très-Haut ? *Dii estis et filii excelsi omnes* (ps. 80, 66). Cette vérité a été confirmée par Jésus lui-même dans l'Évangile (Joan., 10). Ne savons-nous pas d'ailleurs du grand Apôtre que celui que l'amour unit à Dieu devient un même esprit avec lui ? *Qui adhæret Domino unus spiritus est* (2 Cor. 6, 17). Comprenez-vous, mes filles, cette merveilleuse et divine union qui transforme l'homme en Dieu et le rend participant de tous les attributs de la divinité. L'excellence de cette union se mesure toujours d'après les divers degrés de l'amour fondé sur la grandeur de notre foi pratique.

En conséquence de ces vérités incontestables, vous êtes, mes filles, toutes rayonnantes de la beauté de Dieu, toutes pénétrées de Dieu, toutes déifiées et toutes des dieux en quelque sorte sur la terre.

Voilà les cantiques que tous les saints ont chantés sur la terre, qu'ils chantent et chanteront à jamais dans le ciel avec tous les anges, cantiques que vous chantez tous les jours avec une ardeur vraiment séraphique. Il semble seulement, à vous voir et à vous entendre chanter, que, vous débarrassant des entraves de votre mortalité, vous vous élevez, comme portées sur les ailes de l'amour, jusques dans le sein de Dieu même. Chantez, chantez, chantez, mes filles, chantez l'amour de Dieu, chantez l'amour de Marie; chantez l'hymne des bienheureux dans le ciel, l'hymne de la nature entière; chantez l'hymne de votre beauté en Dieu, de votre identification avec Dieu..... chantez et vous mourez dans les saints transports du céleste amour, et, à l'instant même, vous n'en doutez pas, votre âme s'envolera, joyeuse, au ciel, séjour de l'harmonie éternelle.

NOTES.

—

Première note touchant les cantiques à Marie, relatifs à la divine Eucharistie. (P. 1.)

Il y a déjà quelque temps, mes filles, qu'une de vous, dans une de nos conférences, me fit part de la joie et du bonheur qu'elle avait éprouvés après la communion, en pensant qu'elle était tout à la fois unie à Jésus et à Marie.

Oh! oui, nous disait-elle, j'étais unie à Marie, non-seulement d'esprit et de cœur, mais j'étais unie réellement à sa chair virginale, à cause que le corps de Jésus-Christ a été formé du plus pur sang de cette Vierge incomparable, et qu'ainsi, dans la communion, je me nourrissais, en même temps, et de la substance de Jésus-Christ et de la substance de Marie. Cette pensée me transportait d'une sainte jubilation. Autrefois, continuait-elle, j'éprouvais une sorte de peine de ne voir ici-bas sur la terre aucun des restes de la mortalité de Marie; mais aujourd'hui je reconnais que j'étais dans l'erreur, puisque nous avons de ses reliques vivantes dans la chair de son fils en la divine Eucharistie.

Mes filles, cette même pensée fit aussi un jour la joie et la consolation de saint Ignace. Je considérais, dit ce grand saint, que le fils et la mère sont naturellement une même chair et un même sang, ou au moins que le fils est une partie de la chair de la mère, *filius pars matris;* qu'en conséquence, je recevais à la table sainte, non-seulement la chair sacrée du fils, mais encore celle de la mère, et que celui qui s'en approche saintement s'unit et se fait une même chair avec le fils et avec la mère.

Mes chères filles, il est de foi que le corps adorable de Jésus-Christ, que nous recevons dans l'Eucharistie, a été formé de la chair et du sang de Marie, *Factum ex muliere*. Et saint Bernard, Suarez..... enseignent que Jésus-Christ ne perdit jamais cette première substance qu'il prit de sa mère au moment même où il fut conçu dans son sein virginal, mais qu'il l'a encore au ciel et qu'il nous la donne au Saint-Sacrement avec celle qu'il y ajouta depuis par la nourriture et par la croissance naturelle. Saint Augustin, en paraphrasant le psaume 98, dit expressément, que Jésus-Christ a pris sa chair de la chair de Marie, et que, cette même chair de Marie, il nous la donne en nourriture : *De carne Mariæ carnem accepit. Et ipsam carnem nobis manducandam ad salutem dedit.* Pierre de Blois nous apprend que la même chair qui naquit de la Vierge est maintenant consacrée du pain par la parole de vie. *Et tamen est eadem caro tunc de virgine nata, et caro nunc verbo vitæ de pane consacrata.* (Tract. de Euch. c. 1.)

Faut-il nous étonner, après cela, mes filles, des pieux élans, des divins transports, des célestes émotions de votre compagne? Est-il une pensée plus propre à nourrir, à augmenter notre dévotion envers Marie? L'âme fidèle, riche de cette pensée, peut-elle, au moment de la communion, ne pas s'écrier également comme elle : O divine Marie! non, ce n'est plus moi qui vis, mais vous qui, avec votre fils, vivez en moi, qui m'animez de votre esprit, qui me communiquez vos ardeurs.....?

Sans doute, mes filles, nous ne recevons pas, dans

l'Eucharistie, Marie en entier, c'est-à-dire, son corps et son âme, mais nous recevons une partie de sa chair ; et c'en est assez pour que nous puissions dire que nous lui sommes unis, puisqu'une partie de sa chair s'unit ainsi à notre chair.

D'après cela, mes filles, quelle consolation, quel bonheur, quelle gloire pour nous! Si l'attouchement des reliques mortes des saints produit tous les jours tant de prodiges, que de bénédictions, que de grâces ne devons-nous pas attendre de l'attouchement des reliques vivantes de Marie, qui a lieu d'une manière si admirable dans la sainte Eucharistie? Si la simple vue d'une relique ordinaire des amis de Dieu produit dans les âmes des émotions pieuses, quel sentiment de ferveur ne doit pas produire en nous la manducation de la chair de la mère de Dieu en la chair de Jésus son divin fils?

Dans la même conférence vous me demandâtes, l'explication de ces paroles : *L'homme mange le pain des Anges.* Permettez-moi, mes filles, de vous répéter ici ce que je vous dis alors. Ce pain des Anges est la divine Eucharistie, et Marie nous l'a ainsi préparé dans son sein. Écoutez ce que dit à cet égard saint Augustin dans la paraphrase du psaume 33 :

« Au commencement, dit ce grand docteur, était le
» Verbe, et le Verbe était en Dieu, et le Verbe était
» Dieu : voilà l'aliment éternel. Mais cet aliment
» n'est que pour les Anges, pour les célestes intelli-
» gences, pour les esprits bienheureux dont ils se
» nourrissent et s'engraissent. Mais quel homme vi-
» vant ici-bas sur la terre pourrait-il user de cette
» nourriture telle qu'elle est? Quel estomac pour-
» rait-il s'accommoder à cette viande trop solide de la

» Divinité? Il fallait donc que cette nourriture divine
» fût assaisonnée selon la faiblesse de nos estomacs;
» qu'elle devînt lait, pour nous être ensuite présentée
» comme à de petits enfants.

» Mais comment est-ce qu'une viande devient lait?
» C'est en passant par la chair comme par un canal.
» C'est ainsi que la mère donne à manger à son fils
» le même pain dont elle se nourrit auparavant elle-
» même. Mais parce que le pain qui est propre pour
» elle, ne l'est pas pour l'enfant; elle le prend, le
» mange, le digère, le change en lait, et puis elle
» le présente à l'enfant ainsi préparé dans le vaisseau
» de ses mamelles.

» Comment donc la sagesse incréée, le Verbe de
» Dieu, nous a-t-il nourri du pain de la Divinité?
» C'est quand il s'est fait chair dans l'incarnation et
» qu'il se donne maintenant à nous dans l'Eucharis-
» tie; alors se vérifient les paroles du Psalmiste :
» L'homme a mangé le pain des anges : *Panem an-*
» *gelorum manducavit homo* (77-25). »

O que cette pensée, mes filles, est encore propre à
nourrir, à fortifier notre dévotion envers notre auguste
mère! C'est à Marie que nous sommes redevables du
bonheur indicible de pouvoir manger le pain des
Anges, de voir Jésus-Christ s'incarner en nous par la
communion. Saint Thomas, au reste, appelle la divine Eucharistie le complément du mystère de l'Incarnation. *Divinæ donationis complementum.* (Opusc.
de sacr.) L'Eucharistie est donc un élargissement
de l'incarnation, comme l'incarnation est elle-même
un élargissement de la communication infinie que
le Père fait de lui-même à son Fils. Admirons, mes
filles, notre bonheur et pensons que par l'Eucharistie

Dieu nous élève et nous unit à lui, qu'il nous transforme et nous consomme en lui, qu'il nous déifie.

Seconde note touchant les cantiques à Marie pendant le mois de Mai. (P. 14.)

Le mois de mai, vous le savez, mes filles, est un
mois consacré à la gloire de Marie. De tous côtés les
âmes pieuses se font un bonheur d'offrir à cette tendre
mère, avec les fleurs de leurs parterres, les mélodies
de leur voix et les élans de leur cœur. Ce mois fait
aussi votre joie et excite en vous de saints transports.
Vous aimez à exalter les miséricordes de Marie, à célébrer ses grandeurs, à vous édifier du récit des miracles qu'elle opère en faveur de ceux qui ont recours
à elle.

Mais quels miracles plus éclatants, mes filles, que
ceux qui, tous les jours, sous vos yeux, s'opèrent par
sa puissante médiation dans la Solitude? Combien de
fois, frappées de ces merveilles, ne vous êtes-vous pas
écriées : *Vraiment il y a à Nazareth quelque chose de
surnaturel! L'âme ne peut y résister, il faut qu'elle
se convertisse et se donne sincèrement à Dieu.* A part,
mes filles, ces miracles de conversion, bien plus
grands, aux yeux de la foi, que la résurrection des
morts, n'avez-vous pas été, la plupart d'entre vous,
témoins oculaires de la guérison miraculeuse de Marie
Isard, arrivée ici le 12 mai 1845, lundi de la Pentecôte? C'est de vous, comme des religieuses et de la
miraculée, que j'ai appris toutes les particularités que
j'ai insérées dans les archives de la Solitude et dont
je vais vous parler à cause des nouvelles arrivantes.

Au reste, mes filles, en rapportant cette guérison

miraculeuse opérée sur Marie Isard, et l'apparition de la Sainte Vierge à cette pauvre infortunée au moment même de sa guérison, je ne fais que l'office d'historien. Je déclare que, dans le simple exposé de ces faits, je ne prétends nullement contrevenir, sous aucun rapport, au décret d'Urbain VIII. Aux premiers pasteurs de l'Église, et à eux seuls appartient, comme juges légitimes, de décider sur ces sortes de matières. Je n'ai d'autre but, dans le récit de ces merveilles, que d'acquitter un devoir de reconnaissance envers Marie, et d'alimenter dans vos cœurs les sentiments de confiance qui vous animent à son égard.

« Marie Isard, objet des miséricordes du Tout-Puissant, naquit à Muret, canton de Marcillac (Aveyron). Dès l'âge de 16 ans, elle se laissa entraîner hors de la maison paternelle par un jeune homme qui l'avait séduite. Elle passa deux ans dans cette vie de débauche que les passions lui avaient fait choisir, et bientôt, descendant de l'oubli des devoirs que la religion lui imposait à l'égard d'elle-même jusqu'à l'oubli des obligations que la loi lui imposait vis-à-vis de son prochain, elle tomba entre les mains de la justice, et dès l'âge de 18 ans elle fut condamnée à expier sa première faute envers la société par un an et cinq jours de détention.

» Sortie de la Maison centrale de Montpellier, dans laquelle elle avait subi sa peine, Marie Isard rencontra le jeune homme qui l'avait déjà perdue. Il sut encore l'attirer auprès de lui, et, la débauche, se saisissant de nouveau de la pauvre fille, l'entraîna de faute en faute jusqu'au délit qui la fit condamner, trois ans après, à cinq ans de réclusion. Hélas! la pente du vice est rapide; on ne s'y arrête pas : d'abord on glisse dans un fossé, puis on tombe dans un précipice; plus tard, c'est dans un abîme sans fond que le génie du mal pousse sa victime. Que les hommes de bonne volonté daignent venir en aide à la faiblesse et au remords!

» Durant les cinq années d'expiation imposées à sa récidive, Marie Isard eut le temps de faire de sérieuses et salutaires réflexions. Initiée aux commandements de Dieu et de l'Église par les bonnes religieuses auxquelles on confia pendant le temps de sa peine l'ordre du pénitencier, et voyant ouvert devant elle le pieux asile de la Solitude de Nazareth qui lui offrait des sauvegardes contre elle-même, elle fut toute consolée. Elle travailla alors avec une ardeur nouvelle à sa conversion, étant sûre cette fois qu'elle ne le ferait pas en vain et qu'on saurait la protéger contre sa propre faiblesse et contre les embûches du monde.

» Reçue le 27 décembre 1842, jour de sa libération, parmi les filles du nouvel établissement, Marie Isard eut de fortes luttes à soutenir contre les souvenirs du passé qui l'appelaient hors du saint asile qu'elle s'était choisi. Mille prétextes divers et spécieux se présentaient à son esprit pour l'engager à rentrer dans le monde. Quelquefois même elle y succombait et demandait à se retirer. Mais ses mères, les bonnes religieuses, qui connaissaient les chutes de sa vie, la détrompaient de ses illusions et l'exhortaient avec douceur à s'instruire de plus en plus des commandements saints qui pouvaient seuls l'éclairer et servir de contre-poids à sa faiblesse, en lui donnant le goût et l'habitude de la vertu. Enfin, le Seigneur, voulant l'attacher à ses sentiers rudes, mais bienfaisants, qui ramènent au bien par l'expiation du repentir, enchaîna sa fragile volonté par la souffrance : il lui retira la santé, dont l'esprit de ténèbres pouvait se servir pour la perdre; en la rendant infirme, il la retint ainsi dans le lieu propice à son salut. Cet état permanent de souffrance lui fit oublier totalement le monde, et lui inspira la généreuse résolution de se consacrer pour toujours au service de Dieu..... Ce fut pour récompenser sa bonne conduite que, le 20 avril 1845, on lui donna le saint habit de fille de Marie avec le nom de *Marie-Dorothée*. Mais ce fut pour elle, à cause de ses infirmités, sans aucune cérémonie. Ce jour pourtant fut solennel : Monseigneur daigna donner lui-même l'habit à neuf de ses compagnes et conférer le sacrement de la Confirmation à un égal nombre de Nazaréennes. Plusieurs autres eurent encore, le même jour, le bonheur de se nourrir, pour la première fois, du pain des Anges.

« Dès avant son entrée dans la solitude de Nazareth, Marie Isard, par suite de son long séjour dans les cachots, souffrait de temps en temps des douleurs assez vives dans toute l'étendue de la jambe gauche. Dans les commencements, des chaleurs et des cataplasmes suffisaient pour les calmer. Mais comme elles revenaient plus souvent et qu'elles étaient et plus intenses et plus continues, on lui fit un traitement suivi. Ce fut pourtant en vain : chaque jour même aggravait cette affection. Les douleurs, en devenant plus poignantes, la forcèrent insensiblement, dès le mois de juillet 1844, à ne plus marcher qu'à l'aide d'une de ses compagnes. Malgré les efforts de la médecine, l'os attaqué continuait toujours à se carier; on dut donc ranger la malade parmi les incurables. En effet, désespérant de la guérir, le médecin de la maison crut

devoir cesser tout traitement et l'abandonner absolu-
ment aux charitables soins des bonnes sœurs. Ainsi,
depuis le mois de septembre dernier, les Religieuses,
d'après les instructions de l'habile praticien, faisaient
usage, pour diminuer un peu les douleurs de la malade, de l'huile de jusquiame, du laudanum de Sy-
denham, etc.

» A cette époque on lui fit faire des béquilles, mais
la violence du mal rendait leur secours presque inutile; elles ne lui servaient que pour faire quelques pas.
La pauvre infirme ne pouvait plus se mettre à genoux.
C'était toujours assise qu'elle faisait sa confession et
qu'elle recevait le sacrement de Pénitence. Sa jambe
devint extraordinairement grosse : pour en contenir
l'enflure, il ne fallait pas moins d'un bas fait exprès
et qui était environ deux fois plus grand que ses bas
ordinaires. Dans l'espace de quelques mois elle s'était
retirée de 8 à 10 centimètres et s'appuyait, inerte,
sur la cheville du pied droit. Au reste, le dégoût, le
marasme, le teint livide de la malade n'annonçaient
que trop l'intensité de ses douleurs... Tel était l'état
de Marie Isard le lundi de la Pentecôte, 12 du mois
de mai 1845, jour de sa guérison miraculeuse.

« Le mois de mai est pour l'établissement un mois
de ferveur et de dévotion à Marie. La chapelle, dédiée
à cette Reine des anges, qui ne dédaigne pas de se
montrer le refuge des pécheurs, est tous les jours
embellie de fleurs odorantes, retentit du chant des
hymnes et des cantiques, et s'embaume du doux parfum de l'innocence des mères et du repentir des filles.
Marie Isard, témoin de la procession qui tous les
soirs, après la prière, a lieu pendant ce mois dans
la cour et dans le bosquet, y accompagnait en esprit

ses compagnes, et à chaque verset des Litanies, elle répétait avec amour le consolant refrain : *Ora pro nobis*. Cet encens précieux, brûlé chaque jour par les Nazaréennes, sur l'autel de Marie, pour la conversion des pécheurs, la rénovation des tièdes, la persévérance des justes ; pour les bienfaiteurs et protecteurs du pieux refuge,.... s'élevait de leur poitrine brisée par la componction vers le trône de la consolatrice des affligés. Leurs prières furent entendues et Dieu couronna leur confiance.

» Marie Isard passa très-mauvaise la nuit du dimanche au lundi de la Pentecôte : elle se leva cependant à son ordinaire, mais elle était dans un état des plus pénibles. Ses douleurs étaient indiciblement intenses.

» Pendant que ses compagnes se livraient aux divers exercices d'une vie laborieuse, elle se fit descendre près de la porte des ateliers, et faisant appeler madame la Supérieure, elle lui dit, dans un excès de douleur qui tenait du délire, qu'elle ne pouvait plus vivre ainsi...., qu'elle voulait travailler pour gagner sa vie comme ses compagnes, ou se faire porter à l'hôpital afin de laisser sa place à une autre.

» Madame la supérieure la reprit charitablement de son impatience : elle lui montra les tribulations qui l'accablaient comme des moyens sûrs d'expier ses fautes et de se réconcilier avec Dieu, dont la miséricorde accueille toujours avec bonté les souffrances endurées pour la gloire de son nom ; et, pour l'encourager au combat, elle lui cita l'exemple de tant de malheureux pour qui les afflictions étaient devenues le principe de leur salut et de leur sanctification. Ramenée ainsi à la résignation et à la patience, Marie Isard se fit remonter à l'infirmerie.

» Restée seule, la pauvre infortunée se sentit honteuse de sa faiblesse ; elle voulut chercher un refuge contre ses souffrances en s'édifiant de quelques pieuses pensées ; et trouvant un livre auprès d'elle, elle l'ouvrit, et bientôt elle fut tout abîmée dans la contemplation d'une image qui représentait le quatrième des mystères douloureux du Rosaire. A la vue de notre Seigneur Jésus-Christ tombant sous le poids de son fardeau et oubliant ses tortures pour jeter un regard de consolation vers sa divine mère ; à la vue de Marie considérant, avec le courage de la résignation et de l'amour, le supplice de son fils, du fils de Dieu, la pauvre infirme rentra en elle-même : ses murmures, ses plaintes, son désespoir lui semblèrent criminels et impies devant cette sublime expression de la douleur du Juste. Dans un élan de reconnaissance, elle remercia le Rédempteur, qui daignait attacher le glorieux prix du salut à l'amertume de ses douleurs. Elle se trouva heureuse de pouvoir racheter ses péchés avec ses maux. En ce moment elle vit se dresser devant ses yeux, réellement ou en esprit ; elle n'en sait rien, Dieu seul le sait, le tableau de toutes les désobéissances de sa vie..... et, à l'instant, elle tomba plongée dans un océan de douleur, de contrition et de repentir.

» Eh quoi ! disait-elle, Jésus, le fils de Dieu, Jésus pur, innocent, parfait entre tous les enfants des hommes, souffre sans se plaindre, et moi, pauvre fille, égarée et coupable, je ne veux rien souffrir pour expier mes crimes et pour revenir à mon Dieu! A peine a-t-elle achevé de prononcer ces paroles, qu'elle entendit retentir, sans trop savoir si c'est aux oreilles de son corps ou dans son cœur seulement, une voix puissante qui lui disait : *Prosterne-toi, Marie!* Et, sans calculer l'impossibilité de se conformer à cet ordre, elle tomba à genoux en s'humiliant de tout son cœur. *Lève-toi et marche,* dit encore la même voix; et aussitôt, comme entraînée par une impulsion irrésistible, Marie Isard se lève, marche, comme tout en tremblant, et revient se mettre à genoux. Alors une lumière subite l'éblouit; elle vit des yeux du corps ou de l'esprit, elle n'en sait rien, Dieu seul le sait, la Reine des anges au milieu des rayons. Elle avoue que nul langage ne saurait exprimer les merveilles de cette admirable intuition. Dans ce moment, toute hors d'elle-même, elle se met à crier, sans trop savoir si c'est de bouche ou seulement en esprit : *O ma mère, ô ma bonne et tendre mère! priez, priez pour moi, venez à mon aide...* Pendant qu'elle priait ainsi, la voix lui répète : *Lève-toi et marche;* et Marie Isard, qui déjà avait oublié son état, se lève et marche. Voyant toujours la Reine des anges, elle s'adresse de nouveau à cette consolatrice des affligés et lui dit : *O Marie, ô ma mère, ayez pitié de moi;* et comme la Sainte Vierge lui semblait être insensible à ses cris et à ses larmes, Marie Isard, sans trop savoir si c'est en esprit ou en réalité, lui criait encore plus fort : *O Marie, ô ma bonne mère ayez pitié de moi; si je ne puis servir votre fils que par mes souffrances, étendez-moi sur un lit de douleur; si vous me croyez digne de profiter de vos miséricordes, rendez-moi la santé et donnez-moi la force de travailler!* Comme elle achevait ces mots, elle vit, en réalité ou en esprit, elle n'en sait rien, Dieu seul le sait, la digne mère du Rédempteur fixer sur elle un regard de tendresse accompagné d'un doux sourire, et, sans trop savoir encore si c'est des oreilles du corps ou de l'esprit seulement, elle l'entendit lui adresser ces paroles consolantes : *Tes péchés ont été lavés dans le sang de mon fils ; ne pèche plus. Je t'ai choisie pour faire éclater les bénédictions que j'accorde à cet humble asile du malheur et du repentir.* »

» Revenue à elle-même comme d'une extase profonde, Marie Isard témoigna à Dieu, par Marie, toute sa gratitude. Elle était toute surprise de voir que le pied, si longtemps en douleur, pût se poser sur la terre, que les bandes et le bas fussent tombés et que l'enflure eût disparu. La pauvre fille ! elle croyait rêver ; elle avait peur du réveil, elle n'osait essayer de nouveau. Elle resta depuis environ trois heures, qui fut le moment de sa guérison, jusqu'à peu près quatre heures et demie, comme absorbée dans un état indicible de reconnaissance et de componction : elle louait Dieu ; elle bénissait Marie ; elle essayait ses forces comme pour se dire qu'elle ne dormait pas, comme pour s'assurer de la réalité du miracle ; puis elle revenait se prosterner devant ses divins Rédempteurs.

» Vers les quatre heures et demie la religieuse chargée du soin des malades entra dans l'infirmerie pour lui apporter son goûter : *Que diriez-vous, ma sœur, si j'étais guérie ?* lui demanda Marie Isard, en souriant. — *Guérie !* répète la sœur avec étonnement. — *Oui, guérie, par la grâce de Dieu et de la sainte Vierge,* reprit Marie Isard. Et, se levant aussitôt, devant la sœur, tout à la fois stupéfaite et effrayée, elle marche sans béquilles, descend à la chapelle, et, se prosternant devant l'autel de Marie, elle s'écrie, dans une sainte émotion de gratitude : *O ma bonne et tendre mère, merci, merci ! Car c'est bien vrai, n'est-ce pas ? je suis guérie ; vous m'avez secourue ?......* Et près d'elle une bonne religieuse, toute baignée de larmes et toute hors d'elle-même, ne savait, elle aussi, comment témoigner à Dieu son action de grâces pour un si grand bienfait. En même temps la religieuse infirmière avait couru instruire de cette guérison subite madame la Supérieure.

» .Après avoir témoigné à Dieu sa reconnaissance, Marie Isard s'empresse de prouver par sa présence la réalité de sa guérison devant madame la Supérieure, dont l'humilité se refusait à croire à cette manifestation des faveurs du Tout-Puissant envers l'asile confié à sa tendre sollicitude. Ensuite elle se rend à l'atelier. Ses compagnes, en la voyant, croient se tromper et voir un fantôme; elles la regardent, la considèrent, croyant toujours se faire illusion. *Oh! c'est bien elle,* se disait chacune tout bas, *c'est bien Marie-Dorothée,* et à l'instant elles se pressent autour d'elle, l'embrassent, et des cris d'admiration et de gratitude sont dans toutes les bouches; des soupirs pieux s'échappent de toutes les poitrines; de tous les yeux coulent des larmes de joie et de bonheur. La main de Dieu s'était posée parmi les Nazaréennes et semblait avoir voulu bénir leur repentir et donner un nouvel aliment à leur résolution et à leur confiance.

» On se rend à la chapelle; tous les cœurs, par un élan spontané, entonnent l'hymne de l'action de grâces, puis le cantique de Marie; enfin, la fille de miracle, naguère si faible, si débile, si impotante, prend dans ses mains la statue de la Vierge; — deux de ses compagnes se saisissent de ses béquilles : — on fait une procession, et la reconnaissance de toutes ces âmes rachetées au Seigneur s'exhale en chants d'allégresse et d'espoir. »

Mes chères filles, au récit que je viens de faire de la guérison merveilleuse de Marie Isard et de l'apparition de la sainte Vierge à cette pauvre infortunée, je joins, pour votre instruction et pour couronner vos vœux, quelques considérations sur les miracles :

« Tous les actes de Dieu se rapportent à sa louange ; tout, dans la création, glorifie le Créateur. Existant seul de toute éternité, le Seigneur ne pouvait faire de ses œuvres qu'une manifestation sublime de ses divers attributs. Et ces soleils qui éclairent les cieux, et ces mondes qui roulent dans l'espace, et l'homme, fait à l'image même de la divinité, n'ont pu être tirés du néant que pour attester la gloire de celui qui les a créés. C'est pourquoi Jésus-Christ, venu sur la terre pour y faire connaître le Tout-Puissant et y faire bénir son saint nom, est appelé, dans les livres saints, la *gloire* de Dieu, comme exprimant d'une manière énergique, par ce seul mot, l'objet auguste de sa mission. Chacun des prodiges de la vie mortelle de cet homme-Dieu n'a eu pour but que la glorification du Très-Haut. C'est dans cette vue qu'il a voulu conquérir, par des faits surnaturels, les hommes dont l'esprit ne pouvait s'ouvrir aux lumières intellectuelles de ses vérités sublimes, et qu'il a voulu laisser à ses disciples les arguments irrésistibles qui devaient servir de preuves aux mystères de la religion et à l'établissement du christianisme.

» Les miracles semblent toujours mettre en action et justifier la doctrine du divin maître, qui appelle aux premières places de son royaume ceux qui sont les derniers dans l'esprit du monde. Les pauvres, pleins de confiance dans la foi qui les éclaire, se pressent autour du Sauveur et reçoivent ses bienfaits. Lazare ressuscite, et, sur le bord de son sépulcre vide, une génération entière sort des ténèbres de l'erreur dans lesquelles elle se mourait, pour s'élever jusqu'aux vérités vivifiantes de l'Évangile. L'aveugle-né retrouve la vue, et sa guérison miraculeuse fait tomber le voile qui cachait à des milliers d'âmes aveugles les lumières du divin Paraclet... C'est ainsi que les objets des miséricordes de Dieu deviennent les instruments de ses desseins et de sa gloire.

» Tout à la fois les miracles frappent et les yeux du corps et les yeux de l'esprit : ils imposent l'admiration aux peuples, qui se disent : *Le doigt de Dieu est là!* Ils dévoilent les desseins éternels aux intelligences pures et privilégiées, qui se prosternent devant eux comme devant une manifestation de la pensée divine. Livre scellé pour les ignorants qui, à la vérité, s'extasient devant l'effet, en bénissent la cause, mais ne pénètrent pas au-delà. Livre ouvert pour le juste qui, vivant de la foi, s'élève jusqu'à l'esprit caché sous les caractères merveilleux et sensibles, et qui trouve, dans l'expression de la toute-puissance de Dieu, de nouveaux motifs d'adoration, d'obéissance et de respect.

» Les miracles sont ou des bienfaits, commme ceux de Jésus-Christ et des apôtres, ou des punitions, comme ceux de Moïse en Égypte, ou simplement l'expression incontestable de la volonté souveraine du Seigneur pour l'établissement d'une vérité, ainsi qu'il arriva à la mort du Sauveur. Mais soit qu'ils se manifestent par des bénédictions ou par des châtiments, toujours les miracles ont en vue la gloire de Dieu.

» Le miracle est un acte de la puissance divine, supérieur à toute cause naturelle et contraire aux lois normales de la nature. La foi et l'humilité en provoquent les divins effets. C'est en avouant leur impuissance que les hommes méritent par leur confiance et la ferveur de leurs prières, les secours extraordinaires qu'ils attendent du Tout-Puissant. Ainsi Moïse invoque le Seigneur pour faire jaillir l'eau du rocher; Élie pour rappeler à la vie le fils de la veuve de Sarepta. Ainsi le prince des apôtres commande, au nom de Jésus-Christ, au paralytique de se lever et de marcher. Tel est le caractère du vrai miracle. Nul n'en peut nier les effets, nul n'en peut récuser les preuves.

» Il faut se rendre à l'évidence et aux témoignages qui l'affirment. Nous n'hésiterions pas de traiter d'insensé celui qui, refusant d'avoir foi aux plus graves dépositions, aux plus incontestables preuves, nierait la puissance infinie qui peut, quand elle le juge à propos, rendre la santé du corps à ceux dont il a déjà commencé la guérison de l'âme. Ce qui vient d'arriver dans la Solitude de Nazareth est un exemple frappant des réflexions qui précèdent, un exemple qui fait voir comment Dieu daigne prendre sous sa divine protection, les asiles généreusement ouverts au repentir et à l'abandon.

» L'orgueil, toujours aveugle, s'efforcera peut-être de contester ce fait. Tantôt, semblable à Hérode, devant qui fut présenté le fils de Dieu, l'orgueil de l'impiété demandera à voir des miracles, à en être témoin..., et il ne s'aperçoit pas que son refus à croire au témoignage de tant de personnes si dignes de foi, est une chose encore plus surprenante, un miracle encore plus grand. Il se rira peut-être de la déposition des témoins oculaires, dont le nombre, le caractère, la probité, commandent la confiance, et il ne fait pas

attention que tous les jours il condamne au dernier
supplice sur la déposition de quelques témoins. Il
veut des miracles d'éclat... et Dieu, pour le confondre,
les lui refuse. D'ailleurs, non plus qu'Hérode, témoin
de ceux qui arrivèrent à la mort de Jésus-Christ, il ne
se convertirait pas.

» Tantôt, semblable aux pharisiens, l'orgueil de l'envie s'efforcera, peut-être, d'attribuer à l'esprit des ténèbres des œuvres qui ne sont que le pieux résultat de
l'humble prière et qui ne tendent qu'à la gloire de
Dieu. Mais ne sait-on pas que *tout royaume divisé
contre lui-même ne peut subsister?* Peut-être aussi, le
même orgueil de l'envie s'efforcera-t-il de faire douter
de la vérité des faits, ainsi que faisaient les pharisiens
à l'égard de l'aveugle-né de l'Évangile. Comme cet infortuné, miraculeusement guéri, disait aux Juifs :
Je n'y voyais pas et j'y vois; Marie Isard peut dire
aussi : *Je ne marchais pas et je marche.*

» Au reste, Dieu, en guérissant subitement l'infir-
mité desespérée et bien avérée de cette pauvre fille,
a voulu, pour confondre l'orgueil de l'impiété et de
l'envie, laisser empreint sur sa jambe le témoignage
authentique et toujours subsistant du prodige opéré
sur elle. L'os, qui était attaqué et qui ce cariait, montre, par sa protubérance, la réalité du mal, comme
les cicatrices que Jésus-Christ voulut conserver après
sa résurrection, étaient une preuve qu'il était lui-
même celui que les Juifs avaient fait mourir. »

*Troisième note : Chantez au Seigneur un cantique
nouveau. (Page 30.)*

Chantez au Seigneur un cantique nouveau : *Can-
tante Domino canticum novum.* (95.) Chantez, mes

filles, au Seigneur, non le cantique du juif charnel, qui ne soupirait qu'après les biens de la terre, mais le cantique du vrai Israélite, qui n'avait en vue que Dieu et sa gloire. Que votre cantique soit toujours un cantique nouveau par l'excellence du sujet et par la ferveur de votre âme. Bien des chrétiens chantent aussi, comme le juif charnel, des cantiques au Seigneur, mais seulement à cause des faveurs temporelles qu'ils attendent de sa bonté.

N'avez-vous pas observé comme moi, que le villageois qui assiste avec empressement aux processions de saint Marc, des Rogations, se plaît à répéter ce verset des litanies : *Ut fructus terræ dare et conservare digneris, te rogamus audi-nos.* » *Nous vous en prions, Seigneur, daignez nous aocorder et conserver les fruits de la terre,* tandis qu'il ne dit qu'une fois les autres versets? N'avez-vous pas remarqué encore que bien des parents, lorsqu'ils ont un fils dangereusement malade, chantent et font chanter, pour lui, un cantique au Seigneur par des aumônes, des prières, la célébration des saints mystères...... Mais ce même fils est-il en état de péché mortel, ils n'y pensent pas. Ce serait pourtant alors qu'ils devraient précisément chanter et faire chanter pour lui des cantiques nouveaux. C'est là ce que faisaient sainte Monique, pour son cher Augustin, sainte Clotilde pour Clovis, son époux bien aimé..... C'est encore ce que font aujourd'hui les parents vraiment chrétiens pour ceux de leurs enfants qui se laissent entraîner dans l'abîme du péché.

Mais quant à vous, més filles, vous chantez au Seigneur des cantiques nouveaux, parce que, revêtues de Jésus-Christ, vous goûtez les choses de Dieu, vous désirez les biens éternels, vous savez que tout, jusqu'aux humiliations, aux souffrances, vous sert pour le ciel; mais il est un cantique nouveau, que le juif ne connaissait pas, que bien des chrétiens semblent ignorer; ce cantique, qui est le plus auguste, le plus sublime, le plus à la gloire de Dieu est, après Jésus, *Marie!* Marie est avec son divin fils, le chef-d'œuvre du Tout-Puissant, l'abrégé de ses merveilles, le centre de toutes les opérations divines qui sont *ad extra*. Saint Thomas nous dit que de trois choses que Dieu, tout Dieu qu'il est, n'a pu faire plus grandes qu'elles ne sont, une d'elles est la *mère de Dieu* (1 p. 9. 25. art. 6 ad 4.), d'où nous pouvons conclure, avec le père Poiré, que Marie « ayant eu l'honneur d'être mère de Dieu, elle est unie à un terme d'infinie perfection, et qu'ainsi elle est, d'une certaine manière, élevée à l'ordre divin, et qu'elle entre, par suite, en possession d'une perfection infinie. »

.O le beau cantique que Marie, dont le nom seul opère partout des prodiges inouïs! cantique nouveau que vous chantez, mes filles, tous les jours avec tant de ferveur dans toute la Solitude de Nazareth, cantique qui plaît à l'adorable Trinité, qui réjouit les esprits bienheureux, qui charme les saints dans le ciel, qui fait palpiter de joie votre cœur et celui des justes sur la terre, qui fait tant de bien aux âmes du purgatoire, qui obtient ici aux unes des grâces de conversion et aux autres des grâces de persévérance.

N'est-il pas vrai, mes filles, que depuis que vous avez échangé, au moyen du repentir, les haillons dégoûtants du péché contre les belles et riches parures de l'innocence, vous ne vous possédez pas de bon-

heur, et que le chant est devenu comme votre vie?
Mais que chantez-vous? Marie; et le matin, que
chantez-vous? Marie; et le soir, que chantez-vous?
Marie. Vous l'aimez, Marie, et parce que vous l'aimez
vous la chantez; et la ferveur du saint amour est l'u-
nique harmonie de vos pieux concerts. *Amantis cantare est; vox hujus cantoris fervor est sancti amo-
ris.* (S. Aug., serm. 256 de temp.) Aimez donc toujours Marie; chantez toujours Marie; elle est la mère
du bel amour, de la miséricorde; elle est notre mère.

Quatrième note, cantiques à Jésus relatifs à la divine Eucharistie. (P. 60.)

Bien souvent, mes filles, dans nos entretiens de
famille, vous m'avez parlé de la sainte Eucharistie :
je me suis aperçu que c'était toujours avec bonheur
que vous me parliez de cet auguste sacrement.

Vous vous rappelez sans doute que, dans une de nos
conférences, une d'entre vous, qui n'avait pas encore
eu le bonheur de prendre part au banqnet eucharis-
tique, s'écria dans sa naïve simplicité : O mon père,
qu'il me tarde de faire ma première communion, afin
de pouvoir m'unir, comme vous et mes compagnes,
à Jésus, dans le sacrement de son amour, et devenir
ainsi une même chose avec Dieu !

Mais, ma fille, lui dis-je, par la grâce sanctifiante,
en vivant comme vous le faites, dans l'innocence,
dans la pratique de la vertu, vous jouissez du bonheur que nous avons d'être unis à Dieu. Le disciple
bien-aimé nous dit que Dieu est charité, et que celui
qui demeure dans la charité demeure en Dieu et Dieu
en lui. *Deus charitas est, et qui manet in charitate,*

in Deo manet, et Deus in eo (1 Ep. 4. 8). C'est pourquoi l'apôtre saint Paul appelle les fidèles les temples
de Dieu : *templum Dei estis* (1 Corint. 3. 6). Ils sont
sans doute des temples, mais infiniment plus heureux, car Dieu ne s'attache pas aux pierres, ne s'iden-
tifie pas avec elles, tandis que, nous trouvant dans
la charité et parés de la grâce sanctifiante, il nous
pénètre tellement de son esprit que nous vivons de
lui, de sa propre vie; ce n'est pas assez, l'apôtre nous
apprend que nous devenons avec lui un même esprit :
qui adhæret Domino unus spiritus est (1 Cor. 6. 17);
il nous fait par conséquent inférer que l'homme juste,
étant intimement uni à Dieu par la grâce, est tout
transformé en Dieu et devient par là même participant de sa sainteté, de sa puissance, de sa noblesse,
en un mot de toutes ses perfections. Comme le corps,
en vertu de l'union qu'il a avec l'âme, reçoit d'elle la
vie, la beauté, le mouvement, ainsi l'âme juste, par
l'union qu'elle a avec Dieu, reçoit de lui la vie divine.

O mes filles, que cette dignité est grande ! qu'elle
est auguste ! qu'elle est sublime ! Elle est au-dessus de
toutes les grandeurs humaines, elle surpasse toute
intelligence créée. Je ne suis plus surpris d'entendre
le psalmiste appeler *enfants de Dieu et Dieu même*
les âmes justes : *Dixi Dii estis et filii Excelsi omnes*
(ps. 81. 6). Voici, mes filles, comme s'exprime saint
Augustin sur ces paroles, en paraphrasant le psaume
49 : « Il est évident, d'après le roi-prophète, dit ce
grand docteur, que les hommes sont des Dieux, non
pour être nés de la substance de Dieu, mais parce
qu'ils sont déifiés par la grâce, car celui-là peut justifier qui est juste par lui-même et non par autrui;
et celui-là peut déifier qui est Dieu non par emprunt,

mais de sa propre nature. Or, celui-là même déifie les hommes qui les justifie, parce qu'en les justifiant, il les fait enfants de Dieu. Saint Jean dit qu'il leur a donné le pouvoir de devenir enfants de Dieu. Mais si nous sommes enfants de Dieu, nous sommes donc des Dieux ; ce n'est pas sans doute par la génération de la nature, mais par adoption, par privilége, par grâce. »

D'après cela, mes filles, pourriez-vous être surprises que l'homme juste soit si élevé au-dessus des pécheurs et de lui entendre donner les titres les plus augustes? Aussi est-il appelé par les saints Pères l'ornement de la terre, le parfum qui embaume l'univers.

Mais permettez, mon père, me dit alors une de vous : il est donc inutile de recourir à l'Eucharistie, puisque nous pouvons, sans le secours de ce sacrement, nous unir à Dieu d'une manière si admirable ?

Non, ma fille, il n'est pas inutile d'avoir recours au sacrement de nos autels pour nous unir à Dieu ; au contraire, la divine Eucharistie nous sert beaucoup à opérer plus intimement cette ineffable union. Sans doute Dieu, au moyen de la grâce sanctifiante, demeure en nous et nous en lui, nous devenons ses enfants, nous devenons des Dieux ; et j'avoue que c'est bien consolant de penser que nous sommes nuit et jour avec Dieu, qu'il est sans cesse avec nous et en nous, à la chapelle, à l'atelier, au réfectoire, aux récréations.... Mais il faut pourtant convenir, mes filles, que cette union, qui existe déjà par la grâce sanctifiante, devient infiniment plus étroite, plus intime, par l'auguste Eucharistie....... car alors nous sommes unis à Jésus-Christ corps à corps, âme à âme, de manière à ne faire avec lui, et par suite avec Dieu son père, qu'une seule et même chose. C'est lui-même qui nous apprend cette vérité. Je suis en eux, dit-il, en s'adressant à Dieu son père, et en parlant de nous dans la personne de ses disciples, je suis en eux par la manducation qu'ils font de ma chair, et, comme vous êtes toujours en moi, vous êtes aussi toujours en eux, afin qu'ils ne soient qu'un avec nous : *Ego in eis et tu in me ut sint consummati in unum* (S. J. 17. 23). Déjà il leur avait dit que l'union qui s'opère dans l'Eucharistie entre lui et celui qui le reçoit par la communion était la même, avec une certaine analogie pourtant, que celle qui existe entre lui et son père. Comme mon père, qui m'a envoyé, est vivant par lui-même et que je vis par mon père, de même celui qui me mange vivra aussi par moi : *Sicut misit me vivens pater, et ego vivo propter patrem; et qui manducat me, et ipse vivet propter me* (S. J. 6. 38). Encore une fois, mes filles, ô l'inouïe, ô l'admirable, ô la divine union! qui peut l'appréhender? qui peut s'en faire même une simple idée? Nous n'avons pas de termes pour l'exprimer, ni assez d'intelligence pour la comprendre, elle est au-dessus de toutes nos conceptions.

Dieu le père, dit saint Jure, s'unit à son fils en unité d'essence par la génération éternelle, le fils s'unit à l'homme en unité de personne dans le mystère de l'Incarnation, et ensuite à tous les hommes, par l'Eucharistie, en unité de sacrement. Jésus-Christ, Dieu et homme tout ensemble, est le nœud de cette admirable union qui existe entre l'homme et Dieu. C'est par lui que nous montons, comme par une échelle mystérieuse, jusqu'à la divinité, car Jésus-Christ, comme Dieu, est uni naturellement à Dieu, son père, et comme homme il nous unit, au moyen de l'Eucharistie, à son humanité, et par son humanité à sa divinité. Mes filles, comment appellerons-nous cette union? Parenté? Alliance? Quel nom trouverons-nous pour l'exprimer? Mes filles, aimons, admirons, exaltous cette union inexprimable et ne cessons de nous écrier, avec un grand saint : O mystère d'amour ! O signe d'unité! O lien de charité !

Jésus-Christ, mes filles, est le pain vivant, le pain descendu du ciel, le froment des élus, le vin qui fait germer les vierges. Comme le pain et le vin conservent la vie du corps, de même Jésus, en nous donnant sa chair à manger et son sang à boire, nous conserve la vie de l'âme. Mais, ô merveille, mes filles ! cette nourriture céleste, parce qu'elle est incorruptible, ne se change pas en notre substance, mais, disent saint Augustin, saint Léon, elle nous élève jusqu'à Dieu, nous divinise. *Non tu me mutabis in te, sicut cibum carnis tuæ, sed tu mutaberis in me* (s. Aug. lib. 7. conf. c. 10). *Non aliud agit, participatio corporis et sanguinis Christi quam ut in id quod sumimus, transeamus.* (S. Leo. serm. 13 de pass.) Ces grands saints n'entendent pas pourtant que nous devenions la propre substance de Jésus-Christ, mais seulement que la chair du Sauveur, s'unissant à notre chair, nous fait vivre une vie divine.

A peine avais-je fini de vous exprimer, là-dessus, ma pensée, qu'une autre me demanda : Mais comment, mon père, se fait cette demeure dans nos âmes? Dieu n'est-il pas partout, et, par conséquent, dans les pécheurs comme dans les justes?

Sans doute, ma fille, lui dis-je, Dieu est partout, par son immensité, par sa puissance, par sa présence, par sa sagesse; car il remplit tout, il fait tout, il connaît tout, il régit tout. Mais tandis qu'il n'est que naturellement dans les pécheurs comme dans toutes les créa-

tures, même inanimées, il est naturellement et surnaturellement dans les justes.

Vous expliquer, mes filles, en quoi cette union surnaturelle consiste et comment elle s'opère, c'est, avouons-
le, un grand mystère, un mystère aussi profond que
celui de l'union de notre âme avec notre corps; car comment se fait cette union? comment elle existe? Nul ne
le sait. Qui m'expliquera, par exemple, comment, à ma
seule volonté, mes organes se mettent en mouvement et
font ce que je leur commande? Nous le croyons, parce que nous le voyons, mais nous ne pouvons nous en
rendre compte, ni nous l'expliquer. De même, quoique
nous ne puissions pas comprendre cette union de Dieu
avec l'âme de l'homme juste, nous pouvons pourtant
nous en former une idée et conclure, par tout ce que
nous pouvons voir, que cette union existe ou qu'elle
a cessé.

Écoutez, mes filles : lorsque Dieu nous dit qu'il demeure en nous et que nous demeurons en lui, il veut
nous faire comprendre qu'il nous inspire son esprit
et, qu'alors, nous vivons de sa vie. Il y a dans l'âme
comme dans le corps, permettez-moi les expressions,
deux vies, ou, si vous l'aimez mieux, deux existen-
ces : une vie propre et naturelle au corps, une vie
propre et naturelle à l'âme; et ensuite une vie empruntée ou surnaturelle au corps, une vie empruntée
ou surnaturelle à l'âme. Au moyen de la vie empruntée, l'âme vit de Dieu, et le corps vit de l'âme.
Lorsque le corps perd sa vie d'emprunt ou surnaturelle par la séparation de l'âme, il n'en existe pas
moins, il n'en conserve pas moins sa vie naturelle,
c'est-à-dire son existence... De même l'âme existe
dans sa vie naturelle, quoique Dieu retire d'elle son

esprit au moyen duquel elle vivait d'une vie divine.

Mes filles, admirez les merveilleux effets de l'influence de l'âme sur le corps et jugez de là de ceux de l'influence de l'esprit de Dieu sur l'âme juste. Comme, aussi, jugez des ravages qui s'opèrent dans l'âme lorsque Dieu se retire d'elle, à cause du péché, par ceux qui s'opèrent sur les corps lorsque l'âme se retire de lui par la mort.

Lorsque le corps vit sous l'influence de l'âme : il est beau, il marche, il parle, il entend, il agit, il fait parfois des actes de dévouement, d'héroïsme. Nous jugeons, par ces opérations, que l'âme est en lui et qu'elle lui commande les divers mouvements que nous lui voyons faire. Il en est de même de l'âme, c'est-à-dire quand Dieu demeure surnaturellement en elle, elle vit une vie divine : à l'exemple de Jésus-Christ, notre modèle, elle est douce, humble, chaste, résignée ; ses pensées, ses paroles, ses actions, n'ont en vue que la gloire de Dieu. Le zèle qu'elle fait paraître dans l'accomplissement de ses devoirs envers Dieu, vis-à-vis du prochain, à l'égard d'elle-même, prouve que Dieu demeure en elle et qu'elle demeure en Dieu. Dans cet état fortuné la moindre chose qu'elle fasse pour Dieu lui mérite pour le Ciel des rémunérations éternelles. S'il nous était donné, mes filles, de voir une âme en grâce avec Dieu, nous tomberions à l'instant dans une extase d'admiration ; nous serions éblouis de sa beauté, surpris de ses richesses, étonnés de sa gloire ; rien alors, sur la terre, ne saurait captiver les affections de notre cœur ; nous ne penserions qu'à son bonheur et à nous en rendre dignes.

Fixons maintenant nos regards sur un corps laissé, par la séparation de l'âme, à son existence naturelle et propre : il est sans mouvements, hideux, inspirant l'horreur à tout le monde, à ceux même qui naguère en faisaient leur idole. C'est là ce que l'expérience nous démontre tous les jours. A peine un époux tendrement aimé, un père plus que chéri a-t-il cessé d'être, que l'épouse, les enfants s'éloignent avec empressement de ses dépouilles mortelles... C'est ainsi que nous fuirions, et avec mille fois plus d'empressement, une âme morte à la grâce, s'il nous était donné de la voir délaissée de son Dieu, en proie aux horreurs du péché.... Dans cet état de mort, l'homme ne peut rien mériter pour le ciel.

Cet état est si affreux que le pécheur, mourant dans la disgrâce du Seigneur, court se précipiter de lui-même dans l'enfer. Les supplices de ce lieu de rage et de désespoir lui sont moins pénibles que de se voir avec ses crimes en présence du Dieu de toute sainteté. Nous pouvons nous faire, quoique très-imparfaitement, une idée de cette vérité, par la peine que nous éprouverions si, en entrant un beau jour de fête dans le lieu saint, nous nous apercevions que les regards de toute l'assemblée se fixent sur nous, à cause de quelque tache dégoûtante oubliée sur notre visage ou sur nos habits.

Cinquième note, l'âme fidèle. (P. 91.)

Mes filles, dans une de nos pieuses réunions, une de vous m'ayant entendu dire que le chant était naturel à l'âme aimante..... me demanda, dans sa candide simplicité : Mais, mon père, moi, je ne chante pas, et cependant il me semble bien que j'aime Dieu.

Vous vous rappelez sans doute, mes filles, ce que

je lui dis alors, qu'il y a deux sortes de chants : celui de la parole, qui n'est propre qu'à un nombre de personnes, et celui de l'action qui convient à tous et auquel tous peuvent s'exercer. C'est pour cela que le psalmiste invite tout ce qu'il y a au ciel et sur la terre d'animé et d'inanimé à louer Dieu (ps. 148), et que les trois enfants dans la fournaise exhortent toutes les créatures à bénir le Seigneur : *Benedicite omnia opera Domini Domino* (Dan. 3). Au reste, il est très-rare, pour ne pas dire impossible, qu'une personne qui aime ne murmure pas quelquefois sur ses lèvres et à sa manière, l'objet de ses amours. Du moins est-il toujours vrai qu'elle exprime par ses œuvres, que j'appellerai le *cantique de l'obéissance*, les sentiments affectueux de son cœur.

O le beau cantique, mes filles ! Les bienheureux, dans le ciel, le chantent avec un accord, une justesse et une perfection admirables ; les justes sur la terre, s'efforcent de les imiter dans cette divine harmonie. La nature entière le fait retentir de toutes parts et sans interruption. Vous aussi, mes filles, autant que possible, vous le chantez sans cesse. Vous le chantez le jour et la nuit, le matin et le soir, pendant la santé et pendant la maladie.... Vous le chantez encore partout : à la chapelle et au dortoir, au réfectoire et à la récréation, à l'atelier et au verger...... Et c'est à la Solitude de Nazareth, à l'école de Jésus et de Marie que vous avez appris la mélodie de l'obéissance et que vous vous y perfectionnez tous les jours.

Cependant, l'homme, capable de connaître Dieu, de l'aimer, de le posséder; l'homme, qui a tant d'intérêt à le chanter toujours, oublie ce devoir essentiel.

Le Verbe éternel vient lui-même le lui apprendre :

tout ainsi qu'un ami, voulant apprendre à son ami une pièce de musique, la lui chante et la lui répète plusieurs fois, de même Jésus-Christ a bien voulu enseigner le cantique de l'obéissance. C'est pour cela qu'il l'a entonné dès son entrée dans le monde, en disant à Dieu son père : Me voici, je viens pour faire votre volonté. *Ecce venio....... ut facerem voluntatem tuam* (39. 8, 9.). L'intonnation a été si énergique qu'elle a duré sans cesser d'un instant, jusqu'à sa mort : *Factus obediens usque ad mortem* (Phil. 2. 8); et même après sa mort, car il le chante encore, sur la terre, dans la divine Eucharistie, où il est dans un état permanent de sujétion ; et dans l'éternité, au ciel, où, sous la forme de victime, il prie sans cesse pour nous : *Semper vivens ad interpellandum pro nobis* (Hébr. 7. 25).

Mes filles, ce cantique si sublime, si harmonieux... les hommes, en général, ou ne le chantent pas, ou le chantent très-mal. Le nombre de ceux qui s'efforcent de le bien chanter est petit ; et encore, parmi eux, plusieurs le chantent mal et plusieurs sans mérite. Il n'y a qu'un très-petit nombre d'âmes fidèles qui, comme les Madeleine, les Thérèse, les Augustin, les Bernard....... le chantent fréquemment et harmonieusement. Au reste, il n'y a eu que la Sainte Vierge, après Jésus-Christ, qui l'ait chanté sans interruption aucune et toujours très-mélodieusement, quoique pourtant à une distance infinie de la mélodie dont son divin fils l'a chanté ; parce que ce fils adorable étant Dieu, l'harmonie de son chant était d'une perfection infinie ; tandis que, Marie n'étant qu'une simple créature, l'harmonie de son chant, quoique incomparablement plus belle que la nôtre, n'était toutefois qu'une harmonie finie et bornée.

Vous le chantez, vous aussi, mes filles, ce cantique
de l'obéissance, et vous le chantez même avec harmonie : ce n'est pas sans doute qu'il n'existe chez
vous, dans ces pieux concerts, quelques dissonnances
et quelques interruptions; mais elles ne sont pas de
durée, d'ailleurs elles sont inévitables à la faiblesse
humaine. L'homme, à quelque degré de perfection
qu'il puisse s'élever, ne peut pas toujours chanter par-
faitement ce beau cantique, parce que, loin du ciel,
l'acte permanent et habituel de la charité est impossible. Je le répète, Marie seule a joui de ce privilége.

Les airs de ce cantique varient comme les motifs
qui les font chanter. Ces motifs sont innombrables et
en eux-mêmes et dans leurs nuances. La pureté d'intention est l'air qui plaît uniquement à Dieu et qui rend
ceux qui le chantent dignes des récompenses éternelles, pourvu toutefois qu'ils soient en état de grâce. Les
nuances de cet air divin sont plus ou moins mélo-
dieuses selon l'énergie de la pureté d'intention.

Sur cet air dont l'harmonie charme le ciel, vous
chantez à l'envi, de toutes parts dans la Solitude, le
ravissant cantique de l'obéissance, et vous le chantez
toutes avec plus ou moins de mélodie, selon la mesure de l'amour que chacune de vous a pour Dieu.
Mais, que chantez-vous, mes filles? Le voici : Que la
volonté de Dieu soit faite sur la terre comme dans le
ciel; et ce chant vous l'exprimez par votre exemple
de sorte que toutes les personnes qui visitent l'établissement sont ravies de l'harmonie de votre obéissance. Comme le psalmiste, vous criez à tous les mortels, mais plus particulièrement à vos parents, à vos
amis.... instruits de votre retraite à Nazareth : Glori-
fiez avec moi le Seigneur et tous ensemble exaltons

son saint nom. Non, je ne veux pas seule le bénir, ni seule l'aimer, ni seule l'embrasser, ni seule le posséder ; je veux que tous partagent mon bonheur.

L'intonnation que vous avez faite de ce cantique dès votre entrée dans la Solitude, a été si forte qu'elle retentit dans toute la ville, jusque dans les pays étrangers, et qu'elle persévère jusqu'à votre mort. C'est à ce moment qu'elle est plus qu'harmonieuse, car, alors, elle est toute céleste, toute divine.

On le sait, mes filles : toute la vie de l'homme se reflète dans sa dernière heure. A ce moment suprême, tandis que le corps lutte avec la mort, comme autrefois Jacob avec l'ange, l'âme se réveille..... et pendant qu'elle est devant son juge, le corps est jeté à la corruption qui l'a engendré et qu'il engendre à son tour.

C'est surtout à la Solitude de Nazareth qu'il est beau d'étudier les mystères sublimes de la mort. C'est là qu'il est consolant de vous voir, mes filles, naguère l'objet des dégoûts du monde, revêtir, en exhalant le dernier sourire, un caractère auguste et sacré. A Nazareth, près des couches mortuaires autour desquelles le monde ferait éclater des sanglots, retentissent sans relâche des cantiques d'espérance, des chants d'allégresse et d'amour. Tantôt la malade vous invite, dans ses derniers moments, à célébrer sa délivrance ; tantôt elle demande à la nature à se réjouir avec elle. Reliant alors en un faisceau ses dernières douleurs à ses derniers soupirs, elle en consacre l'offrande aux saintes plaies du cœur de Marie. A Nazareth la Providence prépare elle-même la mort du corps et la régénération de l'âme ; et tandis qu'elle affaiblit peu à peu les organes pour les livrer engourdis au trépas, elle double l'énergie de l'esprit et l'attire par des consolations indicibles, par des promesses ineffables. Elle échange en autel le chevet du lit de douleur, fortifie la malade par l'onction de l'huile sainte, la nourrit du pain des forts.... C'est ainsi qu'appuyée sur son divin Sauveur, la nazaréenne est joyeuse de rompre les liens de sa captivité et de partir pour le ciel.

A peine a-t-on annoncé à une nazaréenne la bonne nouvelle du terme de son exil, que toutes vous lui portez une sainte envie et la félicitez de son bonheur.... alors les prières les plus ferventes recommandent ses derniers moments à Dieu, et mille messages lui sont donnés par vous pour les nazaréennes déjà endormies dans la paix du Seigneur. Suspendue au bord de l'éternité, la nazaréenne, qui naguère avait peine à exprimer ses sentiments, pénètre dans le secret des choses qui échappent à la sagacité de l'homme et ne se possède pas de bonheur. Toute trempée des sueurs de la mort, elle continue à s'entretenir avec une onction surprenante de Dieu, du pardon de ses fautes.....

La foi, vous le savez, est si puissante dans vos âmes enivrées de l'amour divin, que l'idée seule du trépas vous électrise toujours. Que d'exemples dont vous avez été les témoins ! Je me bornerai seulement à vous en rapporter quatre ou cinq : vous avez vu Marie Andréline paralysée, pour ainsi dire, par les longues souffrances, et par suite incapable de se remuer, qui, toute ravie en face de la mort, par l'espérance et la foi, s'élança d'un bond hors de sa couche, tendant les bras sans doute à une apparition invisible, poussa un soupir d'extase et retomba morte sur son lit. Marie Hélène, terrassée déjà par la dernière étreinte, s'écria, pendant qu'on lui faisait les prières de l'agonie : Ciel! ciel! ciel! Et c'est dans ces moments, vous le savez que, dans l'attente de ce bonheur, son âme, repoussant le corps comme pour le rejeter à la terre, s'efforçait de briser ses liens pour s'envoler au ciel. Marie-Madeleine, qui, comme vous, ne tenait à la terre que par les entraves de sa mortatité, dit un jour en votre présence au médecin : « Je suis, Monsieur, un peu fâchée contre vous. Mais pourquoi, reprend le médecin? C'est, répond la malade, que, par vos remèdes, vous prolongez mon exil sur la terre et vous retardez ainsi mon bonheur éternel. A ces paroles, le médecin, aussi surpris qu'édifié, s'écria en s'adressant à madame la Supérieure : Vraiment, Madame, vos filles vont à la mort avec plus d'empressement et de joie que les gens du monde ne vont à leurs parties de plaisir.

Les jeunes filles confiées par l'État à notre tutelle donnent aussi à leurs sœurs d'infortune les mêmes exemples au moment de la mort. Vous les avez vues regarder le trépas comme un bienfait, et l'accepter avec amour. Vous avez été singulièrement édifiées en voyant Hermance Vincent ne sachant comment exprimer sa joie et son bonheur en pensant qu'elle allait mourir. Comme on lui demanda si elle n'avait pas du regret de quitter la vie. Oh! non, dit-elle avec empressement; ma fortune est faite, et ma couronne est déjà préparée. Et quand on lui dit de recourir souvent à Marie : Mais Marie est ma mère, répondit-elle avec étonnement! Une mère n'est-elle pas toute à son enfant? Louise Martin, que disait-elle à la religieuse qui s'attendrissait sur ses souffrances? Ne me plaignez pas, ma Sœur, mes souffrances sont méritées; elles me servent à expier les faiblesses de mon enfance ; et puis, pourquoi par cette consolation m'exposer à perdre une partie des mérites de mes douleurs ?.....

Mes filles, le monde, en général, craint les tombes, parce qu'elles ne lui racontent que le passé ; mais vous, au contraire, vous les aimez, parce qu'elles vous font penser à l'avenir. Aussi la Solitude de Nazareth, loin d'éloigner de vos yeux le champ d'espérance et de repos, l'a placé sous vos yeux, au milieu des arbustes et des fleurs d'un de ses bosquets. Quelques croix de bois ou de pierres brutes, symbole de consolation et de grâce, ornent seules cette partie de la Solitude réservée à ses morts. Le rossignol y fait entendre ses mélodies, et vous, mes filles, vous en charmez les alentours par les chants que vous inspirent l'amour et l'espérance ; et souvent, vous isolant par la pensée des jeux de la récréation, vous fixez vos regards au milieu du bosquet où reposent les cendres de vos sœurs : vous portez envie à leur bonheur, et vous suppliez leur tombe de ne pas vous oublier trop longtemps loin de Jésus, loin de Marie, loin du paradis.

CANTIQUES.

CANTIQUES NOUVEAUX

A MARIE

RELATIFS A LA DIVINE EUCHARISTIE.

(Voyez la première des notes qui sont au commencement,
paginées par des chiffres romains.)

———————

Venez, mangez le pain que je vous donne et buvez le vin que
je vous ai préparé. *Venite, comedite panem meum et bibite vinum
quod miscui vobis.* (*Prov.* IX, 5.)

Sur l'air : *Par les chants les plus magnifiques.*

MARIE.
Je suis votre mère chérie,
Accourez tous à mon festin;
C'est moi-même qui vous convie,
Chantez en chœur l'hymne divin.

LES AMES FID.
Dans un saint transport d'allégresse
Exaltons tous notre bonheur.
L'amour réclame la tendresse;
Lui seul mérite notre cœur.

MARIE.
Venez, mangez le pain de vie;
C'est moi qui vous l'ai préparé.
Buvez dans ma coupe chérie,
Renoncez au monde égaré.

LES AMES FID.
De ton amour goûtant l'ivresse,
Nous célébrons notre bonheur.
Ton sang, ô Mère de tendresse !
Ravive aujourd'hui notre cœur.

MARIE.
Jésus, formé de ma substance,
Se donne à vous au sacrement;

Par un effet de sa puissance,
Ma chair devient votre aliment.

LES AMES FID. O quel amour, ô tendre mère !
Quoi ! tu veux venir dans nos cœurs,
T'unir à nous dans ce mystère
Et nous combler de tes faveurs ?

MARIE. Au Ciel ne portez pas envie,
Je suis avec vous sur l'autel ;
Je vous donne le pain de vie,
Mon fils, le Fils de l'Eternel.

LES AMES FID. Célébrons l'amour de Marie,
Faisons éclater nos transports.
Cieux ! joignez à notre harmonie
Et vos concerts et vos accords.

MARIE. Venez, humbles Nazaréennes ;
Venez, venez à mon festin :
Votre cœur a brisé ses chaînes,
Approchez, soyez sans chagrin.

LES NAZAR. Nous accourons, ô tendre Mère !
Avec joie à ton saint banquet.
Nous chérissons ton sanctuaire ;
C'est là que notre cœur se plaît.

Air nouveau.

O divine Marie,
Mère tendre et chérie,
Pour moi ton cœur est un vrai ciel,
Répands sur moi l'ivresse
D'une sainte allégresse ;
Daigne m'offrir à l'Eternel.
O bonne Mère !
Sois sur la terre
Mon aliment au saint autel.

Ta chair, tendre Marie !
Est dans l'Eucharistie.

O quel bonheur ! je vis de toi !
Dès le point de l'aurore,
Mon cœur aimant t'implore.
Daigne toujours nourrir ma foi.
O bonne Mère !
Je veux te plaire,
Ta vie en tout sera ma loi.

Chère et tendre Marie,
Mon bonheur et ma vie,
Tu me souris au saint autel ;
Je goûte ton ivresse,
Je suis dans l'allégresse
Quand je reçois le pain du ciel.
Alors mon âme
Est toute flamme
Et se consacre à l'Eternel.

O pieuse Marie !
Par toi l'Eucharistie
Me réjouit à Nazareth.
Comme tout m'est facile
Dans ce pieux asile,
Je viens souvent à ton banquet.
O tendre Mère !
En toi j'espère ;
Je te bénis : mon cœur est satisfait.

———————

Sur l'air : *A qui doit-il appartenir ?*

Un amour saint brûle mon cœur ;
Je t'aime, ô divine Marie !
Je suis à l'autel tout ferveur
Quand je reçois l'Eucharistie.
A toi je me donne en ce jour,
De mon cœur ravive l'amour.

Quand je m'approche de l'autel,
A toi, je m'unis, ô Marie !

Puis-je porter envie au Ciel ?
Mon trésor est l'Eucharistie.
A toi.....

Mon cœur, par la communion,
S'unit à Jésus, à Marie.
O qu'elle est douce l'union
Dont le nœud est l'Eucharistie !
A toi.....

Dans l'asile de Nazareth,
Qu'habite l'aimable Marie,
Le cœur est toujours satisfait,
Mon bonheur est l'Eucharistie.
A toi.....

Air nouveau.

Au saint autel je trouve mon amour :
C'est mon Jésus, c'est l'aimable Marie ;
Je les y trouve à chaque instant du jour.
Tous deux y sont l'aliment de ma vie.
    Ô quel bonheur !
Des plaisirs purs s'infusent dans mon cœur.

Puis-je, ô Jésus, puis-je vivre sans toi ?
Et puis-je aussi sans toi vivre, ô Marie ?
N'êtes-vous pas l'aliment de ma foi,
Et de mon cœur et l'amour et la vie ?
    O quel.....

Tout mon trésor est mon divin Jésus,
Et ce trésor est celui de Marie.
Vrai pain du ciel, vrai froment des élus,
Jésus me dit : *Mange, je suis la vie.*
    O quel.....

Tout mon bonheur se trouve à Nazareth,
Et ce bonheur est Jésus et Marie ;

Toujours près d'eux mon cœur est satisfait,
Ils sont tous deux le soutien de ma vie.
O quel.....

Sur l'air : *O doux Jésus tout languissant d'amour.*

L'amour divin s'infuse dans mon cœur ;
C'est ton ouvrage, ô divine Marie !
Dans mon exil je trouve un grand bonheur,
Et ce bonheur est dans l'Eucharistie.

Je vis, mais non, Jésus, tu vis en moi ;
Tu vis en moi, chère et tendre Marie.
Mon cœur toujours suit de l'amour la loi,
Et mon amour est dans l'Eucharistie.

Toute ma gloire et ma félicité
Sont d'être à toi nuit et jour, ô Marie !
Au saint autel j'éprouve ta bonté,
Quand je reçois la sainte Eucharistie.

A Nazareth se trouve mon trésor,
Et ce trésor est Jésus et Marie ;
C'est avec eux que je prends mon essor
Pour m'envoler dans la cité chérie.

Sur l'air : *Aux montagnes de la Savoie.*

MARIE.   Bois de mon vin, âme chérie,
                Bois, bois, il est délicieux ;
                Le vif désir de la patrie
                En sera l'effet précieux.
L'AME FIDÈLE.   Je suis d'amour toute ravie ;
                C'est toi que j'aime, Eucharistie.

MARIE.   Mon vin inspire l'allégresse,
                Il communique la ferveur ;

C'est lui qui, par sa douce ivresse,
Fait goûter la joie à ton cœur.

L'AME FIDÈLE. Je suis....

MARIE.　　　　Mon vin est un exquis breuvage,
Il produit la simplicité;
Il est le principe et le gage
De l'heureuse immortalité.

L'AME FIDÈLE. Je suis.....

MARIE.　　　　Alors dans un pieux délire,
Et dans de vifs transports d'amour,
A Nazareth : ton cœur soupire
Après le céleste séjour.

LA NAZARÉEN. Je suis.....

———————

Sur l'air : *Le monde en vain, par ses biens et ses charmes.*

Je veux t'aimer, ô Marie, ô ma Mère !
Seconde en moi ce désir de mon cœur ;
Daigne exaucer mon instante prière,
Et m'embraser des feux de ta ferveur.

Je veux m'unir à toi, Mère chérie,
Et pour cela je viens à ton autel ;
J'y trouve tout, car j'y trouve la vie,
Ton divin fils, le Fils de l'Eternel.

Là, je reçois de ton fils la substance.
Dès lors je vis sous ton aimable loi.
O quelle gloire ! ô quel amour immense !
Je vis... Non, non, Jésus seul vit en moi.

A Nazareth, ô divine Marie !
Je suis toujours au comble du bonheur.
J'y trouve tout, car j'y trouve la vie,
Ton divin fils, le trésor de mon cœur.

———————

Sur l'air : *Par les chants les plus magnifiques.*

O divine et tendre Marie !
Ton cœur me ravit nuit et jour.
J'admire dans l'Eucharistie
Envers moi ton excès d'amour.
Ton lait divin me déifie,
Il est bien meilleur que le vin ;
C'est ton fils, l'auteur de la vie,
Que je reçois à ton festin.

Cette nourriture immortelle
Devient l'aliment de mon cœur ;
Cette faveur toute nouvelle
Remplit mon âme de ferveur.
La chair de ta chair, ô Marie !
Jésus, le Fils de l'Eternel,
Me nourrit dans l'Eucharistie
Quand je m'approche de l'autel.

Partout, ô divine Marie,
Des vertus tu répands l'odeur.
Aux cœurs tu donnes l'énergie,
Tu leur inspires la ferveur.
De tes vertus, le doux arome
Pénètre l'âme du pécheur,
Et Jésus en fait son royaume
Où règne partout le bonheur.

A Nazareth souvent je pleure
Et d'amour et de repentir,
Et, dans cette sainte demeure,
Je veux vivre, je veux mourir.
En attendant, l'Eucharistie
Est mon aliment à l'autel ;
Par elle je suis à Marie
Et m'achemine vers le ciel.

Sur le même air.

Je suis redevable à Marie
Du don qui m'est fait à l'autel,
De la divine Eucharistie,
Pain des anges, vrai pain du ciel.
Tout brûlant d'un amour extrême,
Jésus se fixe dans mon cœur.
Là sans cesse il me dit : *Je t'aime,*
Ouvre ton âme à la ferveur.

Marie, au Calvaire prêtresse,
Immole, pour ses chers enfants,
Le fils, objet de sa tendresse,
Qu'elle avait porté dans ses flancs.
Elle m'aime, j'ose le dire,
Elle m'aime presqu'à l'excès ;
Auprès d'elle, tout me l'inspire,
Je trouve le plus grand accès.

A toi je m'adresse, ô Marie,
Je sais que mon salut t'est cher :
Parle pour moi, Mère chérie,
A ton fils, la chair de ta chair.
Il me nourrit de sa substance
Et de la tienne au saint autel ;
Il me remplit de confiance,
Il m'ouvre les portes du ciel.

O le beau jour qui nous éclaire !
Nous nous unirons à Jésus,
Nous nous unirons à sa mère
Pour les aimer de plus en plus.
Nous nous unissons à Marie
En prenant la chair de son fils ;
Par la divine Eucharistie,
Nos cœurs à leurs cœurs sont unis.

Fixe-moi dans la Solitude,
Dans l'asile de Nazareth ;
Car là, mon incessante étude
Est de m'exciter au regret.
Je mange ta chair, ô Marie,
En mangeant la chair de ton fils !
Et votre chair me fortifie
Contre mes cruels ennemis.

———————

Air nouveau.

Avec transport allons au saint autel,
Là nous attend le fils de l'Eternel.
C'est toi, divin Jésus, qui, dans l'Eucharistie,
Nous nourris de ta chair, que tu tiens de Marie.
    Oui, nous t'aimons, Jésus,
    Toujours de plus en plus.

O quel bonheur ! le Fils de l'Éternel
En ce moment s'immole au saint autel ;
Il s'immole pour nous, et, dans l'Eucharistie,
Il fait voir son amour envers nous et Marie.
    Oui, nous t'aimons...

Marie a fait de la chair de sa chair
Un grand festin qui doit nous être cher.
Ce festin est Jésus qui, dans l'Eucharistie,
Nous nourrit de la chair qu'il reçut de Marie.
    Oui, nous t'aimons...

Tout est merveille à l'autel de Jésus,
Amour ! respect ! nos sens sont confondus.
Tu me nourris de foi, divine Eucharistie,
Et je suis tout amour pour Jésus et Marie.
    Oui, nous t'aimons...

Nourrissons-nous de la chair de Jésus,
Pour lui d'amour brûlons de plus en plus.

*

Nous voyons à l'autel et dans l'Eucharistie
Ton amour, ô Jésus ! ton amour, ô Marie !
Oui, nous t'aimons...

Enivre-nous de ton sang, ô Jésus !
Mais avant tout donne-nous tes vertus.
En toi nous contemplons, auguste Eucharistie,
Les grandeurs de Jésus et l'amour de Marie...
Oui, nous t'aimons...

Le bon Jésus, vrai pain du ciel,
Pour notre amour s'est fixé sur l'autel.
Celui qui te reçoit, ô sainte Eucharistie !
S'incorpore à Jésus et s'unit à Marie.
Oui, nous t'aimons...

Les vrais trésors, les plaisirs, les honneurs,
Sont à l'autel et ravissent les cœurs.
Allons les y chercher; c'est par l'Eucharistie
Que nous les trouverons dans l'amour de Marie.
Oui, nous t'aimons...

Le prêtre parle et Jésus obéit.
Ce grand mystère à l'autel s'accomplit.
Nous admirons en toi, divine Eucharistie,
L'amour du bon Jésus et l'amour de Marie.
Oui, nous t'aimons...

Vierge prêtresse, au mont de Golgotha,
Marie offrit son fils à Jéhovah.
C'est le Verbe éternel qui, dans l'Eucharistie,
Dévoile son amour envers nous et Marie.
Oui, nous t'aimons...

Au saint autel, le pain n'est plus de pain ;
Egalement le vin n'est plus de vin :
C'est le corps, c'est le sang que, dans l'Eucharistie,
Jésus nous donne à tous, et qu'il prit de Marie.
Oui, nous t'aimons...

Nous soupirons après toi, doux Sauveur ;
Viens au plus tôt, entre dans notre cœur.

Nourris-nous de sa chair, ô sainte Eucharistie !
Et toujours nous plairons à Jésus, à Marie.
      Oui, nous t'aimons...

    Approchons-nous, dans un transport d'amour,
    Du bon Jésus à chaque instant du jour.
Il nous parle partout ; mais, dans l'Eucharistie,
Il parle à notre cœur de l'amour de Marie.
      Oui, nous t'aimons...

———————

Sur l'air : *Dieu dont la puissance infinie.*

    Dans mon exil, Eucharistie,
    Tu fais mon unique bonheur.
    Par toi je m'unis à la vie,
    Et je m'infuse la ferveur.
    Je m'unis encore à Marie
    Quand je prends la chair de son fils :
    A tous les deux alors unie,
    J'exhale l'arome du lis.

    C'est en toi, sainte Eucharistie,
    Que je puise l'amour divin ;
    Que je prends l'esprit de Marie,
    Son œil, son oreille et sa main.
    Comme elle, je vois sans nuage
    Les charmes de l'humilité ;
    Je vois qu'elle est mon apanage,
    Et qu'elle est ma propriété.

    Ta voix, divine Eucharistie,
    Se fait entendre dans mon cœur ;
    J'écoute et ta voix me convie
    A suivre mon divin Sauveur :
    Marche, me dis-tu, sur ses traces ;
    Imite ses rares vertus.
    Il t'enrichira de ses grâces,
    Tu vivras comme ses élus.

A Nazareth, Eucharistie,
Je me sens toute de ferveur,
Et tu me remplis d'énergie
Pour mériter le vrai bonheur.
J'agis alors en conséquence :
Je quitte le monde trompeur ;
Je me voue à la pénitence,
A la prière, au long labeur.

Quand je reçois l'Eucharistie
Et que je possède Jésus,
Riche du pur sang de Marie,
Je me forme sur ses vertus.
Je me sens brûler de sa flamme ;
Mon cœur s'infuse dans son cœur,
Mon âme s'écoule en son âme ;
Je suis pour elle toute ardeur.

Quand je te vois, Eucharistie,
Mon cœur palpite de bonheur,
Je me rappelle alors Marie,
Et son ineffable ferveur.
C'est toujours avec confiance
Que je m'approche de l'autel ;
Alors, dans un profond silence,
Je me dis : *N'es-tu pas au ciel ?*

O quel bonheur, Eucharistie,
De te posséder nuit et jour !
Par toi je suis toute à Marie
Et je brûle de son amour.
Dans notre aimable Solitude,
Où je goûte la paix du cœur,
Je n'ai désormais d'autre étude
Que la prière et le labeur.

Sur l'air : *Par les chants les plus magnifiques.*

Nous mangeons ta chair, ô Marie !
En mangeant la chair de ton fils ;
Nous avons donc, Mère chérie,
Tes reliques dans nos parvis.
O Marie, ô très-douce mère !
Quel amour ! quelle charité !
Tu nous offres, dans ce mystère,
Le lait de la divinité.

Ainsi tes reliques vivantes
Sont sur l'autel au sacrement ;
Elles nous rendent plus ferventes,
Et notre cœur est tout brûlant.
Dans notre pieux sanctuaire,
Nous te consacrons notre cœur.
Notre désir est de te plaire
Et de brûler de ta ferveur.

Notre bonheur, dans cette enceinte,
Est d'approcher du saint autel,
De nous y nourrir, Vierge sainte,
De ton fils le Verbe éternel.
Ton divin fils, Vierge Marie,
N'est-il pas la chair de ta chair ?
Notre âme, de sa chair nourrie,
Nous le rend infiniment cher.

CANTIQUES NOUVEAUX

A MARIE

PENDANT LE MOIS DE MAI.

(Voyez la seconde des notes qui sont au commencement.)

------◆------

L'hiver est déjà passé, les pluies se sont dissipées; elles ont entièrement cessé. Déjà les fleurs paraissent sur notre terre.... La voix de la tourterelle se fait entendre. *Jam hiems transiit, imber abiit et recessit. Flores apparuerunt in terra nostra...... Vox turturis audita est.* (Cantique des cantiq.; II, 11.)

Sur l'air : *Sion, de ton harmonie.*

Salut, ô mois de Marie !
Ton retour ravit nos cœurs.
A notre Mère chérie,
Nous pourrons offrir des fleurs.
Salut.....

Déjà l'aimable verdure
Charme et réjouit nos cœurs,
Et les eaux, au doux murmure,
Emaillent nos prés de fleurs.
Salut.....

Déjà notre belle allée
Se borde de verts tapis,
Et notre aimable vallée
Revêt la rose et le lis.
Salut.....

Déjà, de notre parterre,
Et les plantes et les fleurs,
Embaument notre atmosphère
De leurs suaves odeurs.
Salut.....

Déjà dans notre bocage
On entend divers oiseaux ;
Ils ont chacun son ramage,
Tous chantent des airs nouveaux.
Salut.....

Nazareth, tendre Marie,
T'offre toujours ses ferveurs,
Mais avec plus d'énergie
Pendant ce beau mois de fleurs.
Salut.....

———————

Sur l'air : *Par les chants les plus magnifiques.*

Le mois de mai, tendre Marie,
Nous réjouit par son retour ;
Nous t'offrons, ô Mère chérie !
Ses fleurs, nos chants et notre amour.
Dans notre aimable Solitude,
Tous les jours nous t'offrons nos cœurs ;
Mais notre vive gratitude
Redouble, en ce mois, nos ferveurs.

O quel bonheur, ô douce Mère !
Ton cœur aimant nous réjouit ;
Nous désirons toujours te plaire,
En toi tout charme et tout ravit.
Dans notre...

Non, ton cœur n'est jamais stérile ;
Il produit en nous la ferveur ;
Tu nous bénis dans cet asile,
Tu nous y combles de bonheur.
Dans notre...

Tu seras toujours notre Mère,
Nous serons toujours tes enfants

Offre à Jésus notre prière
Et soutiens nos pas chancelants.
Dans notre...

———

Sur l'air : *Troupe innocente.*

Tendre Marie,
Reçois, avec mes fleurs,
Mon harmonie,
Mes regrets, mes ferveurs.
Dans ce beau mois de mai,
De ses fleurs parfumé,
Je dis, Mère chérie,
Ton amour m'a charmé,
Tendre Marie.

De la vallée,
J'ai cueilli les beaux lis,
Et de l'allée,
La myrrhe et les soucis.
Mais quel est mon bonheur?
Riche de la ferveur,
Mon âme consolée
T'offre la belle fleur
De la vallée.

O qu'elle est belle
Cette charmante fleur !
L'âme fidèle
La porte avec bonheur.
Aimable pureté,
Ta divine beauté
Ranime tout mon zèle.
Mon cœur dit enchanté,
O qu'elle est belle !

Tendre Marie,
Je ne puis, moi, t'offrir

Que l'énergie
De mon vif repentir.
Daigne agréer mes pleurs ;
Mes soupirs, mes labeurs ;
Sois toujours, je t'en prie,
L'asile des pécheurs,
   Tendre Marie.

Air nouveau.

Tendre Marie,
Bénis toujours
La mélodie
De nos amours.
Le mois de mai, tendre Marie,
Nous charme et nous ravit toujours ;
Daigne agréer, Mère chérie,
Nos fleurs, nos chants et nos amours.

Tendre Marie,
Ici toujours
Tout nous publie
Tes vifs amours.
Le mois de mai...

Tendre Marie,
Le cœur toujours
Se fortifie
Dans tes amours.
Le mois de mai.

Tendre Marie,
Ton nom toujours
Est l'harmonie
De nos amours.
Le mois de mai....

Tendre Marie,
T'aimer toujours
Est l'énergie
De nos amours.
Le mois de mai....

———

'Sur l'air : *Sion, de ton harmonie.*

Le cœur pieux et fidèle,
Au seul aspect du printemps,
Animé d'un nouveau zèle,
Répète à tous les instants :
Chantons une hymne à Marie,
Consacrons-lui nos accents ;
Ton beau nom, Mère chérie,
Sera l'objet de nos chants.

Les fleurs parent nos prairies,
Nos vergers et nos jardins ;
L'oiseau dans ses mélodies,
Répète tous les matins :
Chantons...

Les beaux tapis de verdure
Décorent nos alentours,
Les ruisseaux, au doux murmure,
Nous répètent tous les jours :
Chantons...

Les berceaux, au frais feuillage,
Ombragent tous nos coteaux,
Les zéphyrs, dans leur langage,
Redisent en chants nouveaux :
Chantons...

Tout bourgeonne en nos campagnes,
Et tout se pare de fleurs,

Et les échos des montagnes
Répètent à tous les cœurs :
Chantons...

Les humbles Nazaréennes,
Dans ce mois de saints transports,
T'offrent leurs sueurs, leurs peines,
Leurs cœurs, leurs pieux accords.
Chantons...

————

Sur l'air : *Mère de Dieu, quelle magnificence !*

Pendant ce mois rivalisons de zèle,
A notre mère offrons nos belles fleurs ;
A son autel sa bonté nous appelle,
Prosternons-nous, consacrons-lui nos cœurs.
       Troupe chérie,
        En ce beau mois,
       Chantons Marie,
     Unissons tous nos voix.

Ministres saints, vous dont l'âme est si pure,
A votre Reine offrez vos plus beaux lis.
Conservez-nous à ses yeux sans souillure
Et de Sion ouvrez-nous les parvis.
       Troupe chérie...

Venez, venez, pieux anachorètes,
A votre mère offrez aussi vos fleurs ;
Portez vos lis, portez vos violettes,
Ces types vrais des vertus de vos cœurs.
      Troupe...

Cueillez vos fleurs, ferventes religieuses,
De votre mère embellissez l'autel,
Et qu'à ses pieds, vos voix harmonieuses
Pour la chanter s'élèvent jusqu'au Ciel.
      Troupe...

Ne tardez plus, vierges du Ciel chéries,
Vous dont le cœur brûle du saint amour,
Cueillez, cueillez les fleurs de vos prairies,
A votre Mère offrez-les en ce jour.
　　　Troupe...

Tendres enfants, apportez vos guirlandes;
Fiers de vos dons, courez vite à l'autel.
Là votre Mère accueille vos offrandes,
Vouez-lui donc un amour éternel.
　　　Troupe...

Séchez vos pleurs, humbles Nazaréennes,
A votre Mère apportez quelques fleurs.
Consolez-vous : elle a brisé vos chaînes;
Elle est toujours l'asile des pécheurs.
　　　Troupe...

Air nouveau.

　Tous les soirs, dans notre enceinte,
　Pendant le beau mois de mai,
　Nous aimons, ô Vierge sainte !
　A chanter ton nom sacré.
　　　Ton sourire
　　　Nous attire
　Dans tes bras, Mère d'amour.
　　　La tendresse,
　　　Qui te presse,
　Nous réjouit nuit et jour.

　Ici, tous les jours, Marie,
　Nous te consacrons nos voix;
　Mais avec plus d'énergie
　Pendant le cours de ce mois.
　　　Ton...

　La procession s'ordonne,
　La joie est dans Nazareth.

L'amour divin l'environne ;
Tout inspire le respect.
    Ton...

A l'instant notre harmonie
Retentit de toutes parts,
Et ta bannière, ô Marie !
Fixe et ravit nos regards.
    Ton...

Sous nos berceaux de feuillage,
Pour toi quels pieux concerts !
Le rossignol du bocage
Y mêle ses chants divers.
    Ton...

Devant ton autel, Marie,
Dressé dans notre bosquet,
Nos cœurs, dans leur mélodie,
T'expriment leur vif regret.
    Ton...

Mère des Nazaréennes,
Daigne activer nos ardeurs.
N'as-tu pas brisé nos chaînes ?
N'as-tu pas séché nos pleurs ?
    Ton...

Sois sensible, ô tendre Mère !
Aux soupirs de tes enfants ;
Exauce notre prière,
Bénis nos pieux élans.
    Ton...

Air nouveau.

Chantons toujours Marie ;
Mais, surtout dans ce mois,

Unissons à nos voix
De nos cœurs l'harmonie.
Chantons...

Le beau mois de Marie
Réjouit notre cœur.
Chantons, chantons en chœur
Notre Mère chérie.
Chantons...

Joignons à l'harmonie
Des oiseaux du bosquet,
Notre pieux regret,
Et célébrons Marie.
Chantons...

Charmante Philomèle,
Tes chants harmonieux,
Pour la Reine des cieux,
Raniment notre zèle.
 Chantons...

O joyeuse alouette,
Et vous oiseaux des champs,
Répétez, dans vos chants :
Marie est une fête.
Chantons...

Timide tourterelle,
Et vous, oiseaux des bois,
Chantez pendant ce mois :
O que Marie est belle !
Chantons...

Pour célébrer Marie,
C'est trop peu de nos chants ;
Offrons-lui nos élans
Et vivons de sa vie.
Chantons...

Dans ce mois, la nature
Offre à l'*Alma* ses fleurs.

Offrons-lui, nous, nos cœurs,
Aimons-la sans mesure.
Chantons...

A l'autel de Marie,
Offrons tous les matins,
Avec nos beaux jasmins,
De nos cœurs l'harmonie.
Chantons...

Sur l'air : *Nous qu'en ces lieux combla de ses bienfaits.*

Vierges, venez; voyez cette oasis.
    Pourrait-elle ne pas vous plaire?
Admiréz-la dans ses fleurs, dans ses fruits;
    Elle est l'ornement de la terre.
Oui, nous chantons souvent à Nazareth
    Le nom glorieux de Marie;
Mais, dans ce mois, notre cœur satisfait,
    Le chante avec plus d'énergie.

Cette oasis, qui ravit par ses fleurs,
    Par ses fruits, par sa symétrie,
Et dont l'aspect console les pécheurs,
    Est le cœur aimant de Marie.
Oui, nous chantons...

Voyez les fleurs ou plutôt les vertus
    Qui, chaque jour, ô grand mystère !
Font de son cœur, vrai trésor des élus,
    Du Dieu d'amour le sanctuaire.
Oui, nous chantons...

Ce beau parterre est tout semé de fleurs;
    On y voit le lis, la violette,
De plus la rose aux plus vives couleurs.
    Tout charme et l'âme est satisfaite.
Oui, nous chantons...

Dans ce bosquet j'admire, tout surpris,
   Les belles et bonnes grenades.
J'admire encor tous ces divers produits,
   Vrais charmes de mes promenades.
Oui, nous chantons...

Le nard partout y croît abondamment,
   Le fruit de Chypre y croît de même;
Ces fruits divers sont le type évident
   D'un cœur dont l'amour est extrême.
Oui, nous chantons...

Dans ce jardin est aussi le safran,
   La canne, le bon cinnamome,
Et l'arbre encor qui croît sur le Liban;
   Tous ont un parfum qui m'embaume.
Oui, nous chantons...

Là, nuit et jour, tout respire l'odeur
   De l'aloès et de la myrrhe;
Tous les parfums y ravissent le cœur,
   Et le cœur après eux soupire.
Oui, nous chantons...

Toujours, toujours la source des jardins,
   Et toujours le puits des eaux vives,
Du mont Liban, sans des secours humains,
   Coulent et débordent les rives.
Oui, nous chantons...

Vent d'aquilon, sors, sors de grand matin,
   Sors de ce lieu, fuis au plus vite.
Tout est charmant dans ce nouvel Eden;
   Tout au divin amour invite.
Oui, nous chantons...

Vent du midi, promène ce jardin;
   Ton souffle est doux et salutaire.
Il réjouit les plantes au matin;
   De plus, il humecte la terre.
Oui, nous chantons...

Léger zéphyr, folâtre sur ses fleurs,
  Prends leur parfum, va le répandre
Dans les esprits et surtout dans les cœurs;
  Infuse en eux un amour tendre.
Oui, nous chantons...

Sur l'air : *Par les chants les plus magnifiques.*

Le Rossignol chante Marie
Pendant la nuit, pendant le jour,
Il unit sa douce harmonie
  aux vifs transports de notre amour.
Célébrons en chœur notre mère
Par nos chants et par nos amours.
Nous voulons l'aimer et lui plaire
Aujourd'hui, demain et toujours!

Les oiseaux de notre bocage
Nous redisent tous les matins:
Marie est de vos cœurs le gage,
Répétez nos pieux refrains:
« Tous les cœurs, dans la Solitude,
» Chantent Marie à chaque instant,
» L'amour est leur unique étude;
» Il est seul l'objet de leur chant. »

La nature est belle et riante,
Son hymne d'amour réjouit.
Partout elle est luxuriante,
Partout l'oiseau chante et ravit.
Nous te bénissons, Vierge pure,
A chaque instant avec ferveur,
Et ton amour, qui nous rassure,
S'inocule dans notre cœur.

Le retour seul de l'hirondelle
Annonce le beau mois des fleurs;
La nature chante avec zèle,
Au chant tout invite nos cœurs.

On entend la belle harmonie
Des plantes, des fleurs, des oiseaux ;
Tout chante et célèbre Marie
Dans les vallons, sur les coteaux.

Nous chantons, nous aussi, Marie
Le long du jour à Nazareth ;
Mais notre plus belle harmonie
Est l'amour pur, le vif regret.
Aux pieux transports de nos mères,
Aux désirs des oints du Seigneur,
Nous joignons nos humbles prières,
Et nous demandons la ferveur.

———

Sur l'air : *Un attrait vers Jésus nous entraîne.*

O Marie, ô Mère de tendresse,
Nous t'offrons et nos chants et nos fleurs.
La ferveur, qui nuit et jour nous presse,
En ce mois redouble nos ardeurs.

Nazareth est un lieu tutélaire
Qui toujours sourit au repentir,
Et, de plus, il est un sanctuaire
Pour la fille en danger de faillir.

Notre cœur pour toi bat, Vierge sainte ;
Il bat fort, car il brûle d'amour.
Quel bonheur ! dans notre aimable enceinte,
Nous pouvons t'écouter nuit et jour.

La nature, en ce mois, ô Marie,
Se complaît à chanter tes grandeurs.
Nous t'offrons de nos bras l'harmonie,
Mais surtout de nos cœurs les ferveurs.

A nos cœurs, ton cœur parle sans cesse ;
Tu souris à notre repentir.
Ton amour nous remplit d'allégresse ;
Dans tes bras nous espérons mourir.

———

Air nouveau.

Que notre cœur soit d'amour consumé
Pendant les jours de ce beau mois de mai !
Chantons avec transport, chantons, chantons Ma-
Donnons-lui notre amour et vivons de sa vie. [rie ;
    Oui, nous t'offrons nos fleurs ;
    Oui, nous t'offrons nos cœurs.

De notre cœur nous t'offrons les amours ;
  Oui, nous t'aimons, nous t'aimerons toujours.
L'amour à ton autel nous attire, ô Marie !
Et, par ses doux transports, nous vivons de ta vie.
    Oui, nous...

Toi qui connais de nos cœurs le désir,
  A Nazareth obtiens-nous de mourir.
Nous t'offrons dans ce but nos fleurs, tendre Marie ;
Mais nous tâchons surtout de vivre de ta vie.
    Oui, nous...

A ton autel nous venons chaque jour
  T'offrir nos fleurs et surtout notre amour.
Par notre vif regret, ô divine Marie !
Obtiens-nous la faveur de vivre de ta vie.
    Oui, nous...

A notre mère offrons vite nos fleurs ;
  Mais avant tout offrons-lui nos ferveurs.
Oui, nous voulons t'aimer, ô divine Marie !
Et te plaire toujours en vivant de ta vie.
    Oui, nous...

Dans ce moment, et dans de vifs transports,
  Cueillons nos fleurs et formons des accords ;
'Mettons-nous à genoux et disons à Marie :
Nous sommes tes enfants, nous vivons de ta vie.
    Oui, nous...

A son autel portons nos belles fleurs ;
Mais faisons plus : consacrons-lui nos cœurs.
Jetons-nous à genoux et disons à Marie :   [vie.
Prends toujours soin de nous, nous vivrons de ta
Oui, nous...

De nos bosquets cueillons, cueillons nos fleurs,
Embaumons-les du parfum de nos cœurs.
Hâtons-nous, allons vite à l'autel de Marie,
Et disons lui souvent : *Nous vivons de ta vie.*
Oui, nous...

Chantons toujours, mais toujours dans ce mois,
Chantons Marie et vouons-lui nos voix.
N'est-elle pas toujours à notre égard Marie ?
Célébrons son saint nom et vivons de sa vie.
Oui, nous...

Dans ce beau mois, les transports de nos cœurs,
A ton autel se font voir par nos fleurs.
Daigne les accueillir, ô divine Marie !
Mais obtiens-nous surtout de vivre de ta vie.
Oui, nous...

Nous l'espérons, Marie à Nazareth
Nous soutiendra dans notre vif regret ;
C'est pourquoi nous t'offrons, à ton autel, Marie,
Nos fleurs et nos amours, en vivant de ta vie.
Oui, nous...

Consacrons-lui nos guirlandes de fleurs,
Mais plus encor nos couronnes de cœurs.
Le repentir te plaît, n'est-ce pas, ô Marie ?
Mais surtout l'innocence, en vivant de ta vie.
Oui, nous...

O quel bonheur si, dans ce mois de fleurs,
Nous pouvions voir la flamme dans nos cœurs,
Et la sentir en nous brûler pour toi, Marie ;
Enfin, mourir d'amour, vivre au Ciel de ta vie !
Oui, nous...

CONSÉCRATION A MARIE.

TOUS LES DIMANCHES DU MOIS DE MAI.

Air nouveau.

Venez, enfants, Mariè est votre Mère;
Prosternez-vous, c'est ici son autel.
Un cœur aimant l'honore et la révère,
Jurez-lui donc un amour éternel.
    Daigne en ce mois, ô Marie !
      De tes enfants,
Accueillir les vœux et les chants.

LES ENFANTS.

Oui, nous t'offrons, Mère chérie,
    Nos jeunes ans,
    Nos saints élans ;
C'est pour toujours, c'est pour la vie.
    Reine des cieux,
    Couronne nos vœux.

    Reçois nos fleurs,
    En ce beau jour,
    Et de nos cœurs
    Le vif amour.
Oui, nous t'offrons...

A votre Mère, apportez vos guirlandes;
Déposez-les aux pieds de son autel.
De votre amour entourez vos offrandes,
Ayez pour elle un amour éternel.
    Daigne...

Tendre Marie, écoute leur prière :
Tous leurs désirs sont de te voir au ciel.
Dans leur exil, ah ! montre-toi leur mère,
Leur cœur te voue un amour éternel.
    Daigne...

Et nous aussi, pauvres Nazaréennes,
Nous ornerons de nos fleurs ton autel ;
Daigne agréer nos sueurs et nos peines,
Et les offrir pour nous à l'Eternel.
  Daigne, en ce mois, ô Marie !
   De notre cœur
  Accueillir la vive douleur.

  Oui, nous t'offrons, Mère chérie,
    Et nos soupirs
    Et nos désirs.
C'est pour toujours, c'est pour la vie.
   Reine des cieux,
   Couronne nos vœux ;

   Reçois nos fleurs,
   En ce beau jour,
   Et de nos cœurs
   Le vif amour.
  Daigne en ce mois...

(Voyez la troisième des notes qui sont au commencement, paginées par des chiffres romains.)
Chantez au Seigneur un cantique nouveau : *Cantate Domino canticum novum.* (Ps. 95.)

  Sur l'air : *Mère de Dieu, quelle magnificence.*

Oui, ta beauté me ravit, ô Marie !
Oui, ta beauté charme et force mon cœur.
Je suis à toi, l'amour à toi me lie,
De mon amour, ton amour est vainqueur.
   Tendre Marie,
   La nuit, le jour,
   Mon cœur s'oublie
  Dans ton cœur tout amour.

Cette beauté, qui par deux fois te pare,
Annonce en toi de sublimes vertus.
La pureté, qui partout est si rare,
L'humilité, qui l'est encore plus.
   Tendre...

Non, ta beauté n'est à rien comparée ;
Elle t'est propre, elle est unique à toi.
Ton âme sainte en fut toujours parée.
Puis-je en douter ? J'ai pour garant la foi.
    Tendre...

Air nouveau.

Elle est grande notre misère !
L'homme conçu dans le péché
Naît, hélas ! enfant de colère
Et toujours d'orgueil entaché.
Mais, par une faveur nouvelle,
Tu fus, ô Mère du Sauveur !
Exempte de cette laideur
Qu'on nomme *tache originelle*.

Tu fus belle avant ton aurore,
Et ta beauté s'accrut toujours ;
Le ciel te bénit et t'honore,
Le chrétien t'offre ses amours.
O Vierge, miroir de lumière,
Vive splendeur de l'Eternel !
Ton éclat réjouit le ciel,
Il réjouit aussi la terre.

Il n'est pas de liqueur sans lie,
Quelle que soit sa pureté,
Ni de mortel qui ne s'oublie,
Quelle que soit sa sainteté.
Pour toi, jamais tache légère
Ne ternit ta rare beauté ;
De l'adorable Trinité,
Tu fus le plus beau sanctuaire.

Sur l'air : *Par les chants les plus magnifiques.*

Je te vois, ô tendre Marie !
Alors que tu n'as que trois ans,

Quitter ta demeure chérie,
Abandonner tous tes parents.
Vers le temple tu t'achemines,
L'air retentit de tes accents ;
Tes ardeurs sont toutes divines,
On les connaît à tes élans.

Dans de vifs transports d'allégresse,
Tu t'approches du Saint des saints,
Et l'amour de Dieu qui te presse
Te rend digne de ses desseins.
Dieu d'Israël, Dieu débonnaire,
Tois qui vois ma simplicité,
De mon cœur bénis la prière
Et mon vœu de virginité.

En pensant à ton héroïsme,
L'amour s'infuse dans mon cœur.
Je déteste mon égoïsme ;
Je me forme sur ta ferveur.
O Jésus ! dans la Solitude,
Daigne agréer mon repentir.
Désormais mon unique étude
Sera d'apprendre à bien mourir.

Air nouveau.

On ne voit pas dans la nature,
Malgré son éclat qui ravit,
De fleur conservant sa parure,
Produire en même temps du fruit.
Mais de Jessé, l'aimable tige,
Toujours fraîche, toujours en fleur,
A produit, pour notre bonheur,
Cet étonnant et beau prodige.

L'Eglise, dans ses chants, murmure
Ta divine maternité.
Elle célèbre, ô Vierge pure !
Ta divine fécondité.

Les anges ont dit à la terre
Ce prodige plus qu'étonnant :
L'immuable s'est fait enfant,
Une vierge est d'un Dieu la mère.

O Vierge, ô Mère toujours pure,
Que de gloire, que de grandeur !
Ta beauté charme la nature
Et répand partout le bonheur.
Touché de ce profond mystère,
A l'instant j'adore, soumis,
De la vierge-mère le fils,
Et du fils je bénis la mère.

Sur l'air : *Un fantôme brillant séduisit ma jeunesse.*

Tes charmes sont puissants, ô divine Marie !
Mon cœur en est épris, ta douceur me ravit ;
Si des beautés des cieux la splendeur m'éblouit,
Ta beauté sur mon cœur a bien plus d'énergie.
Peut-on te résister, indicible beauté ?   [sante !
Tu triomphes des cœurs : que cette arme est puis-
J'admire avec transport ton air d'aménité,
Et ces élans d'amour de ton âme fervente.

N'es-tu pas, ô Marie ! une invincible armée,
La terreur des démons, la force des chrétiens ?
A chaque instant du jour, pour briser leurs liens,
Tu parais au combat en bataille rangée.
Peut-on...

Sous tes pieds, chaque jour, l'hydre de l'hérésie
S'agite sans succès, et puis grince des dents ;
Ainsi de son venin tu défends tes enfants,
Tu les conduis au ciel, leur aimable patrie.
Peut-on...

L'orgueilleux, tous les jours, dans son affreux dé-
Voudrait réaliser de l'enfer les horreurs,   [lire,
Semer l'erreur en nous et corrompre nos cœurs ;
Mais il travaille en vain, nous osons le lui dire.
Peut-on...

Malgré tous ses détours, l'humble Nazaréenne,
Par son vif repentir s'élance vers le ciel,
Cherche, par son amour, le Fils de l'Eternel,
Et s'attache à lui seul par une forte chaîne.
Peut-on...

Air nouveau.

Tu conçois, ô Marie, un fils que tout adore ;
Ce Fils de l'Eternel est la chair de ta chair.
Par tes rares vertus, tu le conçois encore,
    O que ce fils doit t'être cher !

O vierge de Juda, ton esprit de prière,
Attire dans ton cœur le Fils de l'Eternel.
Tes désirs véhéments opèrent ce mystère,
    Ton Jésus est l'Emmanuel.

Mais ton humilité, vertu toujours féconde,
A conçu dans ton sein le Fils du Tout-Puissant,
Et le Verbe fait chair est venu dans le monde ;
    Le Ciel est dans l'étonnement.

Ta belle pureté, cette vertu des anges,   [Dieu.
Fut l'agent tout-puissant qui fit de l'homme un
O mystère inouï ! La foi voit dans les langes
    L'Immense qui règne en tout lieu.

Je le sais, ô Jésus ! j'en suis dans l'allégresse ;
Je puis te concevoir, te produire au dehors.
Je n'ai qu'à t'obéir et qu'à t'aimer sans cesse.
    Grand Dieu ! couronne mes efforts.

Air nouveau.

Le Verbe s'est fait chair dans ton sein, ô Marie !
Et tu deviens ainsi Mère d'un Dieu Sauveur !
Je me tais, tout ravi de ta gloire infinie,
Et me sens accablé du poids de ta grandeur.

Mère d'un Dieu Sauveur, ton crédit est immense ;
Tu m'aimes, je le sais, car tu veux mon bonheur ;
Tu m'honores toujours de ta sainte présence ;
Tu me dis : *Viens à moi, je te donne mon cœur !*

Dans tes bras je me jette, ô Marie ! ô ma Mère !
N'es-tu pas, en effet, mère de l'Eternel,
Souveraine des cieux, maîtresse de la terre ? [ciel.
Puis-je être plus heureux ? Mon cœur est un vrai

De ton cœur, à l'autel, je goûte la tendresse ;
Là, tu m'ouvres ton sein, tu me donnes ton fils,
Tu lui parles de moi. Dans mon heureuse ivresse,
Je me crois en extase au célestes parvis.

Ce fils, cher à ton cœur, et que ton cœur adore,
S'incarne pour nous tous à l'autel chaque jour.
O prodige d'amour ! ton Jésus veut encore
Etre ma nourriture et m'embraser d'amour.

O Marie ! ô ma Mère ! ô mère toujours tendre !
Offre-moi chaque jour à Jésus, ton cher fils ;
J'ai longtemps résisté, je veux enfin me rendre ;
Présente-lui mes vœux embaumés de tes lis.

Sur l'air : *Un fantôme brillant séduisit ma jeunesse.*

Pour le jour de l'Assomption, 15 août.

Ouvre, aimable Sion, tes portes éternelles ;
Voici, du Roi des rois, la mère en ce beau jour.
Par tes vives ardeurs, prouve-lui ton amour.
Hâtez-vous, Chérubins, portez-la sur vos ailes.
C'est le jour du bonheur, le jour des saints trans-
Célébrons à l'envi les grandeurs de Marie, [ports.
Tout le ciel dans la joie entonne des accords ;
Unissons nos concerts à sa douce harmonie.

Habitants de Sion, contemplez votre Reine ;
Son trône est à côté du trône de son Fils.
Admirez ses vertus ; elle est du paradis,
Après le Dieu d'amour, la beauté souveraine.
C'est le jour...

Le bonheur des élus entre tout dans Marie,
Au lieu que les élus entrent dans le bonheur.
Ce prodige étonnant dévoile à notre cœur
Un bonheur tout divin, une joie infinie.
C'est le jour...

O prodige étonnant ! la grâce d'innocence
L'environne en entier du lis de la pudeur :
De son cœur sur les saints jaillit tant de bonheur,
Qu'ils sont, ravis d'amour, dans un profond silence.
C'est le jour...

Mère d'un Dieu Sauveur, son mérite est immense ;
Ce mérite s'accroît par ses motifs divins :
Sa grandeur, dans le ciel, éblouit tous les saints ;
Les anges étonnés l'admirent en silence.
C'est le jour...

Le centre de son cœur est le Seigneur qu'elle aime;
Par un excès d'amour en ce jour solennel,
Elle meurt ; à l'instant elle s'envole au ciel,
Et va se réunir pour toujours à Dieu même.
C'est le jour...

Sur l'air : *Par les chants les plus magnifiques.*

Quelle est cette beauté charmante,
Dont l'éclat éblouit les yeux ?
Tout la célèbre et tout la chante
Et sur la terre et dans les cieux.
C'est de Jésus l'auguste Mère,
Le chef-d'œuvre de l'Eternel ;
Elle quitte aujourd'hui la terre,
Prend son essor, s'envole au ciel.

Avec transport elle s'élance
Vers Jésus, son aimable Fils,
Et son amour, sans résistance,
L'élève aux célestes parvis.
Jésus, de sa main, la couronne,
En présence des bienheureux;
Il la fait asseoir sur son trône
Et l'établit reine des cieux.

Semblable à l'odorante myrrhe,
A l'encens, aux onguents divers,
Elle embaume, j'aime à le dire,
De ses parfums, tout l'univers.
Tous les jours sa douce influence,
A Nazareth se fait sentir;
Elle réjouit l'innocence
Et console le repentir.

Air nouveau.

O! quelle est celle-ci qui, du désert du monde,
S'élève vers les cieux pleine de majesté?
Ses vertus, ses grandeurs relèvent sa beauté.
O prodige étonnant! elle est vierge féconde.

Elle est mère d'un fils dont Dieu même est le père.
Et ce rapport divin, qui l'approche de Dieu,
Nous la fait exalter en tout temps, en tout lieu.
Sans être Dieu pourtant, elle est d'un Dieu la mère.

Ses mérites sont grands. Oh! qui pourrait le dire?
Elle immole son corps, son esprit et son cœur;
Elle souffre, elle croit, elle est toute ferveur;
L'amour est son tyran, l'amour fait son martyre.

Sur l'air : *Par les chants les plus magnifiques.*

A toi je viens, ô tendre mère,
Attiré par ton vif amour.
Si ma confiance est entière,
Tu me l'inspires chaque jour.
Rien ne résiste à ta puissance,
Et tout cède à ta volonté.
Partout j'éprouve ta clémence,
Tout me retrace ta bonté.

O quelle est grande ta puissance !
Père éternel, j'en suis touché ;
Elle éclate sur ton essence,
Sur le néant, sur le péché.
Je l'admire aussi dans Marie,
Ce pouvoir immense et divin ;
Elle seule en est enrichie
Pour le bonheur du genre humain.

En tout semblable à ta puissance,
Marie est vierge comme toi,
Et comme toi, de sa substance,
Elle produit le même roi.
Ta progéniture éternelle,
Qui la dira, Dieu créateur ?
Et ta naissance temporelle,
Qui la dira, Dieu rédempteur ?

Seigneur, ta voix forte et féconde
Fertilise en tout le néant :
La Vierge parle et met au monde
Un fils comme toi tout-puissant.
Dans cet auguste parallèle,
A qui donnerai-je le prix ?
Sans doute la nature est belle ;
Mais qu'est-elle auprès de ce fils ?

Partout le péché, sur la terre,
Infecte le cœur du mortel,

Mais Dieu se montre notre père
Et bannit ce tyran cruel.
O mère de miséricorde !
Tendre refuge des pécheurs,
Par toi notre Dieu nous accorde
Et ses grâces et ses faveurs.

Tant de puissance et de tendresse,
De mon cœur captive l'amour ;
Reçois, ô mère ! ma promesse :
Je me donne à toi sans retour.
Ah ! si je dois t'être infidèle,
Romps mes liens, je veux mourir.
Dès lors la mort me paraît belle.
Mort, viens, couronne mon désir.

Air nouveau.

Quels beaux concerts, ô tendre mère !
Se font entendre en ton honneur ;
Ton nom remplit toute la terre,
Il fait des mortels le bonheur.
Ton nom, ô divine Marie !
Exprime toutes les vertus ;
En lui sans cesse les élus
Ont trouvé la joie et la vie.

J'unis, moi, ma faible harmonie
Aux chants des esprits bienheureux.
Oui, ton beau nom, tendre Marie,
Enflamme mon cœur de tes feux.
Ma langue redira sans cesse
Ton nom, vrai charme de mon cœur ;
Lui seul fait toujours mon bonheur ;
Il est pour moi plein de tendresse.

Ton nom me plaît, tendre Marie :
Je le répète nuit et jour ;
Toujours avec plus d'énergie,

Et toujours avec plus d'amour.
Il est seul toute ma richesse,
Toute ma gloire et mon bonheur.
En lui je trouve la ferveur
Et je goûte une sainte ivresse.

———

Sur l'air : *Dieu dont la puissance infinie.*

Je te bénis, ô vierge sainte !
Je te bénis de tout mon cœur,
Je te bénis dans cette enceinte,
Je te bénis avec ferveur.
Oui, nous t'aimons, tendre Marie ;
Oui, nous t'aimons, vois nos ardeurs ;
Oui, nous t'aimons, mère chérie ;
Oui, nous t'aimons, voilà nos cœurs.

Je te bénis avant l'aurore,
Je te bénis durant le jour,
Je te bénis la nuit encore,
Je te bénis avec amour.
Oui, nous...

Je te bénis lorsque je prie,
Je te bénis lorsque je lis,
Je te bénis quand j'étudie,
Je te bénis lorsque j'écris.
Oui, nous.

Je te bénis lorsque je veille,
Je te bénis lorsque je dors,
Je te bénis quand je m'éveille,
Je te bénis lorsque je sors.
Oui, nous...

Je te bénis à l'oratoire,
Je te bénis dans le dortoir,
Je te bénis au réfectoire,
Je te bénis à mon ouvroir.
Oui, nous...

Je te bénis dans mon silence,
Je te bénis même en parlant,
Je te bénis, douce espérance,
Je te bénis à chaque instant.
Oui, nous...

Sur l'air : *Sion, de ton harmonie.*

Dans mon exil, ô Marie !
Je te prie avec ferveur ;
Souviens-toi, Mère chérie,
D'une enfant chère à ton cœur.
Viens, hâte-toi, tendre Mère,
Viens, je n'ai qu'un seul désir :
Je ne tiens plus à la terre,
Laisse, laisse-moi mourir.

Après toi mon cœur soupire,
Marie exauce mes vœux :
Fais cesser mon long martyre,
Je brûle d'aller aux cieux.
Viens, hâte-toi...

Sur cette terre étrangère,
Mon âme languit d'amour ;
Mes langueurs, ô tendre Mère !
Augmentent de jour en jour.
Viens, hâte-toi...

Tu le sais, mère chérie,
Un cœur languissant d'amour
Soupire, durant la vie,
Après l'éternel séjour.
Viens, hâte-toi...

Montre-toi toujours ma Mère,
Daigne m'offrir à ton fils ;
Présente-lui ma prière,
Il m'ouvrira ses parvis.
Viens, hâte-toi...

Que ne puis-je, ô Vierge sainte !
Par la force de mes vœux,
Mourir, et de cette enceinte
Vers toi m'envoler aux cieux !
Viens, hâte-toi...

Sur l'air : *Que t'ai-je fait*, *Placide*, *réponds-moi.*

Dès mon réveil, mon cœur, avec transport,
Vers toi s'élance, ô Marie ! ô ma mère !
Seconde en moi ce doux et tendre effort,
Bénis mes vœux, exauce ma prière.

Ce saint élan, à chaque instant du jour,
Me fait souffrir un aimable martyre ;
La nuit encor, pressé par ton amour,
O tendre Mère ! après toi je soupire.

Viens et mets fin aux désirs de mon cœur ;
Tu les connais, ô divine Marie !
Te voir au ciel, quel excès de bonheur !
Viens au plus tôt, couronne mon envie.

Sur l'air : *Par les chants les plus magnifiques.*

A toi je m'adresse, ô Marie !
Durant la nuit, durant le jour.
Viens, viens à moi, viens, je t'en prie,
Viens et ravive mon amour.
Entends mes soupirs, tendre Mère ;
Ne suis-je pas ta pauvre enfant ?
Ecoute, écoute ma prière
Et les cris d'un cœur repentant.

Je sens le poids de ma misère,
Je n'ose offrir mes vœux au ciel ;
Mais n'es-tu pas toujours ma Mère
Et Mère aussi de l'Eternel ?

Il est vrai, je suis pécheresse
Et j'ai souillé longtemps mon cœur;
Mais pourtant le regret me presse
Et me fait mourir de douleur.

Ta charité, tendre Marie,
D'espoir fait palpiter mon cœur;
Par toi je reviens à la vie,
En toi je trouve mon bonheur.
Le matin, dès avant l'aurore,
Je te rappelle à mon esprit;
Le soir, mon cœur t'invoque encore,
Ton nom toujours me réjouit.

Le monde, hélas! me sollicite
De prendre part à ses douceurs.
De mon refus il se dépite,
Mais je méprise ses rigueurs.
Dès lors l'enfer me persécute
Et c'est toujours avec fureur.
Pourquoi craindrais-je cette lutte?
Avec toi je suis sans frayeur.

Vers Nazareth, tendre Marie,
N'as-tu pas dirigé mes pas?
Là, mon âme est toute attendrie,
Et je me presse dans tes bras.
Il est vrai, dans cette retraite,
L'enfer m'attaque nuit et jour;
Je lui résiste, et sa défaite
Redouble pour toi mon amour.

────────

Air nouveau.

J'entrerai dans ton cœur, ô mon aimable Mère!
Dans ton cœur tout amour que Dieu même a formé.
Je ne puis vivre ailleurs; non, rien ne peut me
            Que ton cœur d'amour consumé. [plaire

Daigne m'ouvrir ton cœur, c'est mon plus sûr asile ;
C'est là que je me plais, que je veux m'endormir ;
J'y resterai toujours, rien ne m'est plus utile.
    Non ! rien ne pourra m'en bannir.

Ton cœur est, des vertus, l'auguste sanctuaire ;
Ouvre-le, tendre Mère, à tes enfants chéris,
Et pendant leur exil soit toujours leur lumière,
    Leur voie aux célestes parvis.

Du cœur de ton cher fils, ton cœur porte l'image ;
Il reflète au parfait les vertus de son cœur.
Ton cœur brûlant d'amour devient mon apanage ;
    Là seulement est le bonheur.

Sur l'air : *Dès que la naissante aurore.*

Nous admirons ton image
Et ton auguste apanage
Dans la tour du roi David,
De boulevards enrichie ;
Tu montres ton énergie
Et l'enfer vaincu frémit.

O Vierge pure et puissante,
Et des nations l'attente,
Seule l'honneur d'Israël !
Non, ton origine pure
Ne souffre point de souillure ;
N'es-tu pas le lis du ciel ?

Il n'est pour nous plus d'alarmes,
En toi nous trouvons des armes :
Ton fils, la force des forts.
Le jour notre cœur l'implore,
La nuit il le prie encore
De seconder nos efforts.

Sa parole est efficace ;
Elle frappe, elle terrasse.

C'est un glaive à deux tranchants.
Tout cède à son énergie;
Elle immole, elle sacrifie,
Du cœur les plus doux penchants,

Vers toi, parole divine,
L'amour saint nous achemine;
Nous pouvons tout avec toi.
Vers toi notre cœur soupire,
Fais cesser notre martyre;
Que l'amour soit notre loi.

Sur l'air : *Par les chants les plus magnifiques.*

Tes lèvres, ô bonne Marie!
Sont vraiment un rayon de miel.
Tes doux accents, mère chérie,
Ravissent le cœur du mortel.
L'amour divin qui te transporte
Te fait parler du saint amour,
Et l'amour, qui toujours t'escorte,
T'enlève à l'éternel séjour.

Sur ta langue est la douceur même,
La douceur du lait et du miel.
Heureux qui t'écoute et qui t'aime!
Il s'achemine vers le ciel.
On ne peut résister aux charmes
De tes accents délicieux;
Qui les entend sèche ses larmes,
Et qui les sent devient joyeux.

Heureux le mortel qui t'écoute
Et qui presse toujours tes pas!
Dès lors tenant du ciel la route,
Il soupire après le trépas;
L'aménité de ta parole
Pénètre et ravive les cœurs,
Elle soulage, elle console;
Elle enivre encor de douceurs.

Sur l'air : *Dieu s'unissant à moi par un heureux mélange.*

O quelle est ta beauté, mère tendre et chérie !
Par ses charmes puissants elle a ravi mon cœur !
    Tu fais des élus le bonheur ;
A chanter ta beauté que le mortel s'oublie !
Jamais fleur n'a brillé d'un éclat aussi vif.
    Oui, ta beauté seule, ô Marie !
A transporté mon cœur et m'a fait ton captif.

Toute belle en ton corps, en ton cœur toute belle,
Et toute belle aussi, Marie, en ton esprit,
    Tout en toi me charme et me ravit.
Je t'ai donné mon cœur, je te serai fidèle.
Ton vif amour me plaît, j'aime ta vive foi.
    Ta beauté toujours me harcèle ;
Elle a blessé mon cœur, je ne suis plus à moi.

Ton cœur constamment pur aime les choses pures ;
Il contemple des lis l'éclatante blancheur ;
    Il se plaît à voir cette fleur.
Ton œil vif et perçant voit partout des souillures.
Tu ne songes jamais qu'au pur et saint amour,
    Et qu'après les riches parures
Dont l'amour jouit seul au céleste séjour.

Ton cœur aime et chérit l'âme innocente et pure,
Avec elle il se plaît, il lui parle d'amour,
    De cet amour qui, nuit et jour,
Le brûlant de ses feux, de plus en plus l'épure ;
Ton cœur me suit toujours, parce qu'il est toujours
    Parce qu'il m'aime sans mesure :   [pur,
Le chemin de l'amour est toujours le plus sûr.

Vierge d'esprit, de cœur, tu l'es dans tes organes.
Jamais rien n'a souillé les charmes de ton corps.
    Je vois en toi de vifs transports
Que ne peuvent donner tous les plaisirs profanes ;
Ton aimable beauté brille comme une fleur.

Non, non, jamais tu ne te fanes ;
Viens à moi tendre Mère et goûte mon bonheur.

Tu fus belle à mes yeux, mais dès avant l'aurore
Au moment que tu fus, je te donnai mon cœur ;
    Car la faute d'Adam pécheur
Ne put jamais ternir le lis qui te décore ;
Tu fus belle toujours, ta beauté réjouit.
    Lève ton front, car tout t'honore,
Tandis que, sous tes pieds, l'enfer vaincu frémit.

Sur l'air : *Que cette voûte retentisse.*

Ton cœur, ô divine Marie !
Est vraiment un jardin fermé ;
Des vertus ton âme est remplie,
Et le ciel en est embaumé.

Oui, ton cœur est un beau parterre
Toujours paré de belles fleurs ;
Il est l'ornement de la terre
Et la richesse de nos cœurs.

En passant sur tes fleurs chéries
Dont le parfum est précieux,
Le doux zéphyr dans nos prairies
Répand un baume merveilleux.

Sur l'air : *Le monde en vain, par ses biens et ses charmes.*

Ma chère épouse est comme une fontaine
Toujours scellée et fermée au mortel.
J'ai seul la clef, j'ouvre et j'entre sans peine,
Et par mes soins l'eau jaillit jusqu'au ciel.

Cette eau d'abord se répand sur la terre,
L'arrose ensuite à chaque instant du jour ;
Enfin, cette eau limpide et salutaire,
Élève l'âme au céleste séjour.

Heureux mortel, toi dont l'âme est si pure !
Sur toi Jésus a fixé ses regards.
Ouvre ton cœur, aime-le sans mesure,
Marche toujours sous ses beaux étendards.

Air nouveau.

Les yeux de la colombe, ô divine Marie !
Contemplent les hauteurs ; et tes yeux dans le ciel
    Cherchent de ton amour la vie,
Jésus, le Roi des rois, le Fils de l'Eternel.

J'admire à chaque instant de ton cœur l'énergie.
Que n'ai-je, à ton exemple, un amour véhément ?
    Ah ! que toujours, pendant ma vie,
Je mette mon bonheur à te chanter souvent.

Veille sur moi : l'orgueil est un voleur habile ;
Il se glisse partout : Mais, hélas ! qui le voit ?
    A nos desseins il est hostile.
L'homme est déjà volé quand son œil l'aperçoit.

De son poison meurtrier, il corrompt le mérite,
Et son poison subtil plaît, hélas ! au mortel.
    Craignons et fuyons au plus vîte.
Il se montre partout, même jusqu'à l'autel.

Sur l'air : *A peine au sortir de l'enfance.*

De joie et de bonheur je pleure,
Je vis heureuse à Nazareth ;
Je goûte dans cette demeure
Les doux fruits d'un pieux regret,
Je dois cette grâce à Marie,
Aussi veux-je l'aimer toujours :
Marie est ma Mère chérie
Et le centre de mes amours.

Dans cette aimable solitude,
J'écoute le Verbe éternel ;
Il me dit que ma seule étude
Doit être le chemin du ciel.
Je dois...

Oui, vers le ciel je m'achemine,
Et c'est toujours avec transport ;
J'ai reconquis mon origine ;
Non, non, je ne crains plus la mort.
Je dois...

Air nouveau.

Tu me ravis, Marie, au dehors par tes charmes ;
Mais qui peut concevoir les beautés de ton cœur,
Et qui peut exprimer l'excès de ce bonheur ?
D'amour et de plaisir mes yeux versent des larmes.

Dans ton sein, ô Marie, océan d'innocence,
Vrai trésor de beautés, foyer du saint amour,
Le Verbe s'est fait chair ; nous avons vu son jour,
Et nous vivons heureux sous sa douce influence.

C'est ton humilité, cette vertu si rare,
Qui de ton propre sang l'a revêtu d'un corps.
Ecoute mes désirs, couronne mes efforts :
Qu'en tout temps, en tout lieu, l'humilité me pare.

Non, jamais le péché ne souilla ta belle âme ;
Tu fus pure, ô Marie ! en tout temps, comme l'or,
Et des faveurs du ciel ton cœur fut le trésor.
Tu reflètes sur nous du saint amour la flamme.

Air nouveau.

Accourez, filles désolées,
Vous que dévore un vif regret.

Voulez-vous être consolées?
Allez, allez à Nazareth.
Fixez vos regards sur Marie;
Elle est l'asile des pécheurs;
Elle peut calmer vos douleurs
Et rendre à votre âme la vie.

O Mère de miséricorde!
Tous les jours tu sèches nos pleurs;
C'est par toi que Dieu nous accorde
Et ses grâces et ses faveurs.
Tu nous obtiens, par tes prières,
De brûler d'une sainte ardeur
Et de jouir du vrai bonheur
Qui met un terme à nos misères.

Bonne mère, aimable Marie,
Nos cœurs sont à toi sans retour;
Ils sont pour toi tout énergie,
Leur aliment est ton amour.
Nazareth est sous ton égide,
Tu veilles sur nous nuit et jour;
Par toi, vers l'éternel séjour,
Notre marche est ferme et rapide.

Sur l'air : *Un attrait vers Jésus nous entraîne.*

Nous t'offrons, ô divine Marie!
De nos cœurs, le vif et tendre amour.
Nous t'aimons, et notre âme attendrie
Est à toi, mais à toi sans retour.

Ton amour nous brûle de sa flamme,
Et dès lors notre amour est plus pur.
Ton amour de notre amour est l'âme,
Et vers toi nous marchons d'un pas sûr.

Notre cœur est pour toi plein de zèle;
Il voudrait te gagner tous les cœurs.
Daigne donc, nous servant de modèle,
Nous brûler de tes vives ardeurs.

Sur l'air : *Le monde en vain, par ses biens et ses charmes.*

O doux Jésus, ô divine Marie,
Venez à moi, régnez seuls dans mon cœur.
N'êtes-vous pas, dans l'exil de la vie,
Au cœur aimant sa force et son bonheur?

O doux Jésus, ô divine Marie,
Tout mon désir est de vous voir aux cieux.
Gravez mon nom dans le livre de vie,
Et couronnez de mon âme les vœux.

O doux Jésus, ô divine Marie,
Consumez-moi des feux de la ferveur;
Vivez en moi, soyez encor ma vie,
Soyez toujours l'aliment de mon cœur.

O doux Jésus, ô divine Marie,
Mon cœur vous aime et la nuit et le jour;
Il trouve en vous cette noble énergie
Qui le transporte au céleste séjour.

———

Sur l'air : *Non tingat aras jam....*

Je suis heureuse,
Me voici dans le port,
Toute joyeuse,
Je chante avec transport :
Tendre Marie,
Reine des cieux,
Viens, je t'en prie,
Viens, couronne mes vœux.

O Solitude,
Source de mon bonheur,
Bénis l'étude
Des regrets de mon cœur.
Tendre Marie,
A Nazareth,
Je suis ravie,
Mon cœur est satisfait.

O vierge sainte,
Refuge des pécheurs,
Dans cette enceinte
Je trouve mon bonheur.
Tendre Marie,
Bénis mes vœux;
Durant ma vie
Brûle-moi de tes feux.

Heureuses larmes
Qu'arrache ma douleur,
Vos pieux charmes
M'enivrent de bonheur.
Tendre Marie,
Vois mon désir,
Sois l'énergie
De mon vif repentir.

O bonne Mère,
Je n'ai qu'un seul désir:
Je veux te plaire,
Pour toi je veux mourir.
Tendre Marie,
La nuit, le jour,
Ma mélodie
Est ton excès d'amour.

Sur l'air : *Je mets ma confiance.*

Bon courage, ô mon âme,
Aimons le bon Jésus.
Brûlons comme la flamme,
Toujours de plus en plus.
O divine Marie,
Mère du bel amour,
Ouvre moi, je t'en prie,
Le céleste séjour.

Nuit et jour je soupire
Après mon bien-aimé.

L'amour fait mon martyre,
J'en suis tout consumé.
O divine...

Jésus est ma richesse,
Ma gloire et mon bonheur,
Et malgré ma bassesse,
Je possède son cœur.
O divine...

J'offre à Jésus, qui m'aime,
De mon cœur les amours,
Jusqu'à l'heure suprême
Je l'aimerai toujours.
O divine...

Sur l'air : *Par de salutaires efforts.*

Tendre Mère, daigne bénir
 Le regret de mon âme ;
Que je meure de repentir
 Dans l'ardeur qui m'enflamme.
Je te bénis durant le jour
 Et dans la nuit encore ;
De mon cœur je t'offre l'amour
 Dès le point de l'aurore.

Mon cœur est tout brûlant d'amour
 Quand je pense à Marie,
Et je m'attache sans retour
 A ma Mère chérie.
Son amour consume mon cœur ;
 Mon bonheur est extrême,
Et mon cœur, brûlant de ferveur,
 Lui dit toujours : *Je t'aime.*

Pourquoi ne l'aimerai-je pas ?
 N'est-elle pas ma mère ?
Je l'aimerai jusqu'au trépas ;

Toujours je veux lui plaire.
Règne toujours, règne en mon cœur,
   Ô divine Marie !
Et fais-moi part de ta ferveur
   Et de ton énergie.

Sur l'air : *Tendre jeunesse en qui pour l'harmonie.*

MARIE.

Je vous adjure, ô filles de Solyme !
Si sur vos pas vous trouvez mon époux,
Ah ! dites-lui que dans moi tout exprime
Le vif amour dont son cœur est jaloux.

LES FILLES DE JÉRUSALEM.

Mais quel est donc, ô plus belle des femmes,
Ce tendre époux, ta joie et ton amour ?
A le chercher, vraiment tu nous enflammes,
Et ce désir s'accroît de jour en jour.

MARIE.

Mes chères sœurs, sa charité me presse,
Dans son amour je trouve mon bonheur.
Le jour, la nuit, je le cherche sans cesse,
A chaque instant je me meurs de langueur.

LES FILLES DE JÉRUSALEM.

Daigne nous dire, ô chère et tendre amie,
Quel est celui dont tu nous parles tant ;
Ce tendre époux qui t'a toute ravie
Et dont l'amour fait ton plus grand tourment.

MARIE.

Mes chères sœurs, vers lui mon cœur soupire ;
De plus en plus il l'embrase d'amour.
A chaque instant je souffre un doux martyre,
Et ce martyre augmente chaque jour.

LES FILLES DE JÉRUSALEM.

Daigne au plus tôt nous peindre, ô chère amie !
Les nobles traits de l'époux de ton cœur.
Alors nos cœurs, qui sont pleins d'énergie,
Le chercheront avec bien plus d'ardeur.

———

Sur l'air : *Nous qu'en ces lieux combla de ses bienfaits.*

Mon chaste époux captive tous-les cœurs
  Par ses beautés et par ses charmes :
La nuit, le jour je goûte ses douceurs ;
  D'amour mes yeux versent des larmes.
Il est tout blanc par sa divinité,
  Vermeil par sa nature humaine ;
Il ravit tout par sa rare beauté ;
  Semblable à l'aimant, il entraîne.

Je le répète, il est blanc et vermeil ;
  Sa blancheur éclipse l'ivoire ;
Il n'en est pas en beauté de pareil,
  Lui seul fait mon unique gloire.
Non, je ne puis résister à l'amour ;
  Il m'aime et je l'aime de même.
Je le bénis à chaque instant du jour.
  Mon cœur toujours me dit qu'il m'aime.

Il est si beau, qu'il charme mon esprit,
  Mon cœur et de plus mes organes.
Lui seul me plaît et lui seul me ravit.
  Fuyez, fuyez, beautés profanes !
Il est choisi, cet époux de mon cœur,
  Je puis le dire, entre dix mille ;
Il est paré de l'aimable candeur,
  Son accès est doux et facile.

Sa tête est belle et brille comme l'or,
  Comme l'or pur et le plus rare.
Du bon esprit elle est le vrai trésor,

A l'or d'Ophir je la compare.
Ses beaux cheveux ressemblent aux rameaux
    Qui des palmiers ornent la cime.
En les voyant je pense à nos corbeaux;
    Ils sont d'un noir que rien n'exprime.

Ses yeux sont vifs, ils sont perçants et beaux
    Comme ceux des colombes pures
Qu'on voit toujours près des petits ruisseaux
    S'y laver des moindres souillures.
Leur beau plumage est blanc comme le lait;
    Son vif éclat est admirable.
Des grands ruisseaux l'eau limpide leur plaît,
    La rive leur est agréable.

Mes oasis, aux abords verts et beaux,
    Sont de mon bien-aimé l'image.
Les parfumeurs, par des soins tout nouveaux,
    En tirent un grand avantage.
Tels à mes yeux sont, ô mon bien-aimé!
    Les traits ravissants de tes joues.
A chaque instant, d'amour tout consumé,
    A mon bonheur tu te dévoues.

Ses lèvres sont pour moi comme les lis
    Qui distillent toujours la myrrhe;
Son doux parfum est tellement exquis
    Que ma langue ne le peut dire.
Il charme tout par sa rare beauté,
    Ses amours sont comme l'arome.
Dès lors le cœur chérit la pureté,
    Et de son parfum il l'embaume.

Ses belles mains semblent faites au tour
    Et paraissent d'or être empreintes,
Et leur beauté s'accroît de jour en jour,
    Par l'éclat vif des hyacinthes.
Si sa poitrine inspire un saint désir,
    C'est qu'elle ressemble à l'ivoire
Qu'ornent en fleurs les pierres de saphir,
    Et cette blancheur fait sa gloire.

Ses jambes sont comme un marbre très-dur ;
   Elles sont comme deux colonnes.
Leurs bases sont d'un or brillant et pur,
   En forme de riches couronnes.
Il est semblable au cèdre du Liban ;
   Sa taille est très-majestueuse.
Vers lui mon cœur a pris un saint élan ;
   Je l'aime et je me sens heureuse.

Sa voix ravit par sa rare douceur ;
   Elle est vraiment une merveille ;
Elle pénètre et mon âme et mon cœur ;
   Elle charme enfin mon oreille.
Tel est, mes sœurs, ô filles de Sion,
   Mon bien-aimé, celui qui m'aime ;
Mon cœur toujours est dans son union ;
   Mon amour n'est pas un problème.

Air nouveau.

Le portrait est trop magnifique,
Il ravit et charme nos cœurs.
Brûlant d'un amour séraphique,
Nos cœurs éprouvent tes ardeurs.
Hélas ! sans lui pouvons-nous vivre ?
Pour lui nous languissons d'amour.
Nous le cherchons, la nuit, le jour,
Sans jamais cesser de le suivre.

Dis-nous, fais vite, ô chère amie,
Quel chemin a pris ton époux.
Nous brûlons d'une sainte envie,
Nos cœurs de son cœur sont jaloux.
Daigne, ô plus belle des femmes,
Nous dire où l'on doit le chercher.
Qui pourrait nous en empêcher ?
De tes ardeurs tu nous enflammes.

Nous avons un désir extrême ;
Nous brûlons d'une sainte ardeur
De voir celui que ton cœur aime
Et dont tu possèdes le cœur.
Nous voulons, amante chérie,
Chercher, nous aussi, ton époux.
Il n'est rien de si doux pour nous,
Et nos cœurs sont pleins d'énergie.

(8 décembre 1854).

Air nouveau.

Célébrons en ce jour la Vierge immaculée !
Partout à l'avenir le chrétien chantera :
  Tota pulchra, (bis)
Car la foi sur ce dogme *(ter)* est désormais bullée.

Quand le temps fut venu, l'Église notre mère,
Du haut du Vatican nous dit et proclama :
  Tota pulchra, (bis)
Et ce dogme à l'instant *(ter)* a réjoui la terre.

Le fidèle chrétien, plein d'amour pour Marie,
Dans son enthousiasme aussitôt s'écria :
  Tota pulchra. (bis)
A la chanter toujours *(ter)* sa beauté le convie.

Dans nos pieux élans et dans notre allégresse
Disons avec l'Eglise en chantant *hosanna :*
  Tota pulchra. (bis)   [presse?
Pouvons-nous contenir *(ter)* le transport qui nous

Tu fus pure toujours, et toujours tu fus belle ;
Lorsque tu fus conçue au ciel on entonna :
  Tota pulchra. (bis)
De cet hymne d'amour *(ter)* soyons l'écho fidèle.

Marie est comme un lis au milieu des épines,
Dont la beauté ravit, que l'enfer redouta.
  O Maria ! (bis)   [vines.
Brûle-nous tous les jours *(ter)* de tes flammes di-

Sur l'air : *Le monde en vain, par ses biens et ses charmes.*

O tendre Mère, ô divine Marie !
Que n'avons-nous mille cœurs pour t'offrir !
Des cœurs brûlants, des cœurs pleins d'éner-
De tes enfants exauce le désir.   [gie.

Que n'avons-nous en nous des ardeurs séraphiques,
Pour te chanter à chaque instant du jour;
Pour te chanter, par de nouveaux cantiques,
Par le regret, les larmes et l'amour !

Qui plus que nous doit t'aimer, ô Marie !
Qui plus que nous doit posséder ton cœur?
Nous te devons de notre âme la vie,
Et tu nous dois ta divine grandeur.

Hélas ! sans toi nous gémirions encore ;
Nous gémirions au milieu des horreurs.
A nous surtout tu dois que l'on t'honore,
Puisque ta gloire est l'œuvre des pécheurs.

Notre bonheur, dans l'exil de la vie,
Est de t'aimer et la nuit et le jour,
De te chanter, Mère tendre et chérie,
Et dans nos chants enfin mourir d'amour !

CANTIQUES NOUVEAUX

A JÉSUS

RELATIFS A LA DIVINE EUCHARISTIE.

(Voyez la quatrième des notes qui sont au commencement, paginées par des chiffres romains.)

Venez, mangez le pain que je vous donne et buvez le vin que je vous ai préparé. Ma chair est véritablement nourriture et mon sang est véritablement breuvage. Celui qui mange ma chair et boit mon sang demeure en moi et moi en lui. *Venite, comedite panem meum et bibite vinum quod miscui vobis. (Prov. IX, 5.) Caro mea vere est cibus et sanguis meus vere est potus. Qui manducat meam carnem et bibit meum sanguinem, in me manet et ego in illo. (Joann., VI, 56.)*

Sur l'air : *Je mets ma confiance.*

Amis, je vous convie,
Venez à mon festin ;
L'âme d'amour ravie
Y vient chaque matin.
Soyez dans l'allégresse
Et, dans de vifs transports,
Célébrez ma tendresse
Par de pieux accords.

Mon pain, source de vie,
Réjouit tous les cœurs,
Il remplit d'énergie
Et de saintes ardeurs.
Mangez le pain des anges,
Mangez-le chaque jour,
Et chantez les louanges
Du pur et saint amour.

Le vin que je vous donne
Est mon sang précieux ;
L'heure du banquet sonne,
Accourez cœurs pieux.
Buvez ce vin mystique
Et goûtez ses douceurs,
Son odeur séraphique
Enflammera vos cœurs.

Et vous, Nazaréennes,
Vous qu'un vrai repentir
Rompt et brise vos chaînes,
Ne cessez de gémir ;
Venez et prenez place
A mon divin banquet,
Et secondez ma grâce
Par un constant regret.

Air nouveau.

Lorsque je me fis chair dans ton sein, ô Marie !
Ton accueil me plut tant, tu m'offris tant d'amour
Que, pour me procurer ces douceurs chaque jour,
Je voulus établir l'auguste Eucharistie.

Ton cœur, brûlant d'amour, me ravit par ses charmes,
Et mon plus grand plaisir fut d'y venir souvent ;
Celui qui, comme toi, me reçoit dignement,
Marche droit vers le ciel sans crainte et sans alarmes.

Tout en toi me ravit, Mère tendre et chérie ;
Ton cœur est consumé des feux de mon amour.
Non, non, les Séraphins, dans l'éternel séjour,
Ne m'aiment pas autant que toi seule, ô Marie !

Je bénis Nazareth, j'aime ce sanctuaire ;
Tu le vois, nuit et jour je l'habite avec toi ;
Je l'éclaire toujours des clartés de la foi,
Le repentir s'y cache et s'y montre sincère.

Sur l'air : *Troupe innocente.*

Eucharistie,
O céleste aliment!
Source de vie,
Tu rends le cœur content;
Ton excès de douceur
Fait toujours mon bonheur.
Oui, tu seras chérie
A jamais de mon cœur,
Eucharistie.

L'aimable flamme
Dont le divin amour
Consume l'âme
Et la nuit et jour,
Est toujours sur l'autel.
Là, le pieux mortel,
Dans l'amour qui l'enflamme,
Reçoit de l'Eternel
L'aimable flamme.

Ames pieuses,
Aux pieds du saint autel
Vivez joyeuses
Vos parvis sont un ciel.
Prenez, mangez souvent
Des élus le froment,
Et vous serez heureuses
Par ce saint aliment,
Ames pieuses.

Mon cœur soupire
Dès la pointe du jour,
Et mon martyre
Est le divin amour;
J'approche de l'autel
En ce jour solennel,

Et mon pieux délire
Fait qu'après l'Éternel
  Mon cœur soupire.

Eucharistie,
Aliment des élus,
  Vrai pain de vie,
Principe des vertus,
Nourris mon repentir
Et du ciel mon désir;
A toi je me confie,
A mon dernier soupir,
  Eucharistie.

Nazaréenne,
Au moment de ta mort
  Rien ne te peine,
Ton âme en Dieu s'endort.
Riche du saint amour,
Tu t'en vas sans retour,
Bien loin de notre arène,
Au céleste séjour,
  Nazaréenne.

Sur l'air : *Hélas ! quelle douleur.*

Mon cœur sois tout joyeux,
  Le Roi des cieux
Descend sur la terre;
Mon cœur sois tout joyeux,
  Le Roi des cieux
Veut te rendre heureux.
  Il connaît
Ta grande misère,
  Mais il sait
Que tu veux lui plaire.
Bénis ton doux Sauveur,
  Comblant ton cœur
D'une sainte ardeur.

Jésus, pour le mortel,
Au saint autel,
Offre sa prière ;
Jésus, pour le mortel,
Au saint autel,
S'offre à l'Eternel.
Son amour,
Dans ce grand mystère,
En ce jour,
M'embrase, et j'espère.
Heureux le cœur soumis,
Que tu chéris,
Auquel tu souris.

L'encens, à chaque instant,
D'un cœur aimant
Et plein d'énergie ;
L'encens, à chaque instant,
D'un cœur aimant,
Plaît au Tout-Puissant.
Ce grand roi,
Dans l'Eucharistie,
Est pour moi
Mon unique vie.
Agrée, ô doux Jésus,
Pain des élus,
Mes faibles vertus.

L'amour, à Nazareth,
Fruit du regret,
Est mon harmonie ;
L'amour, à Nazareth,
Fruit du regret,
Nuit et jour me plaît.
Mon bonheur
Est l'Eucharistie,
Et mon cœur
Y trouve la vie.
Infuse, ô doux Jésus,
Pain des élus,
En moi tes vertus.

Air nouveau.

Eucharistie,
Brûle mon cœur,
Sois l'énergie
De ma ferveur.
Eucharistie,
A Nazareth,
Ta mélodie
Toujours me plaît.

Eucharistie,
Vrai pain des forts,
Tu m'as remplie
De vifs transports.
Eucharistie...

Eucharistie,
En ce beau jour,
Je suis ravie
De ton amour.
Eucharistie...

Eucharistie,
Au saint autel,
Mon cœur s'allie
A l'Éternel.
Eucharistie...

Eucharistie,
T'aimer toujours,
Est l'harmonie
De mes amours.
Eucharistie...

Eucharistie,
Feu de mon cœur,
Tu m'as remplie
De ta ferveur.
Eucharistie...

Eucharistie,
Mourir d'amour,
Est mon envie,
Là nuit, le jour.
Eucharistie...

Eucharistie,
Remplis mon cœur
Et d'énergie
Et de ferveur,
Eucharistie...

Eucharistie,
Je suis toujours
Toute ravie
De tes amours.
Eucharistie...

Sur l'air : *Tendre jeunesse en qui pour...*

O mon Jésus, mon unique espérance !
Je viens à toi, bénis mon repentir.
O quel bonheur ! de ta propre substance
Ton vif amour se plaît à me nourrir.

Mon bien-aimé, touché de ma faiblesse,
Pour mon bonheur m'appelle à Nazareth.
Là, bien souvent, dans l'ardeur qui me presse,
Je prends sa coupe et je bois à long trait.

Je sens en moi pour Dieu de l'énergie,
Mais c'est surtout aux pieds du saint autel.
Ton vin sacré, Jésus, me vivifie ;
Il me ravit, il me transporte au ciel.

Ce vin d'amour m'inspire l'allégresse,
Et dans mon âme il répand la ferveur ;
Il me remplit d'une divine ivresse.
Est-il bonheur semblable à mon bonheur ?

Sur l'air : *Le monde en vain par ses biens et ses charmes.*

Je te bénis, divine Eucharistie,
A ton aspect j'éprouve un vrai bonheur.
En te prenant je m'infuse la vie,
Et tu deviens l'aliment de mon cœur.

Dieu m'enrichit de faveurs sur la terre,
Il m'en promet de plus grandes au ciel.
Je sens en moi que son amour opère,
Et tous les jours je l'éprouve à l'autel.

Mais dans les cieux un torrent de délices
A chaque instant coulera dans mon cœur.
J'en goûte ici bien souvent les prémices ;
Leur avant-goût me comble de bonheur.

Nous les goûtons dans notre Solitude,
Ces doux transports, ces délices du ciel,
Quand notre cœur, exempt d'inquiétude,
Brûlant d'amour, approche de l'autel.

Sur l'air : *O doux Jésus, tout languissant d'amour.*

Divin amour, toi qui brûles les cœurs,
Contre mon cœur lance des traits de flamme ;
Pénètre-moi de tes vives ardeurs.
O doux Jésus, sois l'âme de mon âme !

Jésus, pour moi, réside au saint autel.
O quel bonheur ! ô quel amour immense !
Ce Roi des rois, ce fils de l'Éternel,
Veut me nourrir de sa propre substance.

Accourons tous à son banquet divin,
Mais revêtons la robe d'innocence,
Et qu'à l'aspect du céleste festin,
L'amour en nous devienne plus intense.

Venez aussi, filles de Nazareth,
A son festin, accourez avec zèle.
De votre cœur, le repentir lui plaît.
Venez, venez, son amour vous appelle.

Sur l'air : *L'homme peut tout lorsque Dieu, par...*

Mon bien-aimé, lui que j'aime sans cesse,
Lui dont le cœur brûle d'amour pour moi,
A fait briller, pressé par sa tendresse,
A mon esprit le flambeau de la foi.
Il est à moi, je possède son cœur ;
Je suis à lui, c'est mon plus grand bonheur.
        Jose le dire,
        Mon cœur désire
De publier de son nom les grandeurs.

Mon doux Jésus, mon bonheur et ma gloire,
M'aime à l'excès, se plaît à me bénir.
Je suis toujours présent à sa mémoire ;
Il est touché de m'entendre gémir.
Il est pour moi toujours plein de douceur,
Et son amour s'infuse dans mon cœur.
        Sa vive flamme
        Fait de mon âme
Comme un foyer d'amour et de ferveur.

Tout mon bonheur et ma plus grande gloire
Est de bénir hautement mon Sauveur.
Je ne crains pas les édits du prétoire
Ni les assauts de l'enfer en fureur.
Je le bénis et la nuit et le jour ;
Je suis à lui, mais à lui sans retour.
        Oui, sa tendresse
        Toujours me presse
A déverser dans les cœurs son amour.

O doux Jésus ! pour moi ton cœur s'immole
Et ton amour me rend digne de toi.

Sur moi ton cœur a dit une parole,
Et dès l'instant je fus du ciel le roi !
O quel pouvoir ! quel excès de grandeur !
De l'Eternel je suis le créateur.
      Ce grand mystère,
      Pour moi s'opère,
Tous les matins à l'autel du Seigneur.

Mon bien-aimé, seul auteur de mon être,
Est devenu de mon âme l'époux ;
Il ne veut plus porter le nom de maître,
Du nom d'ami son cœur est plus jaloux.
Son grand amour l'a fait mourir pour moi,
Et par sa mort je suis et prêtre et roi.
      Quelle noblesse,
      Dans ma faiblesse,
Le tout-puissant est soumis à ma loi.

Heureux mortel, de l'Eternel l'image,
A l'exalter tu dois passer tes jours ;
Car n'es-tu pas de son amour l'ouvrage ?
Chante son nom, célèbre ses amours.
Il est à toi, tu dois donc être à lui ;
Il est ta force, il est ton noble appui.
      Toute ta vie
      Chante et publie :
De l'Eternel je suis l'enfant chéri.

Partout, partout dans l'humble Solitude,
On voit l'amour s'unir au repentir,
Marcher ensemble et faire leur étude
De plaire à Dieu pour saintement mourir.
Quel beau spectacle au moment de la mort !
Chacun s'écrie, et dit avec transport :
      O ma patrie !
      Cité chérie,
Bientôt, bientôt, je serai dans ton port !

Sur l'air : *Un fantôme brillant séduisit ma jeunesse.*

Psaume 22, *Dominus regit me.....*

Le Seigneur me conduit, mon bonheur est extrême.
Que peut-il me manquer? Il connaît mes besoins ;
Son amour infini me prodigue des soins.
Je surabonde en tout. Oh! je vois comme il m'aime!
Seigneur, j'en suis ravi ; quel excès de bonté !
Tu veux être avec moi tous les jours de ma vie ;
Après ce temps d'exil, dans la sainte cité,
Ton amour de mon cœur veut couronner l'envie.

Les eaux de son amour ont coulé dans mon âme ;
Leur fraîcheur a calmé l'ardeur des passions ;
Le ciel répand sur moi ses bénédictions,
Et consume mon cœur de sa divine flamme.
    Seigneur, j'en suis ravi.....

Il me prend par la main et, comme un tendre père,
Toujours vers le bonheur il dirige mes pas,
Et quand je n'en puis plus, il me prend dans ses
Avec lui je fournis une heureuse carrière. [bras;
    Seigneur.....

Non, non, je ne crains rien, l'Eternel est ma force:
Les ombres de la mort ne m'arrêteront pas ;
Je te suivrai, Seigneur, partout jusqu'au trépas.
Les attraits séducteurs sont pour moi sans amorce.
    Seigneur.....

Ton sceptre me défend, mon âme est rassurée ;
Le démon est confus. Que peut-il contre moi?
Riche de ton amour, j'observerai ta loi,
Et de Sion un jour tu m'ouvriras l'entrée.
    Seigneur......

Sous les yeux tu me mets une viande divine ;
Quel excès de bonheur ! Ce céleste aliment

Contre mes ennemis me rendra tout-puissant ;
Et déjà vers le ciel mon âme s'achemine.
  Seigneur.....

Ton calice est exquis, il rend mon âme pure,
Il enivre mon cœur du vin de ton amour ; [jour !
Que ta grâce, ô grand Dieu ! coule en moi chaque
Ton amour me sourit, ta bonté me rassure.
  Seigneur.....

Air nouveau.

L'aliment de mon cœur est le Verbe adorable ;
Il me parle souvent, ô faveur admirable !
    Il parle souvent à mon cœur.
Tu me parles d'amour, ô Parole éternelle !
Apprends, apprends toujours à mon âme immor-
    A n'aspirer qu'à ton bonheur.   [telle
    Quel est pour moi, Verbe divin,
    Des mortels le pompeux langage ?
    Hélas ! un affreux verbiage ;
Tous leurs discours n'offrent rien que de vain.

Tu fais de Nazareth un pieux sanctuaire,
Là, tu parles toujours à l'âme solitaire,
    Tu l'enivres de tes douceurs.
Ah ! parle-moi souvent, parle-moi, je t'en prie,
Couronne mes désirs, divine Eucharistie ;
    Tu connais mes vives langueurs.
    Quel est.....

Parle, parle à mon cœur ; mais parle-lui toi-même.
Donne-lui de t'aimer, c'est mon désir extrême ;
    Que nos cœurs ne soient qu'un seul cœur.
O prodige d'amour, ineffable martyre !
Mets fin à mes langueurs ; après toi je soupire,
    Et fais-moi part de ton bonheur.
    Quel est.....

Sur l'air : *Mon bien-aimé ne paraît pas encore.*

O mon amour, ma colombe et ma belle,
Viens, lève-toi, viens, donne-moi ton cœur,
Viens, je t'appelle ;
Dans ta ferveur,
Viens, hâte-toi, cours vite avec ardeur,
De mon amour reconnais le vrai zèle.

Viens au plus tôt, viens, amante chérie ;
Viens, sois docile aux accents de ma voix ;
Ah ! je t'en prie,
Aime mes lois ;
Là sont écrits tes admirables droits.
Cours, viens à moi ; ne suis-je pas la vie ?

Ce saint commerce a lieu dans la prière,
Se corrobore à la communion.
O doux mystère !
Qui, dans Sion,
Doit consommer l'éternelle union
Qui, tous les jours, commence sur la terre.

A Nazareth, tu répands sur mon âme
A pleines mains tes insignes faveurs.
L'amour m'enflamme
De ses ardeurs,
Et pour cela, nonobstant mes sueurs,
A chaque instant de bonheur je me pâme.

Sur l'air : *Dieu s'unissant à moi par un heureux mélange.*

O mystère d'amour, ineffable martyre !
C'est assez, doux Jésus, modère tes faveurs ;
Sans quoi, sous le poids des douceurs,
Je me sens défaillir ; mon cœur n'y peut suffire !
Mes sœurs, soutenez-moi par vos fleurs, nuit et
Daignez, dans mon pieux délire,   [jour ;
Me donner quelques fruits, car je languis d'amour.

Non, non, à ces douceurs mon cœur ne peut suffire,
Dans mon trop long exil, je souffre à chaque instant
     Par l'amour un divin tourment.
Fais cesser, ô Jésus ! fais cesser mon martyre.
Mes sœurs....

A chaque instant du jour, mon cœur vers toi sou-
Mon unique désir est d'être tout à toi.   [pire,
     Viens en mon cœur, ô divin roi !
Et consomme au plus tôt mon aimable martyre.
Mes Sœurs....

Du pieux repentir quel mortel pourrait dire
L'amour vif qui me rend le seigneur du Seigneur
     Et du Tout-Puissant le vainqueur ?
Filles de Nazareth, prêtez-moi votre lyre.
Mes sœurs.....

———————

Sur l'air : *Voici l'heureux moment, ma chère.....*

O Sion, ô séjour de la magnificence !
Ta gloire et ta beauté ravissent tous les cœurs.
A ton seul souvenir je sens tant de douceurs,
Qu'aux pieds du saint autel je tombe en défaillance.

Je suis tout hors de moi quand j'admire ta gloire ;
Le désir de te voir, comme un trait enflammé,
Pénètre dans mon cœur et, d'amour consumé,
Je me crois au trépas célébrant la victoire.

O chastes voluptés ! délices éternelles !
Non, l'œil n'a jamais vu, ni l'oreille entendu,
Ni le cœur des mortels n'a pas même conçu
Ce que Dieu, dans les cieux, prépare à ses fidèles.

O torrent de bonheur ! océan d'allégresse !
On peut bien te sentir, mais non pas t'exprimer.
Celui qui t'a goûté se plaît à s'abîmer
Dans ce fleuve d'amour, dans cette heureuse ivresse.

Je goûte, à Nazareth, tes célestes délices,
Et c'est mon repentir qui, par le pain des forts,
Fait couler dans mon cœur des élus les transports.
Jésus couronne ainsi les pieux sacrifices.

———————

Sur l'air : *Par les chants les plus magnifiques.*

Ce n'est que par le seul martyre
Qu'on peut pénétrer dans les cieux ;
On a beau faire, on a beau dire,
Il faut souffrir pour être heureux.
Le mondain souffre sur la terre ;
Mais, hélas ! il souffre sans fruit ;
On voit s'augmenter sa misère
Lorsqu'il souffre et qu'il se maudit.

Non, non, ce n'est jamais la peine
Qui fait triompher le martyr ;
Mais le motif qui, dans l'arène,
Le soutient et le fait mourir.
Les victimes de la justice
Souffrent, hélas ! des maux divers,
Et souvent le dernier supplice
Leur ouvre à jamais les enfers.

Le ciel est tout dans l'allégresse
Quand le juste s'offre à la mort ;
Dans l'amour qui pour Dieu le presse,
Il la salue avec transport.
Par elle finissent ses peines,
Ses angoisses et ses langueurs ;
Et par elle, brisant ses chaînes,
Il s'envole au sein des splendeurs.

Ainsi meurt la nazaréenne
Qui pleure et gémit nuit et jour.
Jésus, qui l'aime, rompt sa chaîne
Et l'enivre de son amour.

De son vivant, l'Eucharistie
La nourrit aux pieds de l'autel ;
A la mort, elle part munie ;
Heureuse, elle s'envole au ciel.

Sur l'air : *Que t'ai-je fait, Placide ? réponds-moi.*

Il est à moi, je le sens dans mon cœur,
Malgré l'enfer, le monde et ma misère.
Tout embrasé des feux de sa ferveur,
Mon cœur lui dit : je t'aime et te révère.

Il est à moi ; fuyez, vaines grandeurs ;
Fuyez aussi, voluptés insipides ;
Disparaissez, vils trésors séducteurs ;
Les biens du ciel sont les seuls biens solides.

Il est à moi, mon cœur en est joyeux ;
Déjà, déjà son vif amour m'appelle,
Pour consommer, dans les hauteurs des cieux,
De nos deux cœurs l'union éternelle.

Je suis à lui, mon repentir lui plaît ;
Aux pieds du prêtre, il a brisé ma chaîne.
Il me nourrit encore à son banquet,
A son amour sa charité m'enchaîne.

Sur l'air : *Je vous salue, incomparable reine.*

O doux Jésus, ô mon bien, ô ma vie !
A toi je pense à chaque instant du jour.
Toujours, toujours, ô sainte Eucharistie !
Au saint autel je t'offre mon amour.

O doux Jésus ! sans toi je ne puis vivre ;
Daigne accueillir l'offrande de mon cœur.
Guide mes pas, je veux toujours te suivre,
Fais-moi mourir d'un excès de ferveur.

O doux Jésus, ô flamme de ma flamme !
Cœur de mon cœur, mon unique trésor !
Daigne, à l'autel, d'amour brûler mon âme,
Et vers le ciel je prendrai mon essor.

O doux Jésus, mon unique espérance !
A Nazareth tu me nourris d'amour ;
Tu m'y nourris encor de ta substance,
Puis je m'envole au céleste séjour.

Air nouveau.

Tous les jours tu me sers d'aliment à l'autel,
O Parole divine, ô Parole animée !
Dans tes douceurs mon âme est abîmée,
Elle goûte ici-bas un avant-goût du ciel.

Dans tes sacrés parvis tu me fais, chaque jour,
De ton cœur ravissant goûter la douce ivresse ;
Alors mon cœur, pressé par ta tendresse,
Se sent épanouir d'un vif excès d'amour.

Des élus, vrai froment, et des vierges, vrai vin,
Tu veux, ô doux Jésus, être ma nourriture.
Oh ! que ne puis-je, en t'aimant sans mesure,
De bonheur défaillir et mourir sur ton sein !

Tu m'admets, quoique infirme, à ton sacré festin ;
Mais j'ai soin de porter la robe nuptiale.
Tu me nourris de ta chair virginale,
Et ton sang précieux est le nectar divin.

Je goûte à Nazareth, à l'autel du Seigneur,
De chastes voluptés qui ravissent mon âme.
Toute hors de moi, d'amour mon cœur s'enflamme ;
Sur le sein de Jésus, je me meurs de ferveur.

Air nouveau.

Recueillons-nous, faibles mortels,
Jésus, pour notre amour, s'immole !
Son sang coule sur nos autels,
Et partout son sang nous console.
Unissons nos cœurs en ce jour,
Et livrons-nous à l'allégresse.
Grand Dieu ! quel excès de tendresse !
Serons-nous pour toi sans amour ?

Adorons tous, sur cet autel,
Jésus caché dans cette hostie ;
C'est pour nous qu'il descend du ciel,
C'est pour nous qu'il paraît sans vie.
Prosternons-nous tous à ses pieds,
Brisons nos cœurs en sa présence ;
Il vient expier notre offense
Et nous combler de ses bienfaits.

Relève-nous, ô doux Jésus !
Tu sais quelle est notre misère.
Jette sur nous, Dieu des vertus,
Le regard d'un aimable père.
Embrase-nous de ton amour,
Qu'une étincelle de tes flammes
Ici-bas pénètre nos âmes,
Et nous consume nuit et jour.

Air nouveau.

Au saint banquet, allons et courons vite,
Le bon Jésus lui-même nous invite.
O prodige d'amour ! ô prodige étonnant !
Jésus veut à l'autel être notre aliment !

Prosternons-nous, voici l'Eucharistie;
Jésus pour nous à Dieu se sacrifie.
Célébrons de concert, exaltons tour à tour
Ses divins attributs et son excès d'amour.

O quel bonheur! Jésus vient dans notre âme,
De ses ardeurs il la brûle, il l'enflamme;
A l'autel il se fait de nos cœurs le captif.
O l'amour véhément! ô l'amour excessif!

A Nazareth, dans notre sanctuaire,
Pour nous Jésus opère un grand mystère;
Il veut au saint autel nous nourrir de sa chair,
Et dit à notre cœur: Tu vois que tu m'es cher.

Tu nous bénis, ô Jésus, dès l'aurore,
Le long du jour et dans la nuit encore; [jour,
Aux pieds du crucifix, plusieurs fois chaque
Il nous brûle des feux de son divin amour.

Mais quel bonheur! Jésus nous déifie;
A chaque instant il nous donne la vie.
Le Verbe s'est fait chair, ô mystère étonnant!
Et sa chair chaque jour devient notre aliment!

Sur l'air : *Un Dieu voulait se faire aimer.*

Quelle était grande mon erreur;
Hélas! elle était infinie.
Je cherchais le Dieu de mon cœur
Dans le monde qu'il répudie.
Mais je le trouve à Nazareth,
Où son amour me vivifie.
Là, mon cœur est tout satisfait
Quand je reçois l'Eucharistie.

O qu'il est doux d'aimer Jésus!
Mon amour n'est pas un problème;
Je veux toujours, de plus en plus,
L'aimer et lui diré : *Je t'aime.*

O doux Jésus, roi de mon cœur,
Je me plais dans tes douces chaînes !
Daigne me donner la ferveur,
Bénir mes travaux et mes peines.

Ah ! non, non, ce n'est plus en vain
Que mon cœur après toi soupire.
Je te trouve chaque matin
A l'autel où l'amour m'attire.
Alors mon cœur, brûlant d'amour,
S'abîme dans l'Eucharistie.
Dans ton essence, nuit et jour,
Il puise doucement la vie.

Sur l'air : *Sion, de ton harmonie.*

Notre autel est plein de charmes,
Tout y respire l'amour ;
Son aspect sèche nos larmes
Et nous ravit nuit et jour.
Venez, venez, vierges pures ;
Venez, filles de Sion,
Et fuyez des créatures
L'immonde contagion.

Il n'est pas de beauté rare
Que n'éclipse sa splendeur.
La divinité le pare ;
Il inspire la ferveur.
A cet autel tout de flamme,
L'amour se nourrit d'amour.
Le vif désir de notre âme
Est d'être à Dieu sans retour.

Jésus est cette victime
Qui réjouit notre cœur,
Et l'amour qui nous anime
Infuse en nous la ferveur.
La divine Eucharistie

Alimente notre amour,
Et toujours nous fortifie
Contre l'infernal vautour.

Approchez, Nazaréennes,
Venez vite au saint banquet ;
Jésus a brisé vos chaînes ;
Mêlez l'amour au regret.
Jésus a séché vos larmes,
Prenez place à son festin.
Il n'est plus pour vous d'alarmes,
Votre bonheur est divin.

Sur l'air : *Le monde en vain par ses biens et ses charmes.*

Le Tout-Puissant m'a fait à son image.
Ce grand bienfait m'oblige de l'aimer.
Le monde entier me dit dans son langage :
Aime ton Dieu, lui seul peut te charmer.

Dieu, non content de m'avoir donné l'être,
Me comble encor de biens et de faveurs.
Ma gratitude envers lui doit paraître,
Par mon amour et mes pieux labeurs.

A ses bienfaits, me trouvant insensible,
Pour me gagner par un excès d'amour,
Il s'est fait chair, il s'est rendu visible,
Il m'ouvre enfin le céleste séjour.

Plein du désir d'aimer un Dieu qui m'aime,
Je sens mon cœur pour lui brûlant d'amour.
L'aimer toujours et l'aimer pour lui-même
Est de mon cœur l'aliment nuit et jour.

Je sens en moi que son amour opère,
Et tous les jours je l'éprouve à l'autel ;
Alors mon cœur, dans l'exil de la terre,
Goûte déjà les délices du ciel.

Oui, dans le ciel, un torrent de délices,
A chaque instant enivrera mon cœur.
En attendant, j'en goûte les prémices,
Lorsqu'à l'autel je reçois mon Sauveur.

L'aurais-je cru, lorsqu'au milieu du monde,
Je me plongeais dans de sales plaisirs,
Que je fuirais un jour ma vie immonde
Et que j'aurais enfin de saints désirs ?

Sur l'air : *Aux montagnes de la Savoie.*

Je trouve, dans l'Eucharistie,
L'aliment qui nourrit mon cœur,
Celui qui me donne la vie,
Jésus, mon aimable Sauveur.
Dieu seul inspire à l'innocence
L'amour divin et l'espérance.

Jésus, par un très-grand miracle,
Fixe dans mon cœur son séjour,
Et je deviens son tabernacle
Qu'il enrichit de son amour.
Dieu seul...

La foi me fait voir le mystère
Qui pour moi s'opère à l'autel.
Je m'incline et je le révère,
Et déjà je me crois au ciel.
Dieu seul...

Hélas ! à quoi sert la science
Sans les feux de la charité ?
Elle enfle et tue en son essence
Le germe de la sainteté.
Dieu seul...

L'amour seul suffit à mon âme ;
De mon cœur il fait le bonheur.

Une étincelle de sa flamme
Me remplit toujours de ferveur.
Dieu seul...

Tout mon bonheur, Eucharistie,
Est de te recevoir souvent
Et de puiser en toi la vie
Qui toujours rend le cœur content.
Dieu seul...

Sur l'air : *Quelle nouvelle et sainte ardeur.*

Je me sens brûler de ferveur
Quand je reçois l'Eucharistie.
Dès lors nul obstacle à mon cœur
Tant je sens en moi d'énergie.
Je brave tout, rien ne peut ralentir
Le feu sacré qui de sa flamme
A chaque instant d'amour me fait languir
Et qui brûle mon âme.

Je pense à lui pendant la nuit,
A mon réveil et dès l'aurore.
A l'autel, l'amour me conduit ;
Je sens un feu qui me dévore.
Je brave tout...

Là, je puise l'humilité,
Cette vertu que son cœur aime ;
J'y puise encor la charité
Et je l'aime plus que moi-même.
Je brave tout...

L'aube à peine dore les monts,
Que je suis dans son sanctuaire ;
Et, riche déjà de ses dons,
Mon cœur brûlant lui dit : *Mon père.*
Je brave tout...

Air nouveau.

Tout mon souci, dans mon pèlerinage,
Est de bénir toujours mon bien-aimé ;
Il est à moi, lui seul est mon partage,
De son amour mon cœur est consumé.
O quelle gloire ! ô quelle douce ivresse !
J'ai dans mon cœur l'objet de mes amours,
C'est mon Jésus, il me parle sans cesse ;
Mon cœur lui dit : *Je t'aimerai toujours.*

Non, je ne puis rendre par la parole
Ce que mon cœur éprouve de bonheur ;
J'ai mon Jésus. Adieu, monde frivole,
Mon bien-aimé possède seul mon cœur.
O quelle...

Tous les plaisirs, tous les biens de la terre,
Tous les honneurs que cherche le mortel
Ne sont, hélas ! à mes yeux que misère ;
Mon doux Jésus est seul mon bien réel.
O quelle...

Sur l'air : *O doux Jésus, tout languissant d'amour.*

Puisqu'à l'autel l'amour fixe Jésus,
Puis-je ne pas m'efforcer de lui plaire ?
S'il est au ciel le bonheur des élus,
Il me nourrit de sa chair sur la terre.

Quand, le matin, je suis au saint autel
Et que je prends la sainte Eucharistie ,
Alors, ravi des richesses du-ciel,
En Dieu je vis une céleste vie.

Flambeau divin, ô fournaise d'amour !
Eclaire-moi de tes vives lumières ;
Embrase-moi de tes feux chaque jour,
Et de mon cœur consume les misères.

On est heureux d'habiter dans ton cœur.
Ah ! que ne puis-je y fixer ma demeure !
M'y reposer, y goûter la ferveur
Et m'y trouver lors de ma dernière heure !

Sur l'air : *Un fantôme brillant séduisit ma jeunesse.*

Comme un arbre à bons fruits, d'une aimable ver-
S'élève dans les bois, riche en aménité,   [dure,
Ainsi mon bien-aimé paraît plein de beauté.
Mortels, auprès de lui, tout en vous est souillure.
A l'autel, tous les jours, tu me sers d'aliment,
Et ta divine chair devient ma nourriture,
Et ton sang précieux, quand il est pris souvent,
Rend le cœur plus aimant et rend l'âme plus pure.

Il voile, par amour, sa majesté suprême ;
Il se montre au-dessous des esprits bienheureux ;
Il réside avec nous, lui, souverain des cieux !
Et son abaissement fait voir comme il nous aime.
A l'autel...

Je prends près de Jésus un repos salutaire ;
Lui seul est mon Sauveur, lui seul me réjouit.
De sa chair, de son sang, toujours il me nourrit,
Et d'amour il m'enivre à l'autel de ma Mère.
A l'autel...

Air nouveau.

Adorons notre divin Maître;
L'amour le fixe parmi nous;
Lui seul est l'auteur de notre être,
De notre cœur il est jaloux.
O Jésus! de l'amour victime,
Reçois l'hommage de nos cœurs.
De l'enfer ferme-nous l'abîme;
Du ciel montre-nous les splendeurs.
Nos cœurs, brûlants de tes divines flammes,
Prennent l'essor vers l'éternel séjour.
Romps nos liens, ils entravent nos âmes.
Consume-nous des feux de ton amour.

Présente à ton fils, ô Marie,
De nos cœurs les vœux pour le ciel.
Par toi seule, ô source de vie,
Nous approchons de son autel.
Ravis, ô Jésus, de tes charmes;
Nos cœurs soupirent après toi.
Viens, ô trépas, sèche nos larmes,
Brise les voiles de la foi.
O doux Jésus, les délices du père,
Répands sur nous ta bénédiction.
De notre exil termine la carrière,
Consomme en nous l'éternelle union.

Sur l'air : *Nous qu'en ces lieux combla de ses bienfaits.*

La dignité dont le prêtre jouit
Est une dignité divine,
Et tous les jours elle nous réjouit.
Au ciel elle nous achemine.

Le prêtre parle, et Dieu descend du ciel ;
  Sa voix détruit et donne l'être.
Le pain n'est plus : quel prodige à l'autel !
  Du Seigneur l'esclave est le maître.

Toujours puissant, le prêtre au criminel
  Dit : Je t'absous, je te pardonne.
Non, ne crains plus, infortuné mortel ;
  Au ciel déjà vois ta couronne.
Le prêtre encor dirige en tout ses pas ;
  Son pouvoir n'a pas de limites.
Il le nourrit de Dieu jusqu'au trépas
  Et le comble de vrais mérites.

Marie est grande ; elle est reine du ciel ;
  Elle est reine aussi de la terre.
Le vrai chrétien s'incline à son autel
  Et lui fait part de sa misère.
Pour le pécheur, Marie offre ses vœux,
  Et son Fils toujours les couronne.
Le prêtre seul peut dire au malheureux :
  Je t'absous, monte sur ton trône.

Le fils de Dieu s'est fait chair une fois
  Dans le sein d'une Vierge-Mère ;
Il est venu nous apprendre ses lois
  Et de son amour le mystère.
Mais tous les jours le Fils de l'Eternel
  S'incarne dans les mains du prêtre.
Cette faveur s'opère au saint autel,
  Et la foi nous le fait connaître.

Je vois, grand Dieu, deux grandes dignités :
  Celle de roi, celle de prêtre ;
Mais cependant leurs inégalités
  Sont presque du néant à l'être.
La royauté s'exerce sur les corps
  Et se borne toute à la terre ;
Le sacerdoce est du monde en dehors,
  Sa vie est un autre atmosphère.

Tout au tombeau s'engloutit dans le temps,
  Tout passe comme une ombre vaine ;
Mais au réveil que seront mécontents
  Ces lâches que le vice entraîne !
Pour le chrétien, qui toujours vit de foi,
  Il se soutient, il s'encourage.
Après l'exil, Jésus, son divin roi,
  Se donne à lui pour héritage.

L'oint du Seigneur devrait, par ses vertus,
  Eclipser la beauté des anges,
Les surpasser toujours de plus en plus
  Par son amour et ses louanges.
Ses mains devraient, elles qui touchent Dieu,
  Et sa langue qui le consacre,
Être toujours plus pures que le feu
  Et plus brillantes que le nacre.

Il eût suffi, pour sauver les humains
  Et pour sanctifier la terre,
Du seul vouloir de Jésus à ces fins,
  Sa volonté sur tout opère.
Pour faire un prêtre, il a fallu qu'un Dieu
  S'incarnât et mourût victime.
Le prêtre ainsi fait couler en tout lieu
  Le sang divin qui nous anime.

Toujours, toujours, filles de Nazareth,
  Aimez et respectez le prêtre ;
Il vous absout, vous prépare un banquet
  Où vous puisez la vie et l'être.
Est-il bonheur semblable à ce bonheur
  Qui se trouve à la Solitude ?
Vous le savez, le monde est un trompeur ;
  En Dieu seul est la quiétude.

Sur l'air : *Nous qu'en ces lieux combla de ses bienfaits.*

Venez, pasteurs, vous que j'aime à l'excès,
   Laissez aux mondains leurs intrigues ;
Venez jouir des douceurs de ma paix,
   Reposez-vous de vos fatigues.
Venez, venez, prenez un doux sommeil
   Votre labeur saint le réclame ;
Dormez en paix : après votre réveil,
   Vous aurez un cœur tout de flamme.

Vous le savez, vous êtes mes amis ;
   Je dis plus : vous êtes mes frères.
Bannissez donc de vos cœurs les ennuis,
   Et de votre esprit les affaires.
Ne tardez plus, suspendez vos labeurs ;
   N'est-ce pas vous que mon cœur aime ?
Je veux sur vous répandre mes faveurs ;
   Mon amour n'est pas un problème.

Je vous adjure, ô filles de Sion,
   Par l'amour pur qui vous pénètre.
Ne troublez pas leur heureuse union,
   Il vous suffit de le connaître.
Fuyez au loin, ne faites pas du bruit ;
   Aimez le repos de leur âme.
Priez pour eux et le jour et la nuit,
   Car votre intérêt le réclame.

O doux sommeil ! ô sommeil tout d'amour !
   Qui peut comprendre tes délices ?
Par toi je goûte, à chaque instant du jour,
   Le doux fruit de mes sacrifices.
Tout pénétré de l'amour de Jésus,
   En moi je sens un nouveau zèle.
Tout hors de moi, je cours de plus en plus
   Au travail auquel Dieu m'appelle.

Avec transport, je monte au saint autel,
   Pour célébrer le grand mystère.

Alors pour nous le Fils de l'Eternel
   Présente ses vœux à son Père.
Puis je m'assieds au sacré tribunal
   Pour absoudre l'homme coupable ;
Et, délivré de l'abîme infernal,
   A Dieu l'homme devient aimable.

Air nouveau.

Prêtres du Dieu vivant, zélés pasteurs des âmes,
Vous nous plongez toujours dans les célestes flam-
   Mais c'est surtout au saint autel.   [mes ;
Les excès des humains, au feu de vos prières,
Ne résistent jamais, et vos vives lumières
   Nous montrent le chemin du ciel.
   Prêtres zélés pour ses brebis,
   Jésus vous prépare un beau trône,
   Et nous serons votre couronne
Dans les splendeurs des célestes parvis.

O vous, oints du Seigneur, qui, par votre énergie,
Renoncez au repos et nous donnez la vie.
   Oh ! oui, vous aimez vos brebis.
Un jour, assis au ciel sur un trône de gloire ;
Vous jouirez, heureux, du fruit de la victoire,
   Avec les saints du paradis.
   Prêtres...

Au vice, tous les jours, le saint prêtre résiste ;
Il s'immole, et Jésus à chaque instant l'assiste :
   Il est toujours victorieux.
Il ne craint point l'enfer, il ne craint point le monde,
Il combat vaillamment, la grâce le seconde,
   Et Jésus couronne ses vœux.
   Prêtres...

Sur l'air : *Par les chants les plus magnifiques.*

Le prêtre instruit et plein de zèle
Ne soupire qu'après les cœurs.
A son devoir toujours fidèle,
Il répand partout ses ardeurs.
Par la vertu de ses exemples
Et la force de ses discours,
Les cœurs s'érigent en beaux temples
Et Dieu s'y fixe pour toujours.

Comme une colombe attirante
A cause d'un parfum exquis,
Au colombier revient contente,
Avec des colombeaux conquis.
L'odeur des vertus du saint prêtre
Attire à Jésus les pécheurs.
Quand l'homme n'a que Dieu pour maître,
Tout à lui subjugue les cœurs.

Il désire de Dieu la gloire,
Il y travaille nuit et jour.
Pour lui, la plus belle victoire
Est de mourir pour son amour.
Ecoutons-le comme il s'écrie :
Revenez, pécheurs, au Seigneur.
Voulez-vous recouvrer la vie ?
Donnez-lui vite votre cœur.

CANTIQUES NOUVEAUX.

L'AME FIDÈLE.

(Voyez la cinquième des notes qui sont au commencement, paginées par des chiffres romains.)

Sur l'air : *Dieu dont la puissance infinie.*

Hélas ! les enfants de ma mère,
Formés comme moi dans son sein,
M'insultent et me font la guerre ;
Leur rage n'a jamais de fin.
Seul témoin de ma pénitence,
Daigne, Jésus, me soutenir ;
Daigne inspirer, Dieu de clémence,
A leur cœur un vrai repentir.

Plus je veux, ô Jésus ! te plaire,
Et plus je les vois en fureur.
Mais, quoiqu'ils me fassent la guerre,
Je triomphe et je suis vainqueur.
Ta grâce, ô Jésus ! me fait belle :
Mon cœur pour toi brûle d'amour.
Je ne crains rien, je suis tout zèle
Pour les combattre nuit et jour.

Je suis, ô Jésus, méprisée ;
On me repousse à tout instant.
Du monde je suis la risée,
Les rebuts sont mon aliment.
Mais l'amour me rend tout aimable :
Je jouis de la paix du cœur.
Non, il n'est rien de comparable
A l'ivresse de mon bonheur.

Que je t'aime, ô Dieu de tendresse !
Dans le temps, dans l'éternité.

Je sens que ton amour me presse,
Infuse en moi la charité.
Non, sans t'aimer je ne puis vivre;
Ma vie est de t'aimer toujours.
Je veux toujours, partout te suivre;
Sois mon appui, sois mon secours.

Sur l'air : *Tendre jeunesse en qui pour l'harmonie.*

Laissez dormir mon épouse à son aise,
Ne troublez pas son amoureux sommeil;
Ne parlez pas, que tout ici se taise;
Cessez tout bruit jusqu'après son réveil.

Dans ce moment elle est tout abîmée
Dans l'océan de mes chastes amours.
Venez, voyez comme elle est animée
Par les ardeurs qui la brûlent toujours.

Je vous adjure, ô filles de Solyme!
Par les élans qui transportent vos cœurs.
Admirez-la, cette union intime,
Qui la ravit des plus chastes douceurs.

Elle sera toujours ma bien-aimée
Et je serai toujours son bien-aimé.
Son âme pure est d'amour consumée;
Mon cœur pour elle est d'amour consumé.

Sur l'air : *Par les chants les plus magnifiques.*

De mes péchés, hélas! noircie,
Je suis venue à Nazareth.
De regret, mon âme attendrie,
Pleure et le repentir me plaît.
Ah! contemplez cette merveille,
O vierges! filles de Sion!
Quand je dors, mon cœur toujours veille.
L'amour est mon affection.

Il est vrai, mes sœurs, je suis noire
Comme les tentes de Cédar ;
Mais le repentir fait ma gloire,
Je goûte du ciel le nectar.
Mon cœur de son cœur est l'ouvrage ;
Pour lui mon cœur est tout amour.
L'amour divin est mon partage ;
Son feu me brûle nuit et jour.

Je ne vois partout sur la terre
Que désordre, misère, horreur.
L'orgueil, tout en semblant nous plaire,
Corrompt et blesse notre cœur.
Ce monstre, que le ciel abhorre,
Je veux le chasser de mon cœur.
Jésus, que j'aime et que j'adore,
Est seul ma gloire et mon bonheur.

Sur l'air : *Heureux le cœur fidèle.*

Ame sainte, tu lances
Vers Dieu des traits d'amour.
Chaque jour tu t'avances
Vers l'éternel séjour.
La noble modestie
Relève ta beauté ;
Elle vit de ta vie,
Aimable pureté.

Tes lèvres sont vermeilles,
Elles charment les yeux.
Il est vrai, tu sommeilles,
Mais ton cœur est joyeux.
Le ruban d'écarlate
Le cède à ta beauté,
Et ta beauté qui flatte
Rend le cœur enchanté.

Ton amour me captive
A ton cœur ravissant,

Et ton âme naïve
Me plaît intiniment.
Partout je vois les flammes
Qui consument ton cœur,
Et qui brûlent les âmes
Des feux de ta ferveur.

Sur l'air : *Par les chants les plus magnifiques.*

Ton amour n'est jamais stérile ;
Il porte toujours du bon fruit.
Ton cœur, semblable au champ fertile,
Conçoit le bien et le produit.
Et, comme ces brebis fécondes
Qu'entourent toujours deux jumeaux,
Par ton zèle ardent, tu secondes,
Des pécheurs les pieux travaux.

Tu ne vois partout qu'amertume,
Que douleur, que crainte et qu'effroi,
Et ton cœur, que l'amour consume,
Gémit et soupire pour moi.
Ton cœur est un foyer immense
Qui répand partout ses ardeurs.
Plus ton amour devient intense
Et plus il embrase les cœurs.

Tu m'offres toujours, pour me plaire,
Ton corps, ton esprit et ton cœur.
L'encens de ton humble prière
Me charme par sa bonne odeur ;
Tu m'offres, par la pénitence,
Tous les mouvements de ton corps :
Ton esprit par l'obéissance
Et ton cœur par de saints transports.

Sur l'air : *Un attrait vers Jésus nous entraîne.*

O Jésus! après toi je soupire ;
Loin de toi je languis nuit et jour.
Ton amour fait mon plus grand martyre.
Que ne puis-je, enfin, mourir d'amour !

O Jésus! tu le sais, mon cœur t'aime ;
Mes ardeurs croissent de jour en jour.
Je voudrais, dans mon désir extrême,
Expirer d'un vif transport d'amour.

O Jésus! allume dans mon âme
Le foyer de ton divin amour.
Qu'à ma mort, consumé de ta flamme,
Je m'envole à l'éternel séjour.

O Jésus! de plus en plus je t'aime,
Et toujours mon cœur est plus joyeux.
Je l'espère, à mon heure suprême,
Ta bonté couronnera mes vœux.

O Jésus! seul auteur de mon être,
Mon cœur t'aime et la nuit et le jour,
Et ma vie est comme un thermomètre
Qui fait voir jusqu'où va mon amour.

O Jésus! lumière des lumières,
Ton flambeau me conduit droit au port ;
Mon amour résiste aux atmosphères
Des douceurs, des mépris, de la mort.

O Jésus! vrai fluide électrique,
De tes feux tu pénètres mon cœur,
Et dès lors, une ardeur séraphique
Dans mon âme infuse la ferveur.

O Jésus! dans cette Solitude,
Mon bonheur est de toujours gémir.
Ton amour est mon unique étude.
Que ne puis-je, enfin, d'amour mourir !

Sur l'air : *Mon doux Jésus, enfin, voici le temps.*

Un seul moment passé dans tes parvis
Vaut cent fois plus, grand Dieu, pour tes amis,
   Que mille ans avec les pécheurs,
    Même dans l'allégresse;
   Que mille ans avec les pécheurs,
    Dont la coupable ivresse
     Séduit les cœurs.

O plaisirs purs, plaisirs du chaste amour !
A chaque instant de la nuit et du jour,
   De bonheur je me sens mourir.
    Par l'amour qui me presse,
   De bonheur je me sens mourir,
    Tant je goûte l'ivresse
     De l'avenir.

Éternité, loin de troubler mon cœur,
Tu me ravis et tu fais mon bonheur.
   Je te vois, et, le cœur heureux,
    Après toi je soupire.
   Je te vois, et, le cœur heureux,
    Sans cesse je désire
     D'aller aux cieux.

Sur l'air : *Par les chants les plus magnifiques.*

Reviens, reviens, ô Sulamite !
Tu connais les vœux de mon cœur.
Hâte-toi, reviens au plus vite;
Tu fais seule mon vrai bonheur.
Dès le matin, mon cœur soupire,
Après ce moment fortuné.
Reviens, fais cesser mon martyre.
M'aurais-tu donc abandonné ?

Descends des célestes portiques,
Viens m'enrichir de la ferveur ;
Dès lors tes ardeurs séraphiques
Se feront sentir à mon cœur.
Heureux le cœur qui te désire,
Le cœur que ton cœur veut aider,
Et qui toujours vers toi soupire !
Il est sûr de te posséder.

Reviens dans mon cœur, chère amie ;
Daigne m'embraser de tes feux,
Et donne-moi ton énergie
Et tes sentiments généreux.
Je veux être un autre toi-même
Et former mon cœur sur ton cœur.
N'est-ce pas toi que mon cœur aime ?
Toi qu'on appelle la *ferveur ?*

Sur l'air : *Comment goûter quelque repos.*

Sans jamais cesser nos travaux,
Exerçons-nous à la prière ;
Cet exercice échauffe, éclaire
Et fait goûter un doux repos.
Je vous en prie, âmes aimantes,
Adonnons-nous à l'oraison ;
Nous en sentons tous la raison :
Nos âmes seront plus ferventes.

Nous goûtons souvent, Dieu d'amour,
Cette douce et divine ivresse,
Qui nous remplit de l'allégresse
Qu'on goûte au céleste séjour.
Nous trouvons dans notre prière,
Sans doute, de grandes douceurs,
Mais aussi de vives ardeurs
Contre l'ennemi qui nous presse.

5

Dans ce doux sommeil de bonheur,
Dans lequel Jésus nous appelle,
Allons-y toujours avec zèle,
Ranimons-y notre ferveur.
Au cœur aimant tu dois suffire,
Doux commerce du chaste amour ;
Tu le satisfais nuit et jour
Et tu consommes son martyre.

Sur l'air : *O doux Jésus, tout languissant d'amour.*

O qu'il me baise ! il connaît mes désirs ;
Qu'il vienne à moi, sans lui je ne puis vivre !
Vers lui mon cœur pousse de vifs soupirs.
Ah ! que ne puis-je et le voir et le suivre !

Ce saint baiser de mon céleste époux
M'est un garant qu'il m'aime et que je l'aime.
De mon bonheur, mortels, soyez jaloux :
Mon tendre époux m'aime plus que lui-même.

La paix du cœur, effet de ce baiser,
Est des trésors le plus digne d'envie ;
Par ses douceurs, elle sait apaiser
Les vifs regrets de ma coupable vie.

O douce paix ! source du vrai bonheur,
Inonde-moi de tes chastes délices ;
Viens te fixer à jamais dans mon cœur.
Tout, hors de toi, n'est, hélas ! que supplices.

Je le reçois ce baiser chaque jour,
Quand le matin je vaque à mes prières ;
Je le reçois, mais avec plus d'amour,
Quand à l'autel j'offre les saints mystères.

Sur l'air : *Bravons les enfers.*

Fuyons à jamais
Cette horrible paix
Qui peuple les abîmes ;
Elle endort le cœur
Dans sa douce erreur
Et fait tous les jours des victimes.

Il est un baiser criminel
Qui donne aussi la paix à l'âme,
Et toujours l'aveugle mortel
Le sollicite et le réclame.
Fuyons...

Pour moi, j'abhorre cette paix
Qui fait des mondains les délices ;
Elle leur prépare à jamais,
Dans l'enfer, d'éternels supplices.
Fuyons...

Je les vois couronnés de fleurs ;
Mais ils ne sont que des victimes,
Et le comble de leur malheur
Est qu'ils se plaisent dans leurs crimes.
Fuyons...

Le baiser de la volupté,
De l'intérêt et de la gloire,
Partout se donne avec gaîté
Et l'enfer en est la victoire.
Fuyons...

Le mortel croit qu'en cet état
On est au comble des délices.
Tous pourtant, jusqu'au potentat,
N'y trouvent que d'affreux supplices.
Fuyons...

Sur l'air : *Le monde en vain, par ses biens et ses charmes.*

On voit, hélas ! des hommes amphibies,
Tantôt du ciel et tantôt des enfers,
Vivre toujours dans de péripéties,
Rompre et river de leurs péchés les fers.

Que de chrétiens, dont le talent funeste
Est de ne voir partout que des vertus.
Ce n'est, hélas ! en eux qu'un vain prétexte
Pour s'aveugler toujours de plus en plus.

L'esprit d'orgueil est adroit à l'extrême ;
Il gâte tout et l'on ne le croit pas.
Il frappe, il tue, et néanmoins on l'aime.
Loin de le fuir, on le suit pas à pas.

Ce qui nous plaît nous paraît salutaire,
Conforme en tout aux volontés de Dieu ;
Mais notre cœur, qui veut se satisfaire,
Se trompe, hélas ! même dans le saint lieu.

———

Sur l'air : *O doux Jésus tout languissant d'amour.*

O doux Jésus, toi qui brûles les cœurs,
Embrase-moi de ta divine flamme.
A mon égard, active tes ardeurs,
Et que l'amour soit l'âme de mon âme.

A chaque instant de la nuit et du jour,
Je suis ravi de l'amour qui me presse ;
Mon cœur alors, en proie à ton amour,
Se perd, heureux, dans une douce ivresse.

Mon cœur bat fort, et, par ses battements,
Me fait souffrir un aimable martyre.
Je sens en moi de l'amour les élans
Et les transports d'un céleste délire.

———

Sur l'air : *Le monde en vain, par ses biens et ses charmes.*

Toujours à toi dans ce lieu solitaire,
Eclaire-moi, Jésus, de tes clartés.
Parle à mon cœur, et, dans ce sanctuaire,
Je goûterai l'excès de tes bontés.

C'est sur ton sein que mon âme sommeille,
D'amour ta voix fait palpiter mon cœur.
Dans mon repos je sens que mon cœur veille
Pour écouter de ta voix la douceur.

D'amour mon cœur me fait verser des larmes;
Il est frappé de ta vive splendeur.
De plus en plus, nuit et jour tu me charmes,
Et ton amour se répand dans mon cœur.

A Nazareth, dans cette solitude,
Mon cœur se plaît et tu plais à mon cœur.
T'aimer toujours est mon unique étude,
Et mon désir de mourir de ferveur.

Air nouveau.

O doux Jésus ! ô beauté souveraine !
Par tes attraits tu captives mon cœur.
Oui, vers toi seul tout me force et m'entraîne.
N'es-tu pas seul ma joie et mon bonheur ?
O filles de Sion, célébrez sa tendresse ;
Répétez avec moi, mais répétez sans cesse :
Mon cœur à chaque instant palpite de bonheur.
Après toi, doux Jésus, nuit et jour je soupire.
Ma vie est, loin de toi, pour mon cœur un martyre.
   Je me meurs de langueur.

O doux Jésus, toi que j'aime et j'adore,
Je te bénis à chaque instant du jour,

Et dans la nuit je te bénis encore,
Tant je me sens pour toi pressé d'amour.
O filles de Sion...

Que n'ai-je, ô Dieu ! ta beauté pour te plaire !
Que n'ai-je aussi ton amour pour t'aimer !
Je sens en moi le poids de ma misère ;
Mais dans tes feux tu peux le consumer.
O filles de Sion...

Sur l'air : *Vous qu'en ces lieux combla de ses bienfaits.*

A chaque instant de la nuit et du jour
Mon bien-aimé se fait entendre ;
Il m'entretient d'un langage d'amour.
Que son commerce est doux et tendre !
Je sens toujours, aux accens de sa voix,
Mon âme qui se liquéfie.
Alors mon cœur reçoit ses douces lois
Et ne vit plus que de sa vie.

Sa voix, puissante et terrible aux enfers,
Est pour mon cœur douce et féconde ;
Elle produit, par de moyens divers,
L'amour pur qu'ignore le monde.
Je sens toujours...

Elle poursuit le malheureux pécheur,
Le terrasse et brise ses chaînes,
Le fait sortir de sa grande torpeur
Et met ainsi fin à ses peines.
Je sens toujours...

Elle renverse et brise, du Liban,
L'orgueilleux cèdre et l'humilie.
Du mortel humble, elle ennoblit l'élan,
Le couronne et le déifie.
Je sens toujours...

Par ses accens, toujours, mon bien-aimé,
De ses ardeurs remplit mon âme.
Mon cœur dès lors, d'amour tout consumé,
Ne se plaît plus que dans sa flamme.
Je sens toujours...

Sur l'air : *Heureux enfants, accourez tous.*

J'entends la voix de mon époux ;
Dès lors d'amour mon cœur palpite.
Oh ! comme ses accents sont doux !
J'entends la voix de mon époux ;
Mon cœur de son cœur est jaloux.
Viens, ô Jésus ! viens au plus vite.

Le voilà qu'il descend des cieux.
Oh ! que sa course est admirable !
Que ses élans sont amoureux !
Le voilà qu'il descend des cieux.
Que l'amour est industrieux !
Non, à rien il n'est comparable.

Il franchit les monts, les coteaux ;
Il descend du ciel sur la terre ;
Il abandonne son repos ;
Il franchit les monts, les coteaux ;
Il naît entre deux animaux ;
Il se revêt de ma misère.

Mon bien-aimé meurt sur la croix ;
Il n'est pour moi plus de misère.
Par lui je rentre dans mes droits.
Mon bien-aimé meurt sur la croix,
Et j'entends sa mourante voix
Me donner pour fils à sa mère.

Enfin, par un bond glorieux,
Ayant consommé son ouvrage,
Il s'élève au plus haut des cieux.

Enfin, par un bond glorieux,
Son amour couronne mes vœux
Et le Ciel est mon héritage.

Sur l'air : *Vous qu'en ces lieux combla de ses bienfaits.*

Dieu vient chercher la brebis d'Israël ;
 Il la poursuit, court après elle.
Arrête, arrête, ô malheureux mortel !
 Entends sa voix, son cœur t'appelle.
Il est debout, il attend le moment ;
 De ton cœur il frappe à la porte.
Il frappe fort, pécheur, ouvre à l'instant ;
 Tu vois l'amour qui le transporte.

Oui, le Seigneur veut sauver les mortels ;
 Il départ à chacun ses grâces.
Il les attend aux pieds des saints autels.
 Prenons la croix, suivons ses traces.
Il est debout...

Je crains pour moi, car Dieu jugera tout,
 Jérusalem et Babylone.
Sa sainteté voit des taches partout :
 Le juste, hélas ! tremble et frissonne.
Il est debout...

Peut-être, hélas ! l'habit religieux
 Qui me pare et qui me décore,
En moi récèle un objet odieux,
 Un objet que le ciel abhorre.
Il est debout...

Air nouveau.

C'est sur ton cœur,
O Jésus que j'adore,
Que je m'endors tout rempli de bonheur !

Ton vin sacré m'enivre dès l'aurore.
Si je m'endors, ah ! je le dis encore,
  C'est sur ton cœur !

  T'aimer toujours,
 Cher époux de mon âme,
Est l'aliment de mes chastes amours.
Plonge mon cœur dans ta divine flamme.
Je veux, enfin, et mon cœur le réclame,
  T'aimer toujours.

  L'amour divin
 Me brûle de sa flamme ;
Ce feu sacré s'accroît soir et matin.
De plus en plus, d'amour mon cœur se pâme,
Et, de ton cœur, déverse sur mon âme
  L'amour divin.

  Je viens à toi,
 C'est l'amour qui m'attire.
Non, je ne puis résister à sa loi ;
Avec plaisir je cède à son empire.
Mon cœur brûlant ne cesse de te dire :
  Je viens à toi.

  A Nazareth ;
 Je suis tout énergie ;
Tout à Jésus, mon cœur est satisfait.
Au repentir, mon âme se confie.
Je ne crains rien, je suis tout à Marie,
  A Nazareth.

————————

Air nouveau.

Puisque mon cœur est comme un paradis
Et que Jésus chaque matin l'arrose,
Puis-je douter que ma chère oasis
N'ait pour tuteur le parfum de la rose ?

Qu'un feu divin s'allume dans mon cœur,
Mon grand désir est d'embraser les âmes ;
Mais que d'abord ce foyer de ferveur
Plonge mon cœur dans ses divines flammes.

Que mon jardin, par sa belle fraîcheur,
Donne naissance à l'humble violette.
Le doux parfum que répand cette fleur
Charme et ravit, et l'âme est satisfaite.

Que tout en moi prouve l'humilité.
Cette vertu me sera toujours chère ;
Elle a vêtu de mon humanité
Mon doux Jésus ; elle en a fait mon frère.

Mon beau jardin, que Jésus a planté,
Produit des lis d'un éclat admirable.
L'œil pur les voit, il en est enchanté,
Et leur parfum au cœur est agréable.

Que la pudeur, riche des plus beaux lis,
Orne mon âme et qu'elle l'embellisse,
Et que mon cœur soit un vrai paradis,
Inaccessible au souffle impur du vice.

Que ce verger produise aussi des fruits,
Et que Jésus les cueille avec tendresse.
O doux Jésus ! daigne à tes chers amis
En faire part puisque l'amour te presse.

Sur l'air : *Le monde en vain, par ses biens et ses charmes.*

Tous les matins, dès le point de l'aurore,
Je pense à Dieu, je lui donne mon cœur ;
Durant le jour, et dans la nuit encore,
Toujours je pense à mon divin Sauveur.

Mon cœur toujours offre avec allégresse
Ses doux transports à mon divin Sauveur.

Ce bien-aimé, lui dont l'amour me presse,
Par ses beautés m'enivre de bonheur.

Un jour viendra qu'une joie éternelle
Consommera notre heureuse union.
En attendant, je ranime mon zèle
Au souvenir de l'aimable Sion.

———

Sur l'air : *Par les chants les plus magnifiques.*

O Jésus ! toi que mon cœur aime,
Tu me charmes par tes beautés ;
Tu m'aimes d'un amour extrême ;
Tu me combles de tes bontés.
O doux Jésus ! objet de ma tendresse,
Viens et visite mon jardin,
Et répands-y cette allégresse
Qu'on goûte au céleste festin.

Ce jardin, qui fait tes délices,
Est mon cœur embrasé d'amour ;
Je t'en présente les prémices,
Le matin, dès l'aube du jour.
Nou, non, les fruits ne sont pas rares ;
Tu viens les cueillir chaque jour.
Les belles fleurs dont tu le pares
Me charment, m'enivrent d'amour.

Dans ce jardin tu te promènes,
Brûlant pour moi d'un vif amour,
Et mon cœur, par d'aimables chaînes,
S'attache à ton cœur sans retour.
Les belles fleurs de mon parterre
Charment tes yeux dès le matin ;
Elles ne cessent de te plaire ;
Elles ont un parfum divin.

———

Sur l'air : *Le monde en vain, par ses biens et ses charmes.*

Reviens, reviens, aimable Sulamite ;
Reviens, reviens, nous brûlons de te voir.
A la ferveur, ta ferveur nous invite.
Du chaste amour n'es-tu pas le miroir ?

Il est en toi, charmante Sulamite,
Tant de beautés que tu ravis les cœurs.
A te chanter, tout en toi nous invite.
Anges du ciel, prêtez-nous vos ardeurs.

Depuis longtemps, aimable Sulamite,
Nous désirons de pouvoir t'embrasser.
Viens dans nos cœurs te fixer au plus vite ;
Nous t'aimerons sans jamais nous lasser.

Reviens, reviens, ô bonne Sulamite ;
N'est-ce pas toi qu'on nomme *pureté ?*
Daigne, en venant, infuser au plus vite,
Dans notre cœur ta vive charité.

Sur l'air : *Quel beau jour vient s'offrir.....*

Reviens, ô doux Jésus ! sans toi je ne puis vivre.
L'amour est mon plus dur tyran.
Reviens ou permets-moi, tendre époux, de te sui-
Tu connais de mon cœur l'élan.　　[vre ;
Hélas ! après toi je soupire.
O que mon exil est cruel !
Vivre ici-bas, ô quel martyre !
Chaque jour me semble éternel.
Reviens, ô Jésus, mon cœur t'aime.
Je ne fais, hélas ! que gémir.
Pour toi mon amour est extrême.
Ah ! laisse, laisse-moi mourir !

Puis-je vivre sans toi, cher époux de mon âme?
  Tu le sais, je me meurs d'amour.
Reviens, consume-moi de cette vive flamme
  Qui te consume nuit et jour.
  Hélas...

O délices d'amour ! ô pieuse folie !
  Je ne puis plus vivre en ces lieux.
Mourir pour toi, Jésus, est toute mon envie.
  Couronne de mon cœur les vœux.
  Hélas !

Sur l'air : *Vous qui venez à cet autel.*

O doux Jésus ! brûle mon cœur
  De ta divine flamme !
Et dès lors l'aimable ferveur
  Embrasera mon âme.
Pour toi mon cœur est tout amour ;
  Il t'aime dès l'aurore ;
Il t'aime aussi le long du jour
  Et dans la nuit encore.

O doux Jésus ! si loin du ciel,
  Ma vie est un martyre,
Fais qu'au plus tôt, au saint autel,
  D'amour pour toi j'expire.
Accorde-moi cette faveur ;
  Tu sais combien je t'aime.
Mourir d'amour et de ferveur,
  C'est mon désir extrême.

O doux Jésus ! je viens à toi,
  Seul n'es-tu pas ma vie ?
Et n'es-tu pas, ô divin Roi !
  De mon cœur l'harmonie ?
Oh ! qu'il me tarde d'être aux cieux
  Pour y chanter sans cesse,
Avec les esprits bienheureux,
  Ton excès de tendresse !

Sur l'air : *O digne objet de mes chants.*

L'amour divin, dans mon cœur,
Inocule la ferveur.
Le long du jour je l'implore;
La nuit, je l'invoque encore.
O quel bonheur d'être à lui !
Lui seul est mon ferme appui.

L'amour divin rend heureux ;
Il couronne tous les vœux.
De ses feux il illumine,
Vers le ciel il achemine;
Il est toujours mon bonheur
Et l'aliment de mon cœur.

L'amour divin vient du ciel
Chaque matin à l'autel.
Quand de ses feux il m'embrase,
Je tombe, heureux, en extase.
Je n'ai, moi, qu'un seul désir :
Que ne puis-je être martyr !

L'amour divin, quel trésor !
Mon cœur le préfère à l'or.
Jésus, pour moi, sur la terre
Est ma force et ma lumière.
Mon cœur goûte, au saint autel,
Les chastes plaisirs du ciel.

L'amour divin, de son lait,
Me nourrit à Nazareth.
A l'enfer je suis en butte;
Mais je triomphe en ma lutte.
Dieu, témoin de ma valeur,
Au ciel fera mon bonheur.

Sur l'air : *Un Dieu voulait se faire aimer.*

Je suis tout à mon bien-aimé ;
Il est seul maître de mon âme.
Mon cœur est d'amour consumé ;
Il est brûlant comme la flamme.
Mon bien-aimé se donne à moi ;
Mon cœur de son cœur est le maître.
L'amour est mon unique loi ;
L'amour seul me le fait connaître.

Il est à moi, je suis à lui.
O quelle admirable alliance !
Qu'ai-je à craindre ? Il est mon appui ;
L'enfer est dès lors sans puissance.
Mon cœur l'aime d'un vif amour ;
Mon âme habite dans son âme.
Je l'aime et la nuit et le jour ;
Je brûle toujours de sa flamme.

Jésus réside sur l'autel ;
Il me console dans mes peines.
En m'ouvrant les portes du ciel,
Viens, me dit-il, brise tes chaînes.
Il brûle à Nazareth, mon cœur,
Et de ses feux il le consume.
Je suis au centre du bonheur,
A l'abri de toute amertume.

Sur l'air : *Sion, de ton harmonie.*

Le bien-aimé de mon âme,
Lui qui réjouit mon cœur,
Du feu sacré qui l'enflamme
Me remplit tout de ferveur.
Il se plaît dans la vallée ;
Sa main cultive les lis.

Nuit et jour la belle allée
Répand un parfum exquis.

Le lis est ma nourriture ;
Il charme et ravit mon cœur.
S'il embellit la nature,
Il m'inspire la pudeur.
Emblème de l'innocence,
Il excite mes désirs ;
Je goûte, dans le silence,
Du ciel les chastes plaisirs.

Je cultive cette plante,
Le matin, le long du jour ;
Elle est belle, elle est charmante ;
L'odeur me remplit d'amour.
L'âme de lis embellie
Suit les traces de l'Agneau,
Et sa douce mélodie
Est un cantique nouveau.

Sur l'air : *O vous dont les tendres ans.*

Un cœur tout brûlant d'amour
Bénit Jésus nuit et jour.
Aime-le, Nazaréenne ;
Il a seul brisé ta chaîne.
Sois à jamais toute à lui ;
Il est ton puissant appui.

Offre à Jésus tes ferveurs
Et les chants et tes labeurs ;
Habite son sanctuaire,
Tâche toujours de lui plaire.
Ton séjour à Nazareth
Exprime assez ton regret.

La nuit lève au ciel tes mains
Et bénis le Saint des saints.

Du bon Jésus suis les traces
Et mets à profit ses grâces.
Aime-le de tout ton cœur
Et pour lui meurs de ferveur.

Quelle grâce et quel bienfait !
Je me trouve à Nazareth.
Auteur du ciel, de la terre,
Regarde ce sanctuaire,
Et qu'ici le repentir
Sache toujours te bénir.

Sur l'air : *Le monde en vain, par ses biens et ses charmes.*

Toute âme pure après Jésus soupire ;
Pour lui sans cesse elle languit d'amour.
Sa vie ; hélas ! est pour elle un martyre
Qui la tourmente et la nuit et le jour.

Ses doux soupirs, ses soupirs de tendresse
La font souffrir et prouvent son amour.
Elle est heureuse, elle est dans l'allégresse
D'être à Jésus et la nuit et le jour.

Au repentir qui fait couler ses larmes
Se réunit le plus ardent amour.
Elle est en paix, Dieu bannit ses alarmes ;
Il la bénit et la nuit et le jour.

Sur l'air : *Tendre jeunesse en qui pour l'harmonie.*

A Nazareth, Jésus règne en mon âme ;
Il me sourit, il bénit mes travaux.
De plus en plus de ses feux il m'enflamme,
Et de sa grâce il adoucit mes maux.

O quel bonheur ! dans cette Solitude,
Jésus toujours regarde mes sueurs.

Dans ce saint lieu, pour moi nulle autre étude
Que d'activer mes divines ardeurs.

Heureux moment, quand, à l'heure suprême,
Mon doux Jésus bénira mes labeurs
Et me dira : *Viens, ma fille, je t'aime;*
Viens, entre au ciel, jouis de mes splendeurs!

Air nouveau.

O doux Jésus! les élans de mon cœur
Me font souffrir un aimable martyre.
Brûlant d'amour, consumé de ferveur,
Après toi seul nuit et jour je soupire.
O doux Jésus, ô fournaise d'amour,
Avec transport mon cœur vers toi s'élance.
Heureux, il vole au céleste séjour,
Pour s'abîmer dans ta divine essence.

O doux Jésus! mon cœur se meut toujours;
Comme la flamme, il s'agite sans cesse.
Seul, n'es-tu pas son centre, ses amours,
Le terme, enfin, de l'amour qui le presse?
O doux Jésus, toi qui brûles les cœurs,
Brûle le mien de ta divine flamme;
Allume en moi tes célestes ardeurs,
Et sois toujours le foyer de mon âme.

O doux Jésus! par l'ardeur de tes feux,
D'amour mon cœur à chaque instant palpite.
Tout mon désir est de te voir aux cieux.
Ah! que ne puis-je y venir au plus vite!
O doux Jésus, amour de mon amour,
Cœur de mon cœur et flamme de ma flamme,
Que mon cœur t'aime et la nuit et le jour;
Que ton amour soit l'âme de mon âme.

O doux Jésus! brûle, brûle mon cœur
Des feux sacrés qui te brûlent sans cesse,

Et qu'embrasé d'une céleste ardeur,
Mon cœur au ciel vole avec allégresse !
O doux Jésus ! ce n'est plus moi qui vis,
Mais c'est toi seul ; seul n'es-tu pas ma vie ?
Par ton amour au ciel tu me ravis ;
Je sens en moi de ton cœur l'énergie.

O doux Jésus ! c'est la flèche d'amour
Qui, dans mon cœur, a fait une blessure.
Ton cœur aimant sera-t-il sans retour ?
Non, non, Jésus, je t'aime sans mesure.
O doux Jésus ! tu bénis Nazareth,
Tu l'enrichis du trésor de tes grâces.
Si de mon cœur le repentir te plaît,
Ah ! donne-moi de marcher sur tes traces.

Air nouveau

O quel bonheur ! je suis tout à Marie.
O quel bonheur ! je suis tout à Jésus.
O quel bonheur ! ils sont tous deux ma vie.
O quel bonheur ! ils m'offrent leurs vertus.
Amour, amour, amour et gratitude.
Amour, amour, amour de plus en plus.
Amour, amour dans notre Solitude.
Amour, amour à Marie, à Jésus.

O quel bonheur ! Jésus règne en mon âme,
O quel bonheur ! Marie est dans mon cœur.
O quel bonheur ! leur charité m'enflamme.
O quel bonheur ! je me sens tout ferveur.
Amour, amour...

O quel bonheur ! tout passe comme un songe.
O quel bonheur ! tout m'emmène à la mort.
O quel bonheur ! je m'échappe au mensonge.
O quel bonheur ! j'arrive enfin au port.
Amour, amour...

Sur l'air : *Dieu dont la puissance infinie.*

O doux Jésus ! viens dans mon âme ;
Viens l'embraser de ton amour ;
Viens la consumer de ta flamme
Pendant la nuit, pendant le jour.
Vers toi, Jésus, mon cœur s'élance.
N'es-tu pas seul mon bien-aimé ?
Tout pénétré de ton essence,
Je me sens d'amour consumé.

Mon pauvre cœur, d'amour palpite,
Cherchant partout son cher époux.
Divin Jésus, viens au plus vite ;
Mon cœur de ton cœur est jaloux.
Viens, viens, ô doux Jésus que j'aime ;
Viens et réside dans mon cœur,
Et jusqu'à mon heure suprême,
Alimente en moi la ferveur.

Mon âme s'est comme fondue
Aux premiers accents de ta voix.
De ton amour, toute éperdue,
Elle embrasse et porte sa croix.
O doux objet de ma tendresse !
Mon cœur te possède à jamais.
Pour toi l'amour toujours me presse ;
Je goûte ta divine paix.

De mes doigts distille la myrrhe ;
Je consacre à Dieu mes labeurs.
Mon but unique, j'ose dire,
Est la conquête des pécheurs.
Pour eux, hélas ! avant l'aurore
J'offre mes vœux à l'Eternel.
Le feu divin qui me dévore,
Je l'alimente au saint autel.

Sur l'air : *Comment goûter quelque repos ?*

Je jouis d'un calme charmant
Dans l'ombre de la Solitude.
La foi m'éclaire, et mon étude
Sont les œuvres du Tout-Puissant.
Mais j'entends sa voix, il m'appelle.
Je veux, lui dis-je, t'obéir.
Pour toi je suis prêt à mourir ;
Je te serai toujours fidèle.

J'entends ta voix, divin époux ;
A mon sommeil je me dérobe.
Je cours vers toi même avant l'aube ;
Mon cœur de ton cœur est jaloux.
Je suis prêt à lutter sans cesse
Pour ta gloire et pour mon bonheur.
Contre l'enfer tout en fureur
Je sens que ton amour me presse.

Je n'ai, moi, d'autre volonté
Que ton bon plaisir sur les âmes.
Je voudrais, dans tes vives flammes,
Les impreigner de charité.
A tes labeurs je m'associe ;
Je t'offre tout mon dévoûment.
Après toi je cours à l'instant
Et je te consacre ma vie.

Sur l'air : *Par les chants les plus magnifiques.*

Mon bien-aimé frappe à la porte,
Il désire entrer dans mon cœur.
L'amour, qui pour moi le transporte,
M'alimente de la ferveur.
Il a seul du cœur la science ;
Il en connaît tous les secrets ;
Il ouvre, il entre, et sa présence
Inspire au cœur de vifs regrets.

Dans ce cœur ensuite il allume
Le feu sacré du saint amour.
Ce feu sacré, qui le consume,
Me consume aussi nuit et jour.
O torrent de voluptés pures !
Peut-on jamais te concevoir ?
Tous vos plaisirs, ô créatures,
N'ont rien qui puisse m'émouvoir.

O vrai prodige de tendresse !
O douce, ô charmante union !
Mon cœur se nourrit de l'ivresse
Que goûtent les saints dans Sion.
Dans ton cœur, Jésus, je m'abîme
Et je ne fais qu'un avec toi.
Je suis de ton amour victime ;
Seul tu seras toujours mon roi.

Sur l'air : *Dieu dont la puissance infinie.*

Je fais la moisson de la myrrhe,
De tes pleurs et de tes soupirs.
L'amour, en faisant ton martyre,
Exauce tes pieux désirs.
J'écris dans le livre de vie
Tes mérites et tes vertus.
Courage, un jour, dans la patrie,
Tu vivras parmi les élus.

Quand ton cœur répond à mes grâces,
Moi je couronne tes succès ;
Et quand, par l'amour, tu m'embrasses,
Moi je t'offre un facile accès.
Mais en couronnant tes mérites,
Je couronne encore mes dons.
Reconnais mes tendres visites
A tes amoureux abandons.

La myrrhe amère de tes peines
Et de tes croix de chaque jour,

Te serviront comme de chaînes
Pour te lier à mon amour.
Pendant ton exil sur la terre,
Tu veux me prouver ton amour,
Et tu veux encore me plaire
En souffrant pour moi nuit et jour.

Le ciel est promis au martyre,
Le martyre seul y conduit ;
L'amour pleure, l'amour soupire,
Et le martyre en est le fruit.
Mourir pour son Dieu par le glaive
Est sans doute un excès d'amour ;
Mais encore au ciel on s'élève
Par l'amour vif de chaque jour.

Il faut ou du sang ou des larmes
Pour recouvrer la sainteté,
Et pour prévenir les alarmes
Dont la source est l'iniquité.
Nul mortel n'entre dans la gloire
Que par le glaive ou par les pleurs.
Gravons-le bien dans la mémoire,
Le ciel n'est ouvert qu'aux vainqueurs.

————————

Sur l'air : *Comment goûter un doux repos.*

Rien n'est plus affreux que l'orgueil,
Je veux le combattre avec zèle.
A ce combat Jésus m'appelle,
Dès lors je ne crains nul écueil.
Je veux tous les jours de ma vie
Me former à l'humilité,
Et par elle à la charité.
Jésus, aide-moi ; je t'en prie.

Je crains de Satan la fureur
Et de moi-même la faiblesse ;
Mais l'amour de Dieu qui me presse

Me remplit de force et d'ardeur.
O quelle divine énergie
Corrobore aujourd'hui mon cœur !
Si je suis de l'enfer vainqueur,
Je dois la victoire à Marie.

Pourquoi craindrais-je, ô doux Jésus ?
Ne suis-je pas en ta présence,
Et ne prends-tu pas ma défense ?
Mon cœur t'aime de plus en plus.
Conserve-moi dans ton domaine,
Car je suis ta propriété ;
De ton sang tu m'as racheté.
O quel bonheur ! l'amour m'entraîne.

———————

Sur l'air : *A qui doit-il appartenir ?*

J'aime le lis de la pudeur,
Son parfum est doux et suave ;
Il inspire au cœur la ferveur,
Et de l'amour le fait esclave.
Viens, ô Jésus, viens en ce jour,
Mon cœur pour toi languit d'amour.

Mon cœur est un lit de repos,
Où je cherche celui que j'aime.
L'amour m'inspire le propos
De ne vivre que pour lui-même.
    Viens...

C'est là que je puis le trouver,
Puisqu'il me l'annonce lui-même ;
C'est là qu'il daigne me parler,
Et me prouver combien il m'aime.
    Viens...

Je l'ai cherché pendant la nuit,
Dès le matin, avant l'aurore ;
Mais je goûte son heureux fruit
Au saint autel, quand je l'implore.
    Viens...

Je le cherche dès mon lever,
En m'exerçant à la prière.
Plus je brûle de le trouver,
Plus je le cherche et plus j'espère.
   Viens...

Je le cherche en mon oraison
Et lorsque je dis mon office ;
Mais avec plus grande raison
Pendant l'auguste sacrifice.
   Viens...

Air nouveau.

Mon doux Jésus, en qui j'espère,
   Tous les jours se donne à moi ;
Je sens l'ineffable mystère
   Que me découvre la foi.
O torrent de voluptés pures,
   Toi qui fais le vrai bonheur !
Coule en moi par mille ouvertures,
   Et daigne inonder mon cœur.

Dans un saint transport d'allégresse,
   Je chante mon divin Roi.
Pour lui l'amour divin me presse.
   Non, je ne suis plus à moi.
O torrent...

Jésus est mon unique vie,
   Pourrais-je craindre la mort ?
De ses dons, mon âme enrichie,
   Vit dans un pieux transport.
O torrent...

Dans l'éternité tout entière,
   Lui seul fera mon bonheur.
Dans son indicible lumière,
   J'admirerai sa splendeur.
O torrent...

6

Air nouveau.

Si je veux avoir la couronne,
Je dois combattre nuit et jour,
Mais avant tout fuir Babylone
Et m'éloigner de son séjour.
Il n'est pour moi d'autre assurance
Que loin de ce monde trompeur.
Tout est à craindre en sa présence
Tant son aspect est séducteur.
Il est, hélas ! des âmes infidèles
Dont les discours, les regards et les mœurs,
Sont des appâts, des amorces réelles,
Qui tous les jours trompent les jeunes cœurs.

Lorsque la vigne est bien fleurie,
Son doux parfum plaît et ravit ;
Lorsqu'elle est de fruits embellie,
Elle fait plus : elle enrichit.
Mon âme est comme un héritage
Qui demande de grands labeurs.
Je dois, si je veux être sage,
Lui donner toutes mes sueurs.
Il est, hélas !...

Hélas ! qu'une âme est malheureuse
Quand l'orgueil dirige ses pas !
Elle semble, il est vrai, joyeuse ;
Mais elle gît dans le trépas.
Satan, par son extrême adresse,
La détourne du droit chemin,
La dépouille de sa noblesse
Et l'arrose de son venin.
Il est, hélas !...

L'enfer pousse les hérétiques
A semer partout leurs erreurs.

Leurs accents semblent pathétiques,
Mais leur venin corrompt les cœurs.
Ils flattent, et, par leurs caresses,
Ils font, hélas! des malheureux,
Et, par leurs trompeuses promesses,
Ils fascinent souvent les yeux.
Il est, hélas!

Il est des suppôts plus habiles
Dans l'art de séduire les cœurs :
Ce sont les âmes indociles
Aux avis de leurs directeurs.
Elles passent, hélas! leur vie
A courir tous les confesseurs;
Mais leur bouche est toujours remplie
De propos mordants ou flatteurs.
Il est, hélas!...

————

Sur l'air : *O vous dont les tendres ans.*

J'aime mon divin Jésus,
Et toujours, de plus en plus,
Mon cœur dans son cœur repose;
Il ne veut rien autre autre chose.
C'est là qu'il trouve toujours
L'aliment de ses amours.

Le lis qui charme son cœur
Symbolise la pudeur.
Le bonheur d'une âme pure
Est d'aimer Dieu sans mesure,
De chérir la pureté
Et d'aimer l'humilité.

Le juste, dans son exil,
N'est point exempt du péril.

N'importe notre innocence,
Faisons toujours pénitence.
Nous devons prier, gémir,
S'il le faut, même mourir.

Air nouveau.

Divin amour, sous ta douce influence,
A chaque instant je sens mon cœur joyeux.
Qu'ai-je besoin du vœu d'obéissance
Pour m'élever dans les hauteurs des cieux ?
O doux Jésus, à toi l'amour m'enchaîne ;
Avec transport j'obéis à ta voix.
Aucun précepte, aucun joug ne me gêne,
Tant mon bonheur est d'accomplir tes lois.

Divin amour, sous ta douce influence,
Qu'ai-je besoin du vœu de chasteté ?
A tes côtés je marche en assurance.
Seul n'es-tu pas le Dieu de pureté ?
O doux Jésus, que faut-il pour te plaire ?
T'offrir mon corps, être pur à tes yeux !
C'est mon désir, exauce ma prière,
Garde mon cœur et couronne mes vœux.

Divin amour, sous ta douce influence,
Qu'ai-je besoin du vœu de pauvreté ?
Par ton moyen, vers le ciel je m'élance.
Là seulement est la félicité.
O doux Jésus, n'es-tu pas ma richesse ?
Tout, hors de toi, tout n'est que vanité,
Tu me suffis, ton amour seul me presse
Et dans le temps et pour l'éternité.

Divin amour, sous ta douce influence,
J'agis toujours et mon cœur est joyeux.
Mais, redoutant, hélas ! mon inconstance,
Je veux à toi me lier par des vœux,
O doux Jésus, reçois à ton service

L'enfant qui veut te servir par amour.
Daigne au plus tôt bénir son sacrifice;
Tu lui suffis, elle aime sans retour.

Air nouveau.

La charmante allouette
Prend son vol en chantant,
Et du juste mourant
Le cœur est une fête.
Par sa couleur grisâtre,
Elle combat l'orgueil.
Le juste est dans le deuil,
Mais rien ne peut l'abattre.

Philomèle, au bocage,
Chante, au printemps, son Dieu,
Et le juste, en tout lieu,
Lui rend toujours hommage.
Elle, en sa mélodie.
Nous charme nuit et jour.
Le juste, au Dieu d'amour,
Plaît par sa bonne vie.

La timide colombe
Se plaît au fond des bois.
Le juste aime la voix
Qui lui vient de la tombe.
Les colombes sauvages
Suivent la bonne odeur.
Du juste la ferveur
Charme les cœurs volages.

Plaintive tourterelle,
J'admire ton amour.
Le juste, nuit et jour,
Se consume de zèle.
Tu pleures ta compagne
Et ton regret est vif;

Le juste est un captif,
La douleur l'accompagne.

Les oiseaux du bocage
Chantent leur créateur.
Le juste offre au Seigneur
De ses hymnes l'hommage.
Aimons Jésus de même ;
Consacrons-lui nos cœurs ;
Offrons-lui nos ferveurs
Et que tout en nous l'aime.

————————

Sur l'air : *Vous qui vivez dans les travaux*.

Je te bénis, ô bon pasteur,
    Je te bénis sans cesse ;
Je te bénis de tout mon cœur ;
    L'amour pour toi me presse.
Mon cœur est un foyer d'amour,
    Ton amour l'alimente.
Je sens qu'à chaque instant du jour
    Ce feu divin s'augmente.

O bon pasteur, vois tes brebis ;
    Elles étaient errantes.
Mais aujourd'hui, dans tes parvis,
    Elles sont bien contentes.
Tu les fais paître nuit et jour
    Dans de gras pâturages,
Et tu les enivres d'amour
    Par d'excellents breuvages.

Tu leur inspires la ferveur
    Au son de ta musette ;
Elles bondissent de bonheur
    En voyant ta houlette.
Elles sont toujours près de toi,
    Te bénissant sans cesse.
L'amour, en nourrissant leur foi,
    Les ravit d'allégresse.

O bon pasteur, à Nazareth,
    A tes brebis fidèles,
Ton amour prépare un banquet
    Sur des bases nouvelles.
Tu les nourris, au sacrement,
    De ta chair virginale;
Tu les enivres de ton sang.
    Amour ! rien ne t'égale.

Nous, dernières de tes brebis,
    Brebis abandonnées,
Au bercail, par mille soucis,
    Tu nous as ramenées.
Nous te disons, ô bon pasteur,
    Amour et gratitude;
Nous jouissons de ton bonheur
    Dans notre Solitude.

Air nouveau.

O Dieu d'amour,
Après toi je soupire,
    Et chaque jour
Fait, hélas ! mon martyre.
    Dieu, je languis,
Couronne mon envie;
    Partout je lis
Qu'au ciel est ma patrie.

    Dans mon exil,
Qu'elle est triste ma vie;
    Tout est péril,
Tout au mal me convie.
    Abrége, ô Dieu !
Au plus tôt ma carrière,
    Et de ton feu
Consume ma chaumière.

    Faut-il toujours
Vivre dans les alarmes
    Et tous les jours
Ne verser que des larmes ?

    Viens, ô Jésus !
Mon amour est extrême,
    De plus en plus
Je sens que mon cœur t'aime.

    O doux Jésus,
De ta divine flamme,
    De plus en plus
Tu consumes mon âme !
    Mon pauvre cœur
Est comme un incendie
    Dont la ferveur
Alimente la vie.

    Toujours, toujours,
Par une douce chaîne,
    Sans nul secours,
L'amour vers toi m'entraîne.
    Au saint autel,
Lorsque je communie,
    Le pain du ciel
Infuse en moi la vie.

A ton amour
Je m'unis dès l'aurore,
Le long du jour
Et dans la nuit encore.
Tout mon désir
Est d'être sans souillure
Et de mourir
Pour t'aimer sans mesure.

A Nazareth,
Dans notre Solitude,
Le vif regret
Fait de Dieu mon étude.
Du repentir,
Je goûte les doux charmes,
Et du plaisir
Mes yeux versent des larmes.

Sur l'air : *Quel est ce peuple plein d'orgueil.*

Que ne puis-je, ô divin Jésus,
T'aimer comme t'aiment les anges,
Te le prouver par mes vertus
Aussi bien que par mes louanges !
Quel bonheur si, du saint autel,
Je pouvais m'envoler au ciel !

L'amour est un feu très-actif ;
Il agit toujours sur mon âme.
On ne le voit jamais oisif ;
Il s'agite comme la flamme.
Quel...

Le repentir produit l'amour
Et l'amour produit l'énergie.
Mon cœur s'inspire nuit et jour
Aux pieds de l'autel de Marie.
Quel...

Je vis heureuse à Nazareth,
Près de ma chère et tendre Mère.
Puisqu'elle bénit mon regret,
Je veux à tout instant lui plaire.
Quel...

Sur l'air : *Heureux qui , dès le premier âge.*

Vers les collines éternelles,
Je lève tous les jours les mains.
L'amour me porte sur ses ailes ;
Mes élans sont toujours divins.
J'entre alors dans le sanctuaire
Qu'habite la divinité,
Et là je vois que la misère
Est ma seule propriété.

Plus devant Dieu je m'humilie
Et je confesse sa grandeur,
Plus , dans sa sagesse infinie ,
Il m'entoure de sa splendeur.
C'est ainsi que Dieu récompense
L'homme qui vit humble de cœur ;
Qu'il rend son amour plus intense,
Qu'il lui fait part de son bonheur.

Nazareth est un sanctuaire
Où je suis hors de tout danger.
A Dieu seul je veux toujours plaire.
Non , non, je ne saurais changer.
Je veux te plaire aussi, Marie ;
Mais fixe-moi dans ce séjour.
Qu'enfin , y vivant de ta vie,
J'y meure d'un excès d'amour.

Sur l'air : *Par les chants les plus magnifiques.*

Dans la divine Eucharistie,
Dieu voile sa divinité ;
Il voile encor, chose inouïe,
L'aspect de son humanité.
O quelle ineffable bassesse !
Quelle profonde humilité !

Pour nous l'éternelle sagesse
Fait voir quelle est sa charité.

Tous les jours le pécheur l'outrage
Au sacrement de son amour ;
Il semble que son apanage
Est de l'insulter nuit et jour.
O Dieu ! quelle grande patience !
Je l'admire, elle me ravit.
Non, plus en moi de résistance,
Mon cœur désormais la maudit.

Dieu se cache et je veux paraître ;
Quel horrible renversement !
L'esclave serait-il le maître ?
L'être serait-il le néant ?
Non, il faut que tout glorifie
Dans mes œuvres le Tout-Puissant ;
Que devant lui je m'humilie,
Moi qui ne suis qu'un pur néant.

Mon cœur à Nazareth s'enflamme,
Me voyant hors de tout danger.
La croix seule est mon oriflamme.
Non, rien ne me fera changer.
J'aime Jésus, j'aime Marie ;
Je suis sûre de leur amour.
Ils sont l'un et l'autre ma vie,
Ma voie au céleste séjour.

————

Sur l'air : *Quelle est d'une âme la grandeur ?*

Le bon pasteur prend sa brebis,
  La met sur ses épaules ;
Il revient joyeux au logis,
  Proférant ces paroles :
Félicitez-moi, mes amis,
  Mon bonheur est extrême ;
Il n'est pour moi plus de soucis,
  J'ai trouvé ce que j'aime.

Ne crains pas, dit le bon pasteur,
  A la brebis fidèle ;
Je suis toujours ton conducteur ;
  Tu connais tout mon zèle.
Ne t'éloigne jamais de moi,
  Je serai ta défense.
Ne suis-je pas ton divin roi,
  Toujours plein de puissance ?

Pour sauver ses chères brebis,
  Le bon pasteur s'immole ;
Il souffre tout, jusqu'aux mépris,
  Et la mort le console.
Il donne à ses brebis son sang
  Dans la divine hostie,
Leur sert sa chair pour aliment
  Et leur donne la vie.

Le pasteur connaît ses brebis,
  Ses brebis le connaissent.
Leurs cœurs à son cœur sont unis ;
  Sous ses yeux elles paissent.
Elles distinguent bien sa voix,
  Et quand il les appelle,
A l'instant toutes à la fois
  A lui vont avec zèle.

Sur l'air : *Plaisirs inouïs.*

J'apprends chaque jour
  Que mon divin maître,
Tout brûlant d'amour,
  Voulut se soumettre
Avec joie, avec transport,
A subir pour moi la mort.

Ses pieds transpersés
  Et ses mains de même,
Ses membres froissés

Me disent qu'il m'aime.
L'amour, en m'ouvrant son cœur,
Infuse en moi la ferveur.

Son excès d'amour,
Amour de folie,
M'apprend nuit et jour,
Par son énergie,
Que mon cœur froid, languissant,
Doit devenir très-fervent.

Sur l'air : *Par les chants les plus magnifiques.*

O doux Jésus ! mon cœur t'adore
Au sein de la prospérité,
Mais avec plus d'amour encore
Dans le temps de l'adversité.
Alors je monte le Calvaire
Tout joyeux de porter ma croix ;
Elle est ma force et ma lumière
Et par elle j'aime et je crois.

Si Jésus me met à l'épreuve,
Ah ! puis-je ne pas le bénir ?
De l'amour la plus grande preuve
Est d'être content de souffrir.
Je ne veux, ô Dieu ! que ta gloire ;
Elle seule fait mon bonheur,
Sur mon orgueil quelle victoire !
Je tombe, mais je suis vainqueur.

Ce coup terrible à la nature
Est le triomphe de mon cœur.
Je souffre, mais Dieu me rassure,
M'inonde même de douceur.
Alors mon cœur vers lui s'élance,
Et lui dit : Exauce més vœux.
Dans mon exil sois ma défense
Et ma couronne dans les cieux.

Air nouveau.

O quel bonheur! Jésus est ma lumière,
O quel bonheur! Jésus guide mes pas.
O quel bonheur! Jésus se dit mon frère.
O quel bonheur! je combats ses combats.
O quel bonheur! je suis à Nazareth.
O quel bonheur! dans cette Solitude.
O quel bonheur! mon cœur est satisfait.
O quel bonheur! l'amour est mon étude.

O quel bonheur! Jésus voit mon courage.
O quel bonheur! Jésus bénit mes vœux.
O quel bonheur! Jésus est mon partage.
O quel bonheur! Jésus me veut aux cieux.
O quel bonheur! je suis....

O quel bonheur! mon plaisir est extrême.
O quel bonheur! mon cœur est tout joyeux.
O quel bonheur! Jésus m'aime et je l'aime.
O quel bonheur! Jésus m'appelle aux cieux.
O quel bonheur! je suis....

Air nouveau.

Viens à moi, viens ô Sulamite;
Ah! que mes yeux puissent te voir?
Honore-moi de ta visite.
Donne à mon cœur le bon vouloir.
Mon cœur vers toi soupire dès l'aurore;
Entends mes cris, je gémis nuit et jour,
Et tous les jours je recommence encore;
Mon aliment est le divin amour.

Te voir, te posséder sans cesse,
Est le seul plaisir de mon cœur.
Viens, viens à moi, l'amour me presse,
N'est-tu pas l'aimable pudeur?
Mon cœur....

Tu me ravis par tes doux charmes,
Et mon cœur se laisse entraîner ;
D'amour mes yeux versent des larmes ;
A ton cœur daigne m'enchaîner.
Mon cœur....

———————

Sur l'air : *Par les chants les plus magnifiques.*

Dans mon humble, mais beau parterre,
Jésus se plaît le long du jour ;
Il m'aime, et son bon cœur de père
Sur moi lance des traits d'amour ;
Il vient des célestes portiques
Visiter mon petit jardin.
S'il trouve les fleurs magnifiques,
Je les dois à l'amour divin.

Il se promène dans l'allée,
Où l'on voit briller de beau lis ;
Puis il descend dans la vallée
Pour cueillir des arbres les fruits.
La pudeur est toujours chérie,
Elle plaît à mon doux Sauveur ;
Elle est de charmes embellie,
Sa beauté réjouit mon cœur.

De sa main il cueille la rose ;
C'est la reine des belles fleurs.
Sur elle son cœur se repose,
Par elle il répand ses faveurs.
A son aspect, je sens mon âme
Brûler des feux de son amour,
Et mon cœur, semblable à la flamme,
Voler à l'éternel séjour.

Je vois encor, dans mon parterre,
Une fleur qui ravit son cœur ;
C'est le nard rampant sur la terre
Et que trahit sa bonne odeur.

Heureux qui, semblable à Marie,
Se plaît dans son humilité !
Plus dans son néant il s'oublie,
Plus Dieu l'élève en dignité.

———————

Sur l'air : *Quel est ce peuple plein d'orgueil.*

Quitte les désordres, ma sœur,
Reviens à ton Dieu, je t'en prie ;
Fuis les lieux de l'infâme horreur,
Commence une nouvelle vie.
Viens au plus tôt à Nazareth ;
Ici le cœur est satisfait.

A Nazareth, le vif amour
A l'humble repentir s'allie ;
Ils parlent tous deux nuit et jour
Et de Jésus et de Marie.
Viens...

Pourquoi, ma sœur, pourquoi pleurer ?
Console-toi, sèche tes larmes.
Tu peux avec nous demeurer
Et goûter du ciel les doux charmes.
Viens...

Marie et Jésus, son cher Fils,
Habitent notre Solitude.
Leur amour charme nos ennuis,
Et du ciel nous est le prélude.
Viens...

———————

Sur l'air : *Mon doux Jésus, tout languissant d'amour.*

Il est à moi, lui seul fait mon bonheur ;
Il est à moi, je l'aime, il est mon père ;
Lui seul est grand, lui seul remplit mon cœur ;
Il règne au ciel, il règne sur la terre.

Il est à moi, mon cœur est dans la paix.
Puis-je souffrir, hélas! qu'il se retire?
Non, je le tiens, ce sera pour jamais.
Mon cœur possède enfin ce qu'il désire.

Il est à moi, mon cœur en est charmé.
Malgré l'enfer, le monde et ma misère,
Mon cœur pour lui, tout d'amour consumé,
Chante toujours : *O mon père! ô mon père!*

Il est à moi; fuyez, vaines grandeurs;
Fuyez aussi, voluptés insipides;
Disparaissez, vils trésors séducteurs!
Les biens du ciel sont les seuls biens solides.

Il est à moi, lui seul me rend heureux.
Je le pressens, déjà sa voix m'appelle
A consommer, dans les hauteurs des cieux,
De nos deux cœurs, l'union éternelle.

———————

Sur l'air : *Je mets ma confiance.*

Mon bien-aimé me donne
Son amour et son cœur.
A lui je m'abandonne,
Lui seul fait mon bonheur.
Il est tout à moi-même
Et je suis tout à lui.
Son amour est extrême;
Il est mon ferme appui.

Mon cœur, pour reconnaître
L'excès de son amour,
Ne veut que lui pour maître
Et la nuit et le jour.
Dans l'ardeur qui me presse,
Je sens un grand désir :
C'est d'être à lui sans cesse;
Pour lui d'amour mourir.

Adieu, monde perfide,
Je ne suis plus à toi.
L'amour pur est mon guide ;
Je n'ai plus d'autre loi.
Je marche sur les traces
De Jésus, mon Sauveur.
Il m'accorde ses grâces,
Me remplit de ferveur.

Sur l'air : *Dieu dont la puissance infinie.*

Le cœur qui dit à Dieu je t'aime,
Affronte tout, même la mort.
L'enfer, malgré sa rage extrême,
Tremble et frémit à son abord.
J'entends l'apôtre qui s'écrie :
Que peut la mort contre l'amour ?
Mon cœur hautement la défie ;
Je suis à Jésus sans retour.

Jamais, jamais l'amour ne peine ;
Pour lui tout se change en plaisir.
Il est libre, rien ne l'enchaîne ;
Sa joie est de pouvoir souffrir.
Si l'enfer jamais l'emprisonne,
S'il le conduit sur l'échafaud,
L'amour y trouve sa couronne,
La voie à l'éternel repos.

Pour l'amour, il n'est point d'entrave :
Rien ne résiste à ses désirs.
Il n'est d'aucun objet l'esclave ;
Rien ne trouble ses doux soupirs.
Il est heureux dans les souffrances,
Car son cœur est tout à Jésus ;
Et plus ses douleurs sont intenses,
Plus on voit briller ses vertus.

Sur l'air : *Du roi des cieux tout célèbre la gloire.*

Louez Jésus, habitants de la terre ;
Louez Jésus dans vos pieux concerts.
Louez Jésus, il est votre lumière ;
Louez Jésus, il a brisé vos fers.
Louons Jésus, publions sa puissance ;
Louons Jésus, célébrons ses grandeurs ;
Louons Jésus, exaltons sa clémence ;
Louons Jésus et donnons-lui nos cœurs.

Louez Jésus dans vos humbles chaumières ;
Louez Jésus, candides villageois ;
Louez Jésus, en cultivant vos terres ;
Louez Jésus au son de vos hautbois.
Louons Jésus...

Louez Jésus, vous, habitants des villes ;
Louez Jésus, artistes et marchands ;
Louez Jésus, hommes savants, habiles ;
Louez Jésus, consacrez-lui vos chants.
Louons...

Louez Jésus, jeunes gens, jeunes filles ;
Louez Jésus, vieillards, tendres enfants ;
Louez Jésus, respectables familles ;
Louez Jésus, offrez-lui vos accents.
Louons...

Louez Jésus, puissants rois de la terre ;
Louez Jésus, vous qui portez des lois ;
Louez Jésus, vous qui voulez lui plaire ;
Louez Jésus, il est le Roi des rois.
Louons...

Louez Jésus dans votre Solitude ;
Louez Jésus, filles de Nazareth ;
Louez Jésus, qu'il soit seul votre étude ;
Louez Jésus par un pieux regret.

Sur l'air : *Le monde en vain, par ses biens et ses charmes.*

Bénissez Dieu, rude hiver, riche automne ;
Bénissez Dieu, bel été, beau printemps ;
Bénissez Dieu, c'est lui qui vous façonne ;
Bénissez Dieu, partout, à chaque instant.

Bénissez Dieu, beau soleil, belle lune ;
Bénissez Dieu, globes du firmament ;
Bénissez Dieu, doux zéphyrs sur la brune ;
Bénissez Dieu, nuit sombre et jour riant.

Bénissez Dieu, vents, ouragans, nuages,
Bénissez Dieu, neiges, froids et glaçons ;
Bénissez Dieu, foudres, trombes, orages ;
Bénissez Dieu de toutes les façons.

Bénissez Dieu de toutes les manières ;
Bénissez Dieu, sources, ruisseaux, torrents ;
Bénissez Dieu, mers, fleuves et rivières ;
Bénissez Dieu, mares, bassins, étangs.

Bénissez Dieu, baleines et morues ;
Bénissez Dieu, anguilles et dauphins ;
Bénissez Dieu, langoustes et tortues ;
Bénissez Dieu, cancres, huîtres, oursins.

Bénissez Dieu, chèvres, brebis, génisses.
Bénissez Dieu, boucs, béliers et taureaux ;
Bénissez Dieu par vos nombreux services ;
Bénissez Dieu, dromadaires, chameaux.

Bénissez Dieu, troupes aériennes ;
Bénissez Dieu, charmants petits oiseaux ;
Bénissez Dieu sur l'arbre de nos plaines ;
Bénissez Dieu, chantez des airs nouveaux.

Sur l'air : *Que t'ai-je fait, Placide, réponds-moi.*

L'amour divin qui consume mon cœur
Ne dort jamais, mais il veille sans cesse ;
Il est toujours actif et plein d'ardeur,
Rien ne suspend ses élans d'allégresse.

Le feu sacré que m'infuse l'amour,
Me fait braver le vain respect du monde.
J'aime Jésus, je l'aime sans retour.
A l'imiter sa grâce me seconde.

O doux Jésus, tendre objet de mon cœur,
Fais au plus tôt cesser mon long martyre !
En moi je sens une extrême langueur.
Je n'en puis plus, hélas ! d'amour j'expire !

Sur l'air : *Mon doux Jésus tout languissant d'amour.*

Je viens, ma sœur, je viens à Nazareth ;
J'ai tout bravé, je veux sauver mon âme.
Daigne m'ouvrir, seconde mon regret ;
Du vice impur je crains encor la flamme.

J'ai cherché Dieu partout dans la cité ;
Mais ceux qui font, pendant la nuit, la ronde,
M'ont répondu d'un ton bien irrité,
Et même, hélas ! par un langage immonde.

Ivres de sang, poussés par la fureur,
Ils m'ont, hélas ! les malheureux ! blessée.
Moi je pleurais, et puis, dans ma douleur,
Je m'écriais : Ah ! suis-je délaissée ?

Sur l'air : *L'homme peut tout, lorsque Dieu par...*

J'aime Jésus, je l'aimerai sans cesse ;
Rien ne pourra me ravir son amour.
Il me remplit d'une céleste ivresse.
Mon cœur dès lors est à lui sans retour.
Tous les trésors, toutes les voluptés,
Sont, à mes yeux, d'absurdes vanités.
  Lui que j'implore,
  Lui que j'adore,
Répand sur moi ses brillantes clartés.

Le monde en vain cherche, par ses doux char-
A m'enivrer de ses fades douceurs. [mes,
J'ai trop longtemps vécu dans les alarmes ;
Je ne veux plus recommencer mes pleurs.
Oh ! c'en est fait, j'ai rompu pour toujours ;
Il n'aura plus de mon cœur les amours.
  Jésus m'entraîne,
  Sa douce chaîne
Me fixe à lui le reste de mes jours.

Adieu, plaisirs, couronnes et richesses ;
De vos attraits mon cœur n'est plus jaloux,
Et vous, ô morts de mille et mille espèces,
Je vous méprise : à mes yeux qu'êtes-vous ?
Dès ce moment je n'ai plus qu'un désir :
Pour mon Jésus, je veux vivre et mourir.
  Quelle victoire
  Et quelle gloire
D'être, ô Jésus, de ton amour martyr !

Mon cœur se plaît dans l'humble Solitude ;
Là, tous les jours, je parle à mon Jésus.
Mon seul désir et mon unique étude
Sont d'enrichir mon cœur de ses vertus.
O quel bonheur ! Je suis à Nazareth,
Plus de péril, mon cœur est satisfait·

      Cette retraite,
      Douce et parfaite,
Dit à mon cœur de l'amour le secret.

Je me plongeais autrefois dans le vice
Et j'affectais d'avoir le cœur content ;
Et cependant le plus cruel supplice
Me tourmentait, hélas ! à chaque instant.
Malheur, malheur et mille fois malheur
A ces longs jours passés loin du Seigneur.
      Je les abhorre ;
      Bien plus encore,
Leur souvenir me fait toujours horreur.

Daignez, mes sœurs, chanter ma délivrance ;
Mon doux Jésus a brisé mes liens.
Il me remplit pour lui de confiance ;
Il m'enrichit tous les jours de ses biens.
A chaque instant de la nuit et du jour,
Mon cœur lui dit : *Je t'offre mon amour.*
      Alors mon âme,
      Toute de flamme,
S'envole, heureuse, à l'éternel séjour.

Air nouveau.

Je n'ai qu'un cœur pour t'aimer, Dieu d'amour,
Un cœur, hélas ! à tout instant mobile ;
Il est encor, je le dis sans détour,
Froid, languissant, en saints désirs stérile.
S'il se pouvait, je voudrais, Dieu que j'aime,
Par mon amour égaler ton amour.
T'aimer autant que tu t'aimes toi-même,
Et me pâmer à chaque instant du jour.

Pourquoi, Jésus, pourquoi n'ai-je qu'un cœur ?
Faut-il encor qu'il soit sans énergie ?
Ah ! donne-moi des anges la ferveur ;
Ton amour seul est de mon cœur la vie,
S'il se pouvait....

Je cherche un cœur, ô Dieu, digne de toi ;
Mais où trouver ce cœur que je désire ?
O bon Jésus, mon Sauveur et mon Roi,
Après ton cœur mon cœur toujours soupire !
S'il se pouvait...

T'aimer toujours, t'aimer de plus en plus,
Tel est le vœu le plus vif de mon âme.
Daigne au plus tôt l'exaucer, ô Jésus !
Et m'embraser de ta divine flamme.
S'il se pouvait...

Je suis à toi, que ce soit pour toujours !
Daigne exaucer ce désir de mon âme ;
Fixe en mon cœur de ton cœur les amours,
Divin Jésus, brûle-moi de ta flamme.
S'il se pouvait...

———————

Sur l'air : *Le monde en vain, par ses biens et ses charmes.*

Chante, mondain, tes vieilles mélodies ;
Loin de me plaire, elles me font horreur.
Du ciel, mon cœur goûte les harmonies ;
A les chanter il trouve son bonheur.

Non, non, jamais l'amour des créatures
Ne surprendra de mon cœur les accents.
Je foule aux pieds le monde et ses parures.
Dieu seul, Dieu seul est l'objet de mes chants,

O mon Jésus ! mon bonheur et ma vie,
Dans mon exil je chante tes amours.
Vers toi, Jésus, dans ma vive énergie,
Je cours joyeux et je chante toujours.

L'homme exilé qui part pour sa patrie,
Chante en marchant et pense à son pays ;
Heureux, il chante : *Ah ! ma peine est finie,*
Bientôt, bientôt je verrai mes amis.

Moi, vers Jésus je m'élance sans cesse,
De mes transports le motif est l'amour;
Oh! quand pourrai-je, ô divine allégresse,
Te posséder dans l'éternel séjour!

Sur le chemin qui mène à la patrie,
Je cours, je vole et mon cœur est heureux;
Toujours je chante, et mon humble harmonie
Charme mes maux et me rend tout joyeux.

En m'avançant vers la montagne sainte,
Mes chants d'amour redoublent ma ferveur;
Je vais plus vite, et, bravant toute crainte,
Rien ne m'arrête et j'arrive au bonheur.

Sur l'air : *Vous qu'en ces lieux combla de ses bienfaits.*

Mon bien-aimé se plaît parmi les lis,
   Son cœur en fait sa nourriture
Il en fait part à tous ses vrais amis,
   A ceux dont l'âme est belle et pure.
Je vois trois lis dont l'éclat m'éblouit :
   Un dans le ciel, deux sur la terre,
Tout dans ces lis me charme et me ravit;
   Mon cœur ne peut ne pas s'y plaire.

Le premier lis habite dans le ciel,
   Son doux parfum remplit la terre;
C'est dans ce lis que le Verbe éternel,
   Se plaît et ne cesse de plaire.
Je vois....

Le Père engendre un Fils égal à lui;
   Vierge, fécond en son essence.
Il dit : *Mon fils, je t'engendre aujourd'hui,*
   Et ma substance est ta substance.
Je vois....

Le second lis a germé parmi nous;
   Ce lis est l'auguste Marie.

Vierge féconde , elle nous donne à tous
    Un fils , seul auteur de la vie.
Je vois.....

Ce lis est beau, ses parfums sont charmants,
    Il embaume toute la terre.
Marie est vierge et mère en même temps ;
    Admirez ce profond mystère.
Je vois.....

Il est encore un autre petit lis,
    Et ce lis est toute âme pure.
Le roi descend des célestes parvis ,
    Tout enchanté de sa parure.
Je vois...

Une âme est pure alors que le démon
    Ne la tient plus sous son empire ;
Elle est féconde alors que vers Sion ,
    Par ses vertus elle soupire.
Je vois...

O doux Jésus , orne de lis nos cœurs ;
    Rend-les féconds , brise nos chaînes.
Notre désir, exprimé par nos pleurs,
    Est d'être humbles Nazaréennes.
Je vois...

———

Sur l'air : *Je mets ma confiance.*

O Jésus ! plus je t'aime
Et plus je veux t'aimer.
N'es-tu pas l'amour même ?
Seul tu peux tout charmer.
Dans l'ardeur qui m'anime,
Je voudrais en ce jour,
De ton amour victime,
Pour toi mourir d'amour.

Sans toi je ne puis vivre.
Oh ! le cœur de mon cœur !

7

Je veux partout te suivre ;
Tu fais seul mon bonheur.
O l'âme de mon âme,
Amour de mon amour !
O flamme de ma flamme,
Je t'aime nuit et jour !

Objet de ma tendresse
Tu connais mes soupirs ;
Puisque l'amour te presse,
Couronne mes désirs.
Oui ta vie est ma vie,
Ton amour mon amour,
Et mon unique envie
Est de te voir un jour.

Ton amour est immense,
Il inonde mon cœur ;
Je suis dans le silence,
Tout ravi de bonheur.
Ah ! puis-je me défendre
De t'aimer nuit et jour ?
Comment ne pas comprendre
L'excès de ton amour ?

Air nouveau.

Pénétrons dans les cieux, montons jusqu'à Dieu même.
Pensons sans cesse à lui, lui seul est éternel ;
Lui seul, dans tous les temps, mérite du mortel
Les hommages profonds et son amour extrême.
Dans le cœur de Jésus entrons de plus en plus ;
Il est le type vrai de la divine essence.
     Ayons pour ce Roi des élus
     Un amour de reconnaissance.

Dès avant tous les temps, dès avant toute aurore,
L'essence est toute en toi, Dieu de l'éternité ;
Dieu, source de bonheur, source de sainteté,
Tout s'incline à tes pieds, s'humilie et t'adore.
Dans.....

On peut aux cieux te voir, mais qui peut te com-
Nul ne peut ici-bas, ni même dans le ciel, [prendre?
Te comprendre jamais, Etre seul éternel !
Cependant ton amour en nous se fait entendre.
Dans...

Par votre ardent amour, humbles Nazaréennes,
Vous connaissez Jésus, l'amour est un docteur ;
Ce docteur nuit et jour vous apprend la ferveur,
Vous apprend à bénir vos labeurs et vos peines.
Dans...

Air nouveau.

O doux Jésus, pasteur aimant que j'aime,
A Nazareth tu mènes tes brebis !
Là de ta chair, dans ton amour extrême,
O bon pasteur, toujours tu les nourris !
     Cessez soupirs, cessez larmes,
          Le Roi des cieux
     En ce jour couronne mes vœux.
     Plus de frayeur et plus d'alarmes,
          Le vrai bonheur
          Inonde mon cœur.
     Que de beautés et que de charmes !
          Dans ce séjour
     Je me meurs d'amour !
          Quel heureux sort
          D'être en ce lieu !
          Avec transport,
          J'en bénis Dieu.
Plus de frayeur...

Tu le sais bien, Dieu bon, Dieu débonnaire,
A chaque instant mon cœur languit d'amour.
Daigne exaucer au plus tôt ma prière,
Et m'appeler à l'éternel séjour.
     Cessez...

Je cours à toi, tu connais mes blessures,
Et seul tu peux, ô Jésus, les guérir !

Au bain sacré tu laves mes souillures;
Entre les mains puis-je jamais périr?
  Cessez...

Ton baume est doux, actif et salutaire;
Tu le répands tous les jours sur mes maux,
Je t'en bénis, ô doux et tendre père!
O quel bonheur! mon âme est en repos!
  Cessez...

———

Sur l'air : *Vous qu'en ces lieux combla de ses bienfaits.*

Quand le matin Jésus vient dans mon cœur,
  Et qu'il en fait son sanctuaire,
Je suis alors tout amour, tout ferveur
  Et tout flamme dans ma prière.
Vertu des saints, aimable humilité,
  Toi dont l'amour est le principe,
Mon cœur chérit ta noble obscurité;
  Le nard n'est-il pas ton vrai type?

Ce doux Sauveur est mon aimable époux;
  Il fait de mon cœur comme un trône;
De mes élans il est toujours jaloux;
  De son amour il m'environne.
Vertu...

Mon doux Jésus est pour moi, nuit et jour,
  Comme un bouquet formé de myrrhe;
Il m'enrichit de son divin amour.
  O qu'il est beau! mon œil l'admire.
Vertu...

———

Sur l'air : *Le monde en vain, par ses biens et ses charmes.*

O doux Jésus, toi dont le cœur de flamme
Embrase tout des feux du saint amour,
Dans ce foyer daigne plonger notre âme
Et nous ouvrir du ciel le beau séjour!

Ce feu sacré qui consume ton âme
Nous brûle aussi de ses vives ardeurs ;
Foyer divin , active en nous ta flamme
Et sois toujours l'aliment de nos cœurs.

Aller à toi , courir à toi sans cesse ,
T'aimer toujours et mourir de ferveur,
Tel est le vœu qui , nuit et jour, nous presse,
Et qui déjà nous ravit de bonheur.

Oui, notre cœur vers toi, Jésus, soupire ;
Car n'es-tu pas notre divin époux ?
Heureux commerce , ineffable martyre !
Mourir d'amour est-il rien de plus doux ?

A Nazareth , le repentir sincère
Brise nos cœurs, charme le visiteur ;
Notre bonheur est dans ce sanctuaire,
Nos pleurs partout y prêchent la ferveur.

––––––––––

Sur le même air :

Tous les matins, dès le point de l'aurore,
Un doux parfum vient réjouir mon cœur;
Vers toi, Jésus, je cours et je t'implore,
Daigne exciter mon âme à la ferveur.

Tes doux parfums me sont très-agréables,
Et je m'endors doucement dans tes bras.
A tes désirs rend mes désirs semblables,
Et que l'amour me conduise au trépas.

De tes vertus je sens l'odeur suave ;
Elle m'entraîne, elle charme mon cœur ;
De ton amour je veux être l'esclave ,
Enfin mourir d'un excès de ferveur.

Ton vif amour fait oublier la terre,
Il force l'âme à s'élever au ciel.
Tout, ici-bas, n'est, hélas ! que misère ;
Mon cœur te jure un amour éternel.

Du vice impur tu chasses le miasme ;
A Nazareth j'éprouve ce bonheur.
Je chante alors, dans mon enthousiasme,
Ton grand amour, foyer de ma ferveur.

Air nouveau.

Nous avons tous un penchant délectable,
Qui doucement nous entraîne à ses fins ;
Mais ce penchant est souvent lamentable,
Contraire, hélas ! aux oracles divins.
    Pour moi, le cœur m'entraîne,
    Par une douce chaîne,
Vers mon Jésus, ma joie et mon bonheur ;
Lui seul, lui seul est digne de mon cœur.

Depuis l'enfant sur le sein de sa mère
Jusqu'au vieillard qui descend au tombeau,
Tous les mortels sentent cette misère,
Et rien pourtant ne leur paraît si beau.
    Pour moi.....

Je vois le bien, je l'approuve et je l'aime ;
Mais toutefois mon cœur suit son penchant :
Tel est le cri que l'aimant de soi-même
Fait retentir partout à chaque instant.
    Pour moi....

L'adolescent, dans sa fureur extrême,
Court aux plaisirs, en cherche les douceurs;
Bientôt après, las des plaisirs qu'il aime,
Avec transport il aspire aux honneurs.
    Pour moi....

Le sexe aussi, toujours léger, volage,
Avec ardeur cherche la vanité ;
Rien ne l'arrête, et pourtant avec l'âge
Ses beaux attraits n'ont plus d'aménité.
    Pour moi.....

Sur l'air : *Par les chants les plus magnifiques.*

L'amour me rend inaccessible
Aux biens, aux plaisirs, aux grandeurs,
Et par lui je marche insensible
Au milieu des croix, des douleurs.
Dieu seul, Dieu seul est mon ivresse;
Il charme de mon cœur le goût.
Il est seul toute ma richesse;
Il est ma gloire, il est mon tout.

Que sont tous les biens de la terre,
Les grandeurs et les voluptés?
Hélas! une pure chimère
Et le comble des vanités.
Dieu seul, Dieu seul est ma couronne;
Il est ma joie et mon bonheur.
De son amour il m'environne;
Il infuse en moi la ferveur.

O Jésus! t'aimer sans mesure
Est-il pour moi rien de si doux?
Ma langue toujours te murmure.
N'es-tu pas de mon cœur l'époux?
Dieu seul, Dieu seul charme mon âme.
Son bonheur devient mon bonheur;
Il me pénètre de sa flamme,
Il me consume de ferveur.

Sur l'air : *Nous qu'en ces lieux combla de ses bienfaits.*

Pieux mortels, accourons à Jésus :
Exaltons-le, mais tous ensemble,
Et, de concert, chantons ses attributs;
Que l'amour pour lui nous rassemble.

Cœurs repentants, à Jésus venez tous ;
  A Nazareth il vous appelle.
Son cœur aimant, de vos cœurs est jaloux ;
  Après lui courez avec zèle.

Je ne veux pas seul être à mon Sauveur,
  Ni seul l'aimer, ni seul lui plaire ;
Je veux que tous partagent mon bonheur
  Et que tous lui disent : *Mon père.*
Pourrai-je seul posséder mon Jésus ?
  Seul l'embrasser, seul le comprendre ?
Seul l'exalter, seul chanter ses vertus ?
  Serait-ce digne d'un cœur tendre ?

Aimons Jésus, aimons-le nuit et jour ;
  Que nos cœurs brûlent de ses flammes,
Et qu'embrasés des feux du saint amour,
  Ils portent ce feu dans les âmes.
A son amour enchaînons nos amours ;
  Son amour pour nous est extrême.
A le bénir soyons unis toujours ;
  Que chacun lui dise : *Je t'aime.*

Sur l'air : *Par les chants les plus magnifiques.*

Jésus, vers toi mon cœur s'élance,
Brûlant des feux de ton amour.
Je souffre, hélas ! de ton absence ;
Je me meurs pour toi nuit et jour.
O doux Jésus, viens, je t'implore ;
Viens au plus tôt, romps mes liens.
Te posséder, Dieu que j'adore,
Est le plus grand de tous les biens.

Ton amour, par son énergie,
A ton cœur enchaîne mon cœur ;
Il me fait vivre de ta vie ;
Il me pénètre de ferveur.

Viens, hâte-toi, Dieu de tendresse,
Toi que l'amour a fait mourir.
Ah! tu le sais, quand l'amour presse,
Le cœur ne sait plus que gémir.

O bon Jésus, Dieu de clémence,
De mon cœur exauce les vœux!
Quand me verrai-je en ta présence,
Au ciel, séjour des bienheureux?
Oh! quand finira mon martyre!
La vie, hélas! m'est un tourment.
Vers toi, Jésus, mon cœur soupire.
Sans toi peut-il être content?

———————

Sur l'air : *Mon cœur, tout languissant d'amour.*

O doux Jésus, ta bonté me ravit
Et ton amour électrise mon âme.
Mais ta beauté toujours me réjouit ;   [me.
A ton nom seul, d'amour mon cœur s'enflam-

Commerce heureux, ineffable union ;
Du fils de Dieu je suis la fiancée.
Ah! tu le vois, ô céleste Sion!
A l'Eternel je me trouve alliée.

Pour célébrer dignement cet hymen,
Il me faudrait le langage des anges ;
Mais je me tais : mon bonheur est divin ;
Je laisse au Ciel à chanter ses louanges.

———————

Sur le même air.

L'amour céleste est un nectar divin :
Nulle liqueur qui lui soit comparable.
C'est un lait pur et meilleur que le vin ;
Il rend le cœur plus aimant, plus aimable.

O doux Jésus, ô quel excès d'amour !
Qui l'a compris et qui peut le comprendre ?
Ce lait divin, je le prends chaque jour,
Et chaque jour il rend mon cœur plus tendre.

Ton cœur, Jésus, surabondant d'amour,
Cherche partout des cœurs pour se répandre.
Je crie alors aux mortels nuit et jour :
Allons à lui ; pourquoi le faire attendre ?

Ce lait sacré s'épanche dans mon cœur ;
De ses douceurs il m'enivre sans cesse.
A chaque instant il m'enflamme d'ardeur.
Venez, mortels, goûtez sa douce ivresse.

O doux Jésus ! mon aimable Sauveur !
Je suis à toi tous les jours de ma vie.
De plus en plus ravive ma ferveur,
Et que pour toi je sois tout énergie.

———————

Sur l'air : *Le monde en vain, par ses biens et ses charmes.*

Aimons Jésus ; il est bon, doux, aimable ;
Consacrons-lui les transports de nos cœurs.
Au cœur aimant il est toujours affable ;
Lui seul remplit nos cœurs de ses ardeurs.

Te célébrer, Jésus, par des louanges,
Fait le bonheur des cœurs brûlants d'amour.
Ces cœurs de feu le disputent aux anges,
Tant leur ferveur les brûle nuit et jour.

T'aimer toujours et mourir de tendresse,
Tels sont nos vœux à chaque instant du jour.
La nuit encor, ce vif désir nous presse.
Heureux les cœurs qu'enrichit ton amour !

Ton vif amour est notre unique vie.
Sans lui la vie est, hélas ! une mort.

De notre cœur n'es-tu pas l'énergie ?   [sort !
T'aimer toujours , pour nous quel heureux

Te posséder, ô beauté souveraine !
Fait notre joie et couronne nos vœux,
A ton amour, ton amour nous enchaîne ;
Il nous ravit dans les hauteurs des cieux.

Air nouveau , ou *Par les chants les plus magnifiques.*

Sur les fleuves de Babylone ,
Je gémis tout baigné de pleurs.
A mes ennuis je m'abonne ,
Je ne puis goûter de douceurs.
Le souvenir de ma patrie
Est pour mon cœur *(bis)* un vrai tourment.
Loin de Sion *(bis)*, ô quelle vie !
Non , je ne puis être content.

Saules qui bordez leurs rivages,
Tendres jouets des doux zéphyrs ,
Vous n'entendez, sous vos feuillages,
Que des regrets et des soupirs.
Tous mes instruments de musique
Sont supendus *(bis)* à vos rameaux.
Dieu d'Israël *(bis)*, ton beau cantique
Ne charmera plus mon repos.

Je tremble et mon esprit s'égare
Au terrible aspect du péril ;
Un peuple infidèle et barbare
Sans pitié m'emmène en exil.
Ce peuple veut qu'en mon langage,
J'amuse , hélas ! *(bis)* ses longs loisirs,
Et, qu'oubliant *(bis)* mon héritage,
Je m'associe à ses plaisirs.

Du Seigneur dis-nous le cantique,
Prends l'instrument harmonieux,

Entonne l'hymne magnifique
Sur l'air le plus mélodieux.
Dans une contrée étrangère
Comment chanter *(bis)* un Dieu si grand ?
Non, ma douleur *(bis)* est trop amère ;
Les pleurs ont remplacé le chant.

Jérusalem, ô ma patrie !
Trône auguste du Tout-Puissant,
Que ma droite, si je t'oublie,
Soit à jamais sans mouvement.
Que ma langue reste muette
Si tu ne fais *(bis)* tout mon bonheur.
Oui, ton nom seul *(bis)*, comme une fête,
De plaisir inonde mon cœur.

O grand Dieu ! jaloux de ta gloire,
Venge-nous de l'orgueil d'Edom.
Tout hors de lui par sa victoire,
Il ose blasphémer ton nom.
Il a, fier et brûlant de rage,
Détruit Sion *(bis)*. Plus d'habitants !
Enivre-le *(bis)* du noir breuvage
Qu'il a fait prendre à tes enfants.

Voici le temps, ô Babylone,
Où Dieu paraît dans son courroux ;
Déjà l'ennemi t'environne,
De tes enfants il est jaloux ;
Il les saisit dans sa furie,
Et sur le roc *(bis)* brise leurs os.
Leur sang impur *(bis)*, chose inouïe !
Du grand fleuve rougit les eaux.

Sur l'air : *Le monde en vain, par ses biens et ses charmes.*

O cœurs brûlants, tout ferveur et tout flamme !
Vous dont l'amour s'accroît de jour en jour,
Que vos ardeurs s'infusent dans mon âme.
Faites-moi part des feux de votre amour.

Heureux mortels, vous dont l'âme et si pure,
Aimez Jésus, offrez-lui vos ferveurs ;
Que votre amour soit pour lui sans mesure,
Et de vos feux embrasez tous les cœurs.

Oh ! que ne puis-je, ô cœur aimant que j'aime,
Pour toi mourir à chaque instant du jour !
Mourir, sans doute est mon désir extrême ;
Mais je voudrais pour toi mourir d'amour.

Sur le même air.

Je cours toujours après celui que j'aime,
Qui de l'enfer m'a fait franchir le seuil ;
Cœurs repentants, venez, courez de même,
Et soyez mus pour lui d'un saint orgueil.

Accourez tous, glorifions ensemble
Jésus, l'objet de nos chastes amours ;
Qu'autour de lui sa bonté nous rassemble,
Que notre amour augmente tous les jours.

Aimons Jésus, il est seul notre vie ;
Aimons-le tous, rivalisons d'ardeur,
Et que nos cœurs donnent de l'énergie
A ces cœurs froids qui sont dans la torpeur.

Non, je ne puis, ô Jésus que j'adore
Vouloir moi seul te baiser, t'embrasser !
Je veux crier aux mortels dès l'aurore :
Aimons Jésus sans jamais nous lasser.

Comme l'ami force l'ami qu'il aime
A prendre part à toutes ses douceurs ;
Je veux aussi, dans mon amour extrême,
A mon bonheur enchaîner tous les cœurs.

Air nouveau.

Non, non, Jésus, il n'est pas rare
D'être la dupe des amours.
Ne permets pas que je m'égare ;
Daigne me diriger toujours.
Divin Jésus, de mon cœur le partage,
Tu me suffis, je te suivrai partout.
Tout hors de toi passe comme un nuage ;
Je suis à toi ; mon cœur t'aime avant tout.

Le monde vante ses richesses,
Ses biens, ses trésors, ses honneurs,
En me prodiguant ses carresses,
Il ne me lègue que des pleurs,
Divin.....

L'adolescent, dans son ivresse,
Me parle de ses vains plaisirs ;
Mais, hélas ! sa vive allégresse
N'enfante que de longs soupirs.
Divin.....

Le courtisan, le militaire,
Le magistrat, l'homme à talent,
Vantent leur grandeur éphémère,
Ou plutôt un pompeux néant.
Divin.....

Que sont vos stériles richesses
Et vos illusoires grandeurs ?
Et que sont vos fades ivresses,
Sinon le tourment de vos cœurs ?
Divin...

Que puis-je trouver sur la terre ?
Que puis-je trouver dans le ciel ?
Leurs biens peuvent-ils satisfaire
Un cœur formé pour l'Eternel ?
Divin...

Mon bien-aimé, lui que j'adore,
Est pour mon cœur tous les trésors,
Tous les honneurs, et, plus encore,
Des plaisirs purs tous les transports.
Divin...

Sur l'air : *O doux Jésus tout languissant d'amour.*

O doux Jésus, ô l'époux de mon cœur !
Dès mon réveil, après toi je soupire.
A chaque instant, tout épris de ferveur,
Mon cœur languit et souffre un doux martyre.

Un doux parfum t'accompagne partout ;
C'est de ton cœur que ce parfum s'exhale.
Tout en est plein, car il pénètre tout.
Non, ici-bas il n'est rien qui l'égale.

Ce doux parfum entraîne tous les cœurs.
Rien ne résiste à son odeur suave ;
Il réjouit, il comble de douceurs,
Et de ton cœur il rend mon cœur esclave.

Ton cœur aimant se décèle à mon cœur
Par les parfums qu'il exhale sans cesse,
Tel qu'un beau lis, trahi par son odeur,
Se fait chercher et remplit d'allégresse.

Partout mon cœur te pressent et te voit ;
Ton vêtement est la nature entière.
Mais à l'autel mon amour t'aperçoit,
Car ton amour m'illumine et m'éclaire.

De toutes parts volent vers toi, Jésus,
Les cœurs brûlants de tes amis fidèles.
Tout enivrés du bonheur des élus,
L'amour divin les porte sur ses ailes.

Sur le même air.

Amour divin, toi qui brûles les cœurs,
Embrase-moi de ta divine flamme.
A mon égard, active tes ardeurs,
Et de tes feux daigne brûler mon âme.

O doux Jésus, et la nuit et le jour,
Mon cœur, ravi par l'amour qui te presse,
Vers toi s'élance, attiré par l'amour.
Seul n'es-tu pas mon unique richesse ?

Au seul aspect de l'éternel séjour,
Mon cœur s'enflamme et vers Jésus soupire.
Je sens en moi les élans de l'amour
Et les transports d'un céleste délire.

Sur l'air : *Le monde en vain, par ses biens et ses charmes.*

O mon Jésus ! daigne, par tes doux charmes,
Ravir mon cœur; il soupire après toi.
Viens au plus tôt, fais cesser mes alarmes;
Viens m'arracher aux voiles de la foi.

Que sont, hélas ! ces voluptés impures,
Où le mortel place en vain son bonheur ?
Ah ! je le sais, de cruelles tortures,
Qui nuit et jour font le tourment du cœur.

O plaisirs purs, ô plaisirs délectables,
Vous m'enivrez ! je ne suis plus à moi.
Amour sacré, par des liens aimables,
Viens me fixer auprès du divin Roi.

Sur l'air : *Nous qu'en ces lieux combla de ses bienfaits.*

A chaque instant de la nuit et du jour,
   Ma vie, hélas ! est un martyre.
Tout embrasé des feux de ton amour,
   Vers toi, Jésus, mon cœur soupire.
Tous mes élans se dirigent vers toi ;
   D'amour je languis sur la terre.
Romps mes liens, ô Jésus, ô mon Roi ?
   Ne tarde plus ; en toi j'espère.

Tout mon désir est de mourir d'amour,
   De brûler de ta vive flamme.
Daigne, ô Jésus, et la nuit et le jour,
   Raviver tes feux dans mon âme !
Tous mes élans...

O doux Jésus, seul tu fais mon honheur ;
   Tout hors de toi m'est insipide.
Ton vif amour me remplit de ferveur.
   Sans ton amour mon cœur est vide.
Tous mes élans...

Ma vie en tout ne respire qu'amour ;
   L'amour seul pénètre mon âme ;
Et dans mon cœur il s'accroît nuit et jour ;
   Il me consume de sa flamme.
Tous mes élans...

Sur l'air : *Mère de Dieu, quelle magnificence !*

L'enfant qui voit les doux bonbons qu'il aime,
Rejette tout ; il se laisse entraîner.
Pour toi, Jésus, mon amour est extrême ;
A ton amour je me laisse enchaîner,
    Je cours sans cesse,
    O doux Jésus,
    Après l'ivresse
Qui ravit les élus !

A la brebis, montrez un vert feuillage,
Et dès l'instant elle vous suit partout.
Mon bien-aimé veut être mon partage.
O quel bonheur ! Pour lui je quitte tout.
    Je cours...

Le fer aussi suit l'aimant qui l'entraîne ;
Il obéit au principe attractif.
L'amour divin à mon Jésus m'enchaîne.
Je suis heureux, il me fait son captif.
    Je cours...

Sur l'air : *Chère jeunesse en qui pour l'harmonie.*

O doux Jésus ! déverse dans mon âme
Le feu sacré qui donne la ferveur,
Alors mon cœur pénétré de ta flamme,
Dans ton amour bondira de bonheur.

Ton amour seul me console et m'éclaire,
Et dans mon cœur il répand ses ardeurs ;
Ton vin, meilleur qu'aucun vin de la terre,
Me fait goûter d'ineffables douceurs.

Non, je ne puis exprimer l'allégresse
Qui me transporte hors de moi nuit et jour ;
Elle me charme, et dans ma douce ivresse,
Tout mon désir est de mourir d'amour.

Air nouveau.

Amour pur, amour saint et plus que séraphique,
Tu dérobes mon cœur presque sans m'en douter ;
Ton vol pourtant me plaît ; amour, voleur mysti-
Vole, vole toujours et daigne m'écouter.   [que,
    Amour, auteur de mon martyre,
    Plus tu me blesses de tes traits
    Et plus après toi je soupire,
    Forcé par tes divins attraits.

Tu dérobes mon cœur ; dis-moi qu'en veux-tu faire?
Donne-le à mon Jésus, lui seul fait mon bonheur.
Je n'ai qu'un seul désir, le désir de lui plaire ;
Je n'aime que lui seul, lui seul règne en mon cœur?
 Amour....

Amour, je te bénis, je t'implore sans cesse.
Ah ! daigne unir mon cœur au cœur de mon époux.
Tu sais ce que je veux : que lui-même me blesse,
Et qu'embrasé d'amour, je meure à ses genoux.
 Amour.. ..

Air nouveau.

Qu'elle est douce à mon cœur de l'amour cette ivresse !
Qui m'abîme et me perd heureusement en Dieu !
Qui me force à l'aimer en tout temps, en tout lieu,
Et qui me fait goûter de son cœur la tendresse !

Mon cœur vers toi, Jésus, soupire dès l'aurore,
Et mes pieux soupirs croissent de jour en jour.
Que n'ai-je, pour t'aimer, ton véhément amour !
Je t'aime dans le jour et dans la nuit encore.

Puis-je ne pas t'aimer, ô beauté souveraine?
Tes amabilités entraînent tous les cœurs ;
Tous goûtent en t'aimant d'indicibles douceurs.
Ton cœur est pour mon cœur une puissante chaîne.

Sur l'air : *Que cette voûte retentisse.*

O Dieu, seul auteur de ma vie,
Inspire l'amour à mon cœur,
Et donne-lui ton énergie
Pour t'aimer avec plus d'ardeur.

Ton amour est vraiment immense,
Lui seul, pour moi, t'a fait mourir ;

Daigne, ô grand Dieu, par ta puissance,
De l'amour me rendre martyr !

Tout mon désir, ô tendre père,
Est de te prouver mon amour.
Pour toi je suis prêt à tout faire,
Mon cœur est à toi sans retour.

———

Sur l'air : *Brûlant d'ardeur.*

O doux Jésus,
O bien suprême ;
O doux Jésus,
Roi des élus,
A Nazareth toujours je t'aime !
Je t'aimerai de plus en plus.

O bien-aimé,
Toi que j'adore ;
O bien-aimé
Tu m'as charmé !
Tu m'aimes dès avant l'aurore,
Ton cœur est d'amour enflammé.

Divin époux,
L'amour m'entraîne ;
Divin époux
Quel nœud plus doux ?
Je viens à toi, brise ma chaîne ;
Mon cœur de ton cœur est jaloux.

Mourir pour toi
Quelles délices !
Mourir pour toi,
O divin Roi !
Reçois mes pieux sacrifices,
L'amour sera toujours ma loi.

Heureux le cœur
Qui toujours t'aime !

Heureux le cœur
Rempli d'ardeur !
Je veux aussi t'aimer de même,
Et, pour toi, mourir de ferveur.

Sur l'air : *Je mets ma confiance.*

Dans mon humble retraite,
Je trouve un vrai bonheur.
Là, sans être distraite,
J'écoute mon Sauveur.
Il me parle sans cesse
Du pur et chaste amour,
Et je goûte l'ivresse
Du céleste séjour.

Nuit et jour je soupire
Vers mon céleste époux.
L'amour fait mon martyre,
Et rien ne m'est si doux.
Adieu, monde volage,
J'abhorre tes faveurs ;
Ton séduisant langage.
Ne produit que des pleurs.

Dans cette Solitude,
Vrai charme de mon cœur,
Je me livre à l'étude
De l'aimable ferveur.
Alors mon cœur s'élance
Vers l'éternel séjour ;
Et là, dans le silence,
Je m'enivre d'amour.

La ferveur de mon âme
Saccroît de jour en jour ;
Elle puise sa flamme
Au foyer de l'amour.
Mon bonheur est extrême,

Je me sens défaillir.
O Jésus! viens, je t'aime,
Et laisse-moi mourir!

Mon cœur est tout de flamme,
Il brûle nuit et jour,
Et je sens que mon âme
S'épanouit d'amour.
Nul mortel ne peut dire
Les transports de mon cœur :
Je souffre un doux martyre ;
Je me meurs de bonheur !

Mon cœur ne peut comprendre
Ses célestes élans,
Ni ma voix ne peut rendre
Ses doux gémissements.
Je le sens ce martyre,
Et c'est à Nazareth ;
Je souffre et, j'ose dire,
Ce martyre me plaît.

Sur l'air : *Sion, de ton harmonie.*

Des faveurs inennarrables
Sont le prix du chaste amour ;
Ces faveurs inconcevables
Augmentent de jour en jour.
La parole ne peut rendre
Tout l'excès de ces faveurs,
Ni l'esprit ne peut comprendre
Leurs merveilleuses douceurs.

J'entends un cœur qui s'écrie :
C'est assez! oui, c'est assez !
Modère, amour, je t'en prie,
Cet excès de tes bontés.
Tu surpasses mon attente
Et mon immense désir.

Mon âme est plus que contente
Et je me meurs de plaisir !

Dans mon admirable extase,
Je ne sais plus où j'en suis ;
Mon amour n'a d'autre base
Que Dieu seul pour qui je vis.
Lui seul soutient ma faiblesse ;
Il règne seul dans mon cœur ;
Et dans ma profonde ivresse,
Je ne sens pas mon bonheur.

———

Sur l'air : *Dieu s'unissant à moi par un heureux mélange.*

O bonheur ! j'ai trouvé celui que mon cœur aime ;
Je le tiens cet époux, ma joie et mes amours.
    Je veux être à lui tous les jours.
Si l'amour des mortels est souvent un problème,
Le mien n'est pas ainsi, mon cœur est tout candeur,
    Toujours jusqu'à l'heure suprême,
J'aimerai mon Jésus, lui seul fait mon bonheur.

Je suis enfant du ciel, telle est mon origine ;
Qui peut la raconter ? Toi seul, ô chaste époux !
    Et moi, j'ose annoncer à tous,
Qu'étant enfant du ciel, au ciel je m'achemine.
Déjà j'ai pris l'essor, déjà plus de péril ;
    L'amour m'éclaire et m'illumine,
Et bientôt je verrai la fin de mon exil.

Mon bonheur est parfait, ô quelle douce extase
S'empare de mon cœur et charme mon esprit !
    L'amour, oui l'amour me ravit.
O quel heureux sommeil ! l'amour en est la base.
C'est assez, ô Jésus, modère tes faveurs,
    De plus en plus l'amour m'embrase,
Et déjà je me meurs sous le poids des douceurs.

Je suis à Nazareth, mon bonheur est extrême,
Là, des larmes d'amour j'alimente mon cœur,
  Et je m'exerce à la ferveur,
En m'écriant toujours : *O bon Jésus, je t'aime!*
Daigne, aux pieds des autels, bénir mon repentir,
  Qu'enfin, à mon heure suprême,
Ton amour de mon cœur couronne le désir.

Amour, de mon cœur les délices,
Amour, aime pour moi Jésus!
De mon cœur les plus doux offices
Sont d'aimer Dieu de plus en plus.
Amour, sans toi je ne puis vivre !
Ma vie est ton unique amour !
Je veux partout toujours te suivre
Jusque dans l'éternel séjour.

L'amour, par sa puissante chaîne,
Se rend seul maître de mon cœur;
Selon ses désirs il me mène
Au ciel, source de vrai bonheur.
Amour, ton amour me captive;
Je sens que je suis sous tes lois;
Que pour toi mon amour s'active
Pour respecter en tout tes droits.

De joie et de bonheur je pleure
De me trouver à Nazareth.
Je goûte dans cette demeure
Les douceurs d'un pieux regret.
Je dois mon retour à Marie.
Puis-je ne pas l'aimer toujours ?
Oui je t'aime, mère chérie;
Je te consacre mes amours.

Sur l'air : *Par les chants les plus magnifiques.*

Le silence est mon harmonie
Pour te chanter, Dieu tout-puissant ;
La parole est sans énergie
Pour te célébrer dignement.
Toutefois mon cœur dit sans cesse
L'hymne des Séraphins au ciel :
Saint, saint, saint, et, quand l'amour presse,
Tout est divin chez le mortel.

Dieu des vertus, qui t'est semblable
Et sur la terre et dans les cieux ?
N'es-tu pas seul toujours aimable ?
Ta beauté couronne mes vœux.
Je le dis haut par mon silence :
Ce langage est digne de toi ;
C'est là ma plus grande éloquence,
Qu'à ton égard m'apprend la foi.

T'aimer, Jésus, ô divin maître !
Est ma science à Nazareth,
Ne pouvant jamais te connaître ;
L'amour pourtant me satisfait.
L'amour vaut plus que la science,
La science flatte le cœur ;
Mais l'amour, par son influence,
Me rend maître de mon Seigneur.

L'amour réjouit et contente,
Il remplit l'âme de douceur,
Il la rend toujours plus fervente,
Il la conduit au vrai bonheur.
Son exercice est doux à l'âme,
Il la prépare pour le ciel,
Et la ferveur dont il l'enflamme
La rend digne de l'Eternel.

Sur le même air.

Que je t'aime, ô Dieu de tendresse,
Dans le temps, dans l'éternité !
Je sens que ton amour me presse ;
Je brûle de ta charité.
Dieu d'amour, allume en mon âme,
Le feu qui consume ton cœur ;
Brûle-moi toujours de ta flamme.
Mourir d'amour, ô quel bonheur !

O Dieu, toi que j'aime et j'adore,
Unique désir de mon cœur,
Que je te trouve dès l'aurore
Et que je meure de ferveur !
O Jésus, époux de mon âme,
Ma voie au céleste séjour,
Que dans ton cœur mon cœur s'enflamme !
Ton cœur est un foyer d'amour.

O doux Jésus, mon cœur t'embrasse
Tous les matins au saint autel.
Ah ! qu'un jour ta divine face
Me comble de bonheur au ciel !
Que je te possède sans cesse,
Eternelle félicité.
Infuse en moi ta douce ivresse,
Souveraine-suavité !

Règne en mon âme, ô vie heureuse !
Te posséder fait mon bonheur.
Mon âme n'est jamais joyeuse
Que lorsqu'elle vit de ferveur.
O douce, ô divine allégresse,
Pénètre et mon corps et mon cœur.
O pure, ô chaste, ô sainte ivresse,
Imbibe-moi de tes douceurs,

Que je te trouve, amour immense,
O tendre époux, ô divin roi !
Le cœur est toujours en souffrance
Jusqu'à ce qu'il repose en toi.
Mon cœur aimant dit anathème
Aux cœurs froids qui ne t'aiment pas.
Je t'aime ; oui, doux Jésus ! je t'aime ;
Je t'aimerai jusqu'au trépas.

————

Sur l'air : *Si la chasteté vous est chère.*

Lorsque je vaque à la prière
Et que je parle à l'Eternel,
Je suis loin de cette atmosphère.
Mon esprit, mon cœur sont au ciel.
Il n'est alors rien qui me trouble ;
J'ai pour trésor la paix du cœur,
Et je goûte tant de douceur
Que ma ferveur toujours redouble.

Alors, dans un pieux silence,
Au milieu des feux de l'amour,
Mon âme vers le ciel s'élance
Et le ciel devient son séjour.
N'es-tu pas mon bonheur suprême,
O Jésus, Dieu de charité?
Et, jusques dans l'éternité,
Je t'aimerai plus que moi-même.

La lumière matérielle,
De mon corps réjouit les yeux ;
Mais dans ta lumière éternelle,
Je te vois et je suis heureux.
Ah ! prends pitié de ma misère
Et des ténèbres de mon cœur !
N'es-tu pas toujours mon Sauveur?
Et n'es-tu pas toujours mon père?

Que la foi toujours m'illumine,
Qu'elle guide toujours mes pas.
Vers toi, Jésus, je m'achemine;
Je te suivrai jusqu'au trépas.
Guéris-moi, je suis misérable;
Fais vite, éclaire mon esprit.
Ta grâce seule me suffit;
N'es-tu pas un Dieu secourable?

Sur l'air : *Jour heureux, sainte allégresse.*

Ton amour, ô roi de gloire,
Infuse en moi la ferveur.
Par lui j'obtiens la victoire
Sur le monde séducteur.
Mon cœur, épris de tes charmes,
Jouit d'un pieux transport.
Il n'est plus pour moi d'alarmes;
Non, je ne crains pas la mort.
　　Quelle douce allégresse !
　　Dieu seul règne en mon cœur;
Il me remplit de ferveur,
Et de douceur et de tendresse.
Il me remplit de ferveur,
Et de tendresse et de douceur.

Dans ma douce et sainte ivresse
Et dans mes transports d'amour,
Je sens en moi l'allégresse
De l'immuable séjour.
O bonheur inestimable !
L'amour embrase mon cœur;
Par lui tout m'est délectable
Et tout accroît ma ferveur,
　　Quelle douce...

L'amour divin qui me presse
Me consume de ses feux ;
Il m'arrache à la tristesse
Et couronne encor mes vœux.

L'amour est comme une flèche
Dont Jésus darde mon cœur,
Et je sens qu'il se dessèche
Par un excès de ferveur.
   Quelle douce...

Sur l'air : *Dieu dont la puissance infinie.*

Toutes les nuits, pendant mon rêve,
Je donne mon cœur à Jésus,
Et le matin, quand je me lève,
Mon cœur l'aime de plus en plus.
Ma mère est de Jésus la mère;
Je suis donc la sœur de Jésus.
Quel bonheur! Jésus est mon frère
Et mes parents sont les élus.

Exauce, ô Jésus, ma prière;
Couronne les vœux de ta sœur.
Que ne puis-je toujours te plaire
Et pour toi mourir de ferveur!
Oui, je suis fille de Marie;
Je l'aime et je suis son enfant;
Elle me nourrit de sa vie,
Son amour est mon aliment.

O Jésus! je sens que je t'aime;
Tout dans ces lieux m'élève à toi!
Mon amour n'est pas un problème,
Il est tout basé sur la foi.
Jésus, vers toi mon cœur soupire
Pendant la nuit, pendant le jour.
Pour toi je souffre un doux martyre.
Que ne puis-je mourir d'amour!

Sur l'air : *Que cette voûte retentisse.*

Aux Filles de Marie.

Accourez, filles de Marie,
De Jésus nous sommes les sœurs.
Chantons notre mère chérie,
Offrons à Jésus nos ferveurs.

Aux Prétendantes.

Venez, accourez, prétendantes ;
Aimez Marie, aimez Jésus.
Marchez joyeuses et ferventes
Sur les traces de leurs vertus.

Aux simples Nazaréennes.

Chantez aussi, Nazaréennes,
Votre mère et votre Sauveur.
Le repentir qui rompt vos chaînes
En vous infuse la ferveur.

Aux jeunes Pupilles du quartier d'éducation.

Aimez Jésus, aimez Marie,
Orphelines de Nazareth ;
Car, si vous vivez de leur vie,
Votre bonheur sera parfait.

Sur l'air : *Je mets ma confiance.*

Après toi je soupire
Et la nuit et le jour,
Et mon plus doux martyre
Est le divin amour.
Que ta divine flamme
S'infuse dans mon cœur ;
Qu'elle brûle mon âme
Des feux de la ferveur.

Sans toi je ne puis vivre,
Ma vie est ton amour ;
Permets-moi de te suivre
Au céleste séjour.
Mon cœur vers toi s'élance
Avec un saint transport ;
Je vis de l'espérance
Que me donne la mort.

L'amour comme une chaîne,
Me lie à mon Jésus,
Et je sens qu'il m'entraîne
Vers lui de plus en plus.
Mon bonheur est extrême,
Je chante avec transport :
Jésus m'aime et je l'aime.
Déjà je suis au port.

Air nouveau.

Tu m'as ravie, ô Jésus, par tes charmes !
Tout hors de toi n'est, hélas ! que laideur ;
Mais ton amour a seul séché mes larmes,
Il a lavé les taches de mon cœur.

Daigne agréer pour moi de Madeleine
Le repentir que je t'offre en ce jour,
De mes péchés daigne briser la chaîne
Et dans mon cœur infuser ton amour.

J'ose t'offrir, ô Jésus ! par Marie,
Mon repentir et l'amour de mon cœur.
Que par la mort je parvienne à la vie ;
Qu'enfin, je meure et j'arrive au bonheur !

Sur l'air : *Le monde en vain, par ses biens et ses charmes.*

Tout mon bonheur, le soir quand je me couche,
Est de t'offrir les élans de mon cœur ;
La nuit encor je sens que par ma bouche
S'infuse en moi l'huile de la ferveur.

Toutes les nuits, pendant que je sommeille,
Je dors en paix ; je suis toute à Jésus.
Et le matin, si tôt que je m'éveille,
Je pense à lui, j'admire ses vertus.

Mon Dieu, mon Dieu, toi que j'aime et j'adore,
Viens à mon aide et sois mon protecteur !
L'enfer, jaloux, me tourmente et dévore ;
Il veut ravir le calme de mon cœur.

Sur l'air : *Un attrait vers Jésus nous entraîne.*

O Jésus, reçois mes sacrifices,
Mon bonheur est ton divin amour !
A l'autel je trouve mes délices.
Là, mille ans ne me sont qu'un seul jour.

O Jésus, mon unique espérance,
Mon trésor ma gloire et mon bonheur !
En toi seul je mets ma confiance,
Donne-moi de mourir de ferveur.

O Jésus, j'aime ton sanctuaire,
Et mon cœur t'aperçoit à l'autel !
Mon bonheur est toujours de te plaire,
Mon désir est de te voir au ciel.

O Jésus, mets fin à mon martyre !
Quelle croix que la croix de l'amour !
Après toi sans cesse je soupire,
Loin de toi je languis nuit et jour.

O Jésus, ô l'âme de mon âme !
O Jésus, l'amour de mes amours !
O Jésus, brûle-moi de ta flamme ;
Dans tes feux consume-moi toujours !

O Jésus, après toi je soupire !
Je le sens mon exil est cruel !
Loin de toi ma vie est un martyre,
Chaque instant me paraît éternel.

O Jésus, les tourments que j'endure
Tous les jours me font, hélas ! gémir.
Plus je t'aime et plus le temps me dure ;
Je me meurs de ne pouvoir mourir !

O Jésus, ma souffrance est extrême !
Je me sens toujours vivre et mourir.
Mon amour serait-il un problème ?
Viens, ô mort, couronne mon désir !

———————

Sur l'air : *Le monde en vain, par ses biens et ses charmes.*

Quel heureux sort ! Jésus est ma lumière.
Quel heureux sort ! Jésus guide mes pas.
Quel heureux sort ! Jésus se dit mon frère.
Quel heureux sort ! je combats ses combats.

Quel heureux sort ! Jésus est mon courage.
Quel heureux sort ! il couronne mes vœux.
Quel heureux sort ! j'entends son doux langage.
Quel heureux sort ! il me dit : Viens aux cieux.

Quel heureux sort ! mon bonheur est extrême.
Quel heureux sort ! Jésus est mon appui.
Quel heureux sort ! Jésus m'aime et je l'aime.
Quel heureux sort ! je suis toujours à lui.

Air nouveau.

Amour, amour, amour, amour,
Nous vivons au milieu des flammes.
Tu nous consumes nuit et jour
Et tu rends célestes nos âmes.
Quand serons-nous à l'éternel séjour,
Où nous verrons l'objet de notre amour ?

Amour, amour, amour, amour,
De tes feux tu brûles nos âmes ;
Tu les consumes nuit et jour ;
Dans tes ardeurs tu les enflammes.
Quand...

Amour, amour, amour, amour,
De nos cœurs fais un incendie.
Que les feux croissent nuit et jour
Avec la plus grande énergie.
Quand...

Amour, amour, amour, amour,
Ton amour est notre harmonie.
Nos cœurs te chantent nuit et jour,
Sur l'autel, dans l'Eucharistie.
Quand...

Amour, amour, amour, amour,
De nos cœurs bénis la prière,
Et sur les pécheurs nuit et jour
Déverse ta vive lumière.
Quand...

Sur l'air : *Un Dieu voulant se faire aimer*

L'amour divin brûle mon cœur,
Il est l'aliment de mon âme ;
Il infuse en moi la ferveur,
Il me consume de sa flamme.

Je t'aime, ô mon divin Jésus;
L'amour me transforme en toi-même.
Je veux t'aimer de plus en plus
Et te dire toujours : *Je t'aime.*

Je sens qu'à chaque instant du jour
Mon cœur ne tient plus à la terre ;
Il habite dans le séjour
Où l'on plaît sans jamais déplaire.
O Jésus, quel est mon bonheur !
A ton amour l'amour me lie,
Ton cœur de mon cœur est vainqueur;
Je ne vis plus que de ta vie !

Je suis l'enfant de l'Eternel.
Pourrais-je vivre en mercenaire ?
Je veux l'aimer, non pour le ciel,
Mais uniquement pour lui plaire.
Puisque de Dieu je suis l'enfant,
Puis-je me conduire en esclave ?
Non, je ne crains aucun tourment.
Au saint amour tout est suave.

Je n'ai pas besoin pour t'aimer
De menaces ni de promesses.
Amour, seul tu peux me charmer
Par tes attraits et tes caresses.
Ce n'est ni le ciel ni l'enfer
Qui me feront t'aimer ou craindre ;
C'est ton amour, Verbe fait chair,
Qui de sa chaîne a su m'étreindre.

L'amour divin fait mon tourment ;
Je souffre un douloureux martyre.
Mon cœur est d'amour si brûlant
Qu'un ange ne pourrait le dire.
Abrége, ô doux Jésus, mes jours,
Darde tes traits et que j'expire !
Vite viens, vole à mon secours,
Et fais cesser mon long martyre.

Sur l'air : *Quel est ce peuple plein d'orgueil ?*

Mon cœur est un foyer d'amour ;
Il est une immense fournaise.
C'est toi, Jésus, qui nuit et jour
Me rends une sainte Thérèse.
O quel bonheur, ô Dieu d'amour,
De pouvoir t'aimer nuit et jour ?

O Jésus, je t'offre mon cœur !
Ton amour est ma nourriture.
Je crois être, par ma ferveur,
Un autre saint Bonaventure.
O quel....

Dans mon exil, ô doux Jésus,
L'amour est mon unique vie !
Je veux t'aimer de plus en plus
Comme t'aimait sainte Eulalie.
O quel....

Je suis dans un foyer divin,
Et mon cœur est comme la flamme.
Je crois être saint Augustin
Par l'ardeur qui brûle mon âme.
O quel....

L'amour m'enivre de bonheur
Dans cette aimable Solitude.
Par les flammes de ma ferveur
Je crois être sainte Gertrude.
O quel....

Amour, tu règnes dans mon cœur,
Mon âme à tes lois est soumise ;
Je suis toujours dans la ferveur,
Semblable à saint François d'Assise.
O quel....

Sur l'air : *Je mets ma confiance.*

Je déplore sans cesse
Les écarts de mon cœur.
Le repentir me presse,
Je me meurs de douleur.
Tous les jours, dès l'aurore,
Je gémis devant Dieu.
Le remords me dévore
En tout temps en tout lieu.

Quelle faveur insigne,
Je suis à Nazareth !
Non, je ne suis pas digne
D'un aussi grand bienfait.
J'ai fui le noir repaire
Où gît la volupté.
Je veux désormais plaire
Au Dieu de pureté.

J'aime la Solitude
Et ses constants labeurs ;
J'apprends par mon étude
Quel est le prix des pleurs.
C'est pourquoi mes doux charmes
Sont, pendant mon exil,
De répandre des larmes
Et de fuir le péril.

Un vif trait de lumière
A dissillé mes yeux.
Aujourd'hui mon affaire
Est de penser aux cieux.
J'espère en toi, Marie ;
Prends pitié de mon sort.
Daigne, mère chérie,
M'assister à ma mort.

Sur l'air : *Que t'ai-je fait, Placide? réponds-moi.*

Un doux transport a pénétré mon cœur
Quand on m'a dit : Voici l'heure suprême.
Bientôt, bientôt, au palais du Seigneur,
Tes yeux verront celui que ton cœur aime.

Dans tes parvis, ô charmante cité,
Tout est bonheur ! Ton trône est immuable.
C'est pour toujours, c'est pour l'éternité !
A ce bonheur non rien n'est comparable.

Jérusalem, demeure des élus,
Ouvre au plus tôt tes portes éternelles.
Mon grand désir est d'être avec Jésus.
Amour divin, porte-moi sur tes ailes.

De toutes parts, en ce jour solennel,
Le vrai chrétien monte à ton sanctuaire,
Il te bénit au pied du saint autel,
Pleure d'amour et t'appelle son père.

Seigneur, au ciel, tes saints goûtent la paix ;
Ils sont assis sur des trônes de gloire ;
Ils sont heureux, ils le sont à jamais :
De ton amour ils chantent la victoire.

O l'heureux jour où, dans un saint transport,
Notre âme au ciel recevra sa couronne !
Viens, ô Jésus, viens fixe notre sort !
A ton amour notre cœur s'abandonne.

Air nouveau.

Grand Dieu, du haut des cieux souviens-toi de David,
Tu connais sa douceur, tu connais sa clémence.
   Bénis ses vœux ; déjà, par sa puissance, (*bis*)
Un temple dans Sion s'élève et se construit. (*bis*)

Dans ces lieux nous viendrons t'adorer, ô Seigneur !
Et là nous t'offrirons de ferventes prières.
   Nous l'espérons, touché de nos misères, (*bis*)
Tu seras à jamais notre consolateur. (*bis*).

O grand Dieu, te voilà dans ton propre repos !
Sion, vois dans ton sein l'arche de sa tendresse.
   En la voyant, pénétrés d'allégresse, (*bis*)
Tous, en chœur, nous chantons des cantiques nouveaux. (*b.*)

Que tes oints, ô Seigneur, brillent de sainteté ;
Que debout, à l'autel, ils t'offrent la victime,
   Et que, par eux délivrés de l'abîme, (*bis*) [(*bis*)
Nous montions pleins d'ardeur vers la sainte cité !

Tu l'as promis, grand Dieu, tu l'as même juré :
Un jour vous régnerez avec moi dans la gloire.
   Voici le temps où, sûrs de la victoire, (*bis*)
Nous défions l'enfer contre nous conjuré. (*bis*)

Quand pourrai-je, ô Sion, reçu dans tes parvis,
Des fleuves de l'amour goûter la douce ivresse,
   Et m'écrier, transporté d'allégresse : (*bis*)
C'est ici mon repos ; mes vœux sont accomplis ? (*b.*)

Sur l'air : *O digne objet de mes chants.*

Vous dont le cœur est amour,
Chantez Jésus nuit et jour.

Chantez-le, Nazaréennes ;
Seul il a brisé vos chaînes.
Il vous aime ; allez à lui,
Il est votre ferme appui.

Offrez à Dieu vos ferveurs
Et vos chants et vos labeurs.
Habitez son sanctuaire ;
Tâchez toujours de lui plaire.
Votre vie à Nazareth
Exprime votre regret.

Dans la nuit levez vos mains
Pour bénir le Saint des saints.
De Jésus suivez les traces,
Mettez à profit ses grâces.
Consacrez-lui votre cœur,
Mourez pour lui de ferveur.

O Jésus ! à Nazareth,
Bénis le pieux regret.
Auteur du ciel, de la terre,
Bénis notre sanctuaire,
Et qu'ici le repentir
Se consacre à te benir.

Air nouveau.

J'aime Jésus
Mon soutien et ma vie !
Monde trompeur, à toi je ne suis plus.
Assez longtemps je te fus asservie ;
Mais c'est fini, je suis du ciel chérie.
J'aime Jésus !

J'aime Jésus,
O quelle douce ivresse !
Je goûte ici le plaisir des élus.
O quel bonheur ! pour moi plus de tristesse !
Toujours transport et toujours allégresse,
J'aime Jésus !

J'aime Jésus,
Je veux l'aimer sans cesse ;
Je veux l'aimer toujours de plus en plus !
J'ai triomphé de ma propre faiblesse.
A Nazareth son amour vif me presse.
J'aime Jésus !

VOEUX D'UNE JEUNE ENFANT.

Air nouveau.

O Jésus, l'époux de mon cœur,
Veille sur mon enfance.
Déjà le démon en fureur
Ravit *(bis)* mon innocence.
O Jésus, témoin de mon inconstance ;
O Jésus, l'époux de mon cœur,
Veille sur mon enfance
Et sur (*bis*) mon innocence.

O Jésus, mon unique espoir,
A toi seul je me donne.
Grand Dieu ! quand pourrai-je me voir
Au ciel près de ton trône ?
O quel bonheur ! tu seras ma couronne !
O Jésus, mon unique espoir,
A toi seul je me donne !
Prends-moi près de ton trône.

O Vierge, ô Mère de Jésus,
Offre-lui ma prière !
Hélas ! je suis pauvre en vertus,
Mais je t'ai pour ma mère.
Quand verrai-je la fin de ma carrière !
O Vierge, ô Mère de Jésus !
Offre-lui ma prière
Et sois toujours ma mère.

VOEUX ENCORE D'UNE JEUNE ENFANT.

Air nouveau , ou *Je mets ma confiance.*

Jésus, vois ma misère.
Ah ! j'en frémis d'horreur !
Reçois l'humble prière
Que t'adresse mon cœur.
Veille sur mon enfance,
Confond mes ennemis, *(bis)*
Et de mon innocence
Je t'offrirai les lis. *(ter)*

Jésus, je m'abandonne
A tes soins paternels ;
Toute à toi je me donne
Aux pieds de tes autels.
O Jésus, ma richesse
Et mon souverain bien,
Partout de ma faiblesse
Tu seras le soutien.

Jésus, ô tendre père,
Daigne exaucer mes vœux ;
C'est en toi que j'espère.
Quand me verrai-je aux cieux ?
Vivre dans les alarmes,
Est-ce vivre, Seigneur ?
Le ciel seul a des charmes ;
Au ciel est le bonheur.

Jésus, dans ma misère,
Ouvre-moi Nazareth.
Ecoute ma prière,
Tu vois mon vif regret.
C'est dans ce sanctuaire,
Qu'aux pieds du saint autel,
Une main tutélaire
Me fera voir le ciel.

Sur l'air : *Un attrait vers Jésus nous entraîne.*

O Jésus, vrais charmes de mon âme,
Ton nom seul fait palpiter mon cœur !
Et dès lors je sens ta vive flamme
Me brûler des feux de la ferveur.

O Jésus, mes plus chères délices,
Je me meurs de désir de te voir.
De mon cœur bénis les sacrifices,
Dans le ciel couronne mon espoir.

O Jésus, sois toujours ma lumière
Et toujours daigne guider mes pas !
Un enfant ne peut, ô tendre père,
S'égarer se tenant dans tes bras.

O Jésus, toi seul en qui j'espère,
Loin de toi je languis nuit et jour !
Hâte-toi, mets fin à ma misère,
Place-moi dans l'éternel séjour.

Sur l'air : *Je mets ma confiance.*

O vous, âmes fidèles,
Servantes du Seigneur,
Soyez de vrais modèles
En regret, en ferveur.
Dans l'amour qui vous presse,
Bénissez le Seigneur ;
Exaltez sa tendresse,
Offrez lui votre ardeur.

La nuit, dans le silence,
Levez les mains au ciel ;

Pleines de confiance,
Invoquez l'Éternel.
Seigneur, Dieu débonnaire,
Bénis de Nazareth
Le pieux sanctuaire,
Ouvert au vif regret.

J'adore ta puissance,
O Dieu, sur le néant,
Et ton amour immense
Sur le cœur repentant.
En toi toujours j'espère,
Auteur de l'univers;
Bénis-moi, tendre père,
Par mille dons divers.

Imitation du TOUT de saint Jean de la Croix : *Montée du Carmel.*
Liv. I, chap. 13.

Air nouveau.

Le cœur qui goûte tout, ne goûte rien au monde;
De plus, pour savoir tout, il ne veut rien savoir,
Et pour tout posséder, il ne veut rien avoir;
Enfin, pour être tout, le néant le féconde.

Pour avoir le vrai goût ne cherchez pas le vôtre;
Pour apprendre, oubliez tout ce que vous savez;
Laissez, pour tout avoir, tout ce que vous avez,
Et, pour être un jour tout, vivez comme un apôtre.

Dès qu'on fixe un objet, le tout cesse de plaire;
On vient de tout au tout en méprisant le tout.
Quand vous aurez le tout, retenez-le partout;
Quand dans le tout on cherche, on montre sa misère.

Sur l'air : *Un attrait vers Jésus nous entraîne.*

Plusieurs fois dans la nuit je m'éveille,
Et toujours je pense à l'Eternel ;
Et Marie, alors que je sommeille,
M'apparaît et me parle du ciel.

Toute à Dieu lorsque le réveil sonne,
Je m'habille et je fais mon grabat.
A l'instant à Jésus je me donne
Et mon cœur se prépare au combat.

Tu me fais une faveur insigne
De pouvoir te prier, Dieu d'amour.
Prend pitié d'une servante indigne
Et bénis ses actes en ce jour.

Il est vrai, j'ai perdu l'innocence ;
Mais tu sais quel est mon repentir.
Daigne user envers moi d'indulgence ;
Tu le vois, je ne fais que gémir.

A ton sang mes yeux mêlent leurs larmes ;
Je voudrais même y mêler mon sang.
Ton amour me ravit par ses charmes ;
De ses feux, mon cœur est tout brûlant.

Quand je pense aux soucis de Marie ;
Aux labeurs manuels de Jésus,
Je travaille avec plus d'énergie ;
J'ai surtout plus à cœur leurs vertus.

Jésus vit dans un profond silence
Et s'occupe à de rudes labeurs ;
C'est ainsi que, par l'obéissance,
Il m'apprend à chérir mes sœurs.

O Jésus, tu priais avec zèle ;
Tu faisais de Dieu la volonté ;
Et toujours, à ses ordres fidèles,
Tu faisais preuve d'humilité.

Nuit et jour, ô divine Marie,
Pour Jésus tu brûles de ferveur,
Et Joseph, qui toujours te copie,
Fait de même et lui donne son cœur.

De Jésus la table était frugale,
Bien souvent il n'avait pas de pain.
Cependant, quoique nul ne l'égale,
De son père il bénissait la main.

Qu'il est beau de Jésus le cantique!
Il le chante ensemble avec Joseph;
L'harmonie est vraiment magnifique:
Il choisit saint Joseph pour son chef.

Tous les jours vers Jésus tout m'entraîne,
Car son cœur est un foyer d'amour.
De ses feux toute la terre est pleine;
Mon cœur seul serait-il sans retour?

J'aperçois dans le pieux ménage
Et Joseph et Marie et Jésus.
En priant ils prennent leur potage;
C'est ainsi qu'ils montrent leurs vertus.

Les plaisirs dont Jésus s'environne
Sont toujours des traits d'humilité;
Je dois donc, pour avoir la couronne,
Comme lui chérir la charité.

Tous les jours, Joseph dans sa boutique
Au travail s'exerce de ses mains.
Tout brûlant d'un amour séraphique,
Son cœur n'a que de motifs divins.

Ce grand saint se plaît à joindre ensemble,
La prière et du cœur et des bras.
Qu'en ferveur en tout je lui ressemble,
Et qu'enfin il m'assiste au trépas.

Aux leçons de sa divine mère,
L'enfant-Dieu se rend tout attentif ;
Son plaisir ensuite est de lui plaire,
Il s'est fait de son amour captif.

Qu'il est grand de Joseph le mérite !
C'est le fruit de ses rares vertus.
Je l'espère, en marchant à sa suite,
Je mourrai dans les bras de Jésus.

Tous les jours, en l'honneur de Marie,
Plusieurs fois je dis le chapelet,
Et je dis, d'amour toute ravie :
Mon bonheur est d'être à Nazareth.

A mon cœur, le beau nom de Marie
Est un chant plus que mélodieux ;
Je le chante, et sa belle harmonie
Me ravit et je crois être aux cieux.

Mes repas font voir la modestie ;
Je les prends sous les yeux de Jésus,
Et de plus, sous les yeux de Marie,
En pensant au bonheur des élus.

VIE DE LA FILLE DE MARIE DANS LA SOLITUDE DE NAZARETH.

Sur l'air : *Un attrait vers Jésus nous entraîne.*

Dans la nuit avant le lever.

Bien avant le lever de l'aurore,
Je consacre à Jésus mes amours.
Dans le jour je continue encore ;
Le soir vient, et mon cœur suit son cours.

Le Réveil.

Le matin, dès que la cloche sonne,
Je me signe et j'offre à Dieu mon cœur.
A Marie, ensuite je me donne ;
Sous leurs yeux je revêts la pudeur.

A la Chapelle.

Du dortoir, je vais à la chapelle ;
Je me mets à terre à deux genoux ;
Je la baise et je dis avec zèle :
Désormais Jésus est mon époux.

La Prière.

Je commence à l'instant ma prière
Et Jésus m'inspire la ferveur.
Le plaisir d'être en son sanctuaire
Me ravit de joie et de bonheur.

La Messe.

La prière est à peine finie,
Qu'à l'instant le prêtre est à l'autel ;
Par ses mains, Jésus se sacrifie ;
Son amour l'immole à l'Éternel.

Après la Messe.

Quand le prêtre a terminé la Messe,
Je me lève et je vais aux labeurs.
Je travaille, et, dans mon allégresse,
Je consacre à Jésus mes sueurs.

A l'Atelier.

Le silence au travail s'associe,
Et par là je suis toute à Jésus.
En lui seul je me perds, et, ravie,
Je me sens l'aimer de plus en plus.

L'Oraison.

Un élan vers Jésus me transporte
Quand je lis le sujet d'oraison,
Et dès lors, dans le ciel tout me porte.
Par la foi s'éclaire la raison.

Bénédiction de l'heure.

Chaque jour ma langue bénit l'heure
Et mon cœur sent un plaisir réel ;
C'est alors qu'oubliant ma demeure,
En esprit, je vole vers le ciel.

Le Déjeuner.

En priant, je vais au réfectoire
Et je prends le pain que j'ai béni.
Je reviens à mon laboratoire :
Le travail est un bien infini.

Le chant du matin.

Aussitôt commence l'harmonie ;
A ma voix s'unit toujours mon cœur.
Le travail au chant partout s'allie,
Nazareth n'est alors qu'un seul chœur.

A neuf heures.

Quand la cloche annonce le silence,
Le chant cesse et le calme est partout.
Pour Jésus l'amour est plus intense,
Et Marie en inspire le goût.

Le Dîner.

A midi je vais au réfectoire.
Je nourris mon esprit et mon corps.
L'Evangile est la voie à la gloire ;
Au travail le pain rend mes bras forts.

La Récréation.

Quand j'ai pris mon humble nourriture,
A la cour je vais me promener.
Mais, aimant toujours Dieu sans mesure,
Je me laisse à l'amour entraîner.

9

Après la récréation.

L'airain sonne, à l'instant tout jeu cesse ;
De l'ouvroir je ferme le vantail.
Et l'amour de Jésus, qui me presse,
Dans mes doigts active le travail.

Prière dans l'Atelier.

La prière est alors sur mes lèvres,
Et je sens qu'elle anime mes bras.
Si du vice, ô Jésus ! tu me sèvres,
Daigne encor couronner mon trépas.

A deux heures.

Tous les jours quand j'entends la lecture,
Je me sens dans des transports d'amour.
Ici-bas, ô que l'exil me dure !
Je languis dans ce triste séjour.

A quatre heures.

De Joseph je dis les litanies
Et je lis quelques conseils pieux.
Puis mon cœur reprend son harmonie,
Chants muets qui ravissent les cieux.

Le Chapelet.

Je récite ensuite le Rosaire,
Et Marie est alors dans mon cœur.
Oui, mon cœur est comme un sanctuaire
Où je brûle un encens de ferveur.

Chant du soir.

Par des chants où le cœur ravi prie,
Les accords sont dans tout Nazareth ;
Les refrains sont Jésus et Marie,
Refrains purs qu'inspire le regret.

La fin de la journée et le Souper.

L'airain tinte, et, dans notre parage,
Se finit la prière des bras.

A l'instant je serre mon ouvrage
Et je prends humblement mon repas.

Récréation.

Le souper terminé, je rends grâces
Et je vais à la cour m'amuser.
De nos Sœurs je marche sur les traces,
Et dès lors rien ne peut m'abuser.

Prière à Marie.

Mais avant je me donne à Marie;
Je lui voue et mes chants et mes jeux.
Je la chante et de plus je la prie
En faveur de tous les malheureux.

Prière du soir.

Au seul son de la cloche argentine,
Tout jeu cesse et je vais à l'autel.
Là, je sens qu'une force divine
Me transporte en esprit dans le ciel.

Après la prière.

Au signal, la prière finie,
Je me lève et je monte au dortoir.
Je m'endors sur le sein de Marie,
Pour demain revenir à l'ouvroir.

Résumé de la vie de la fille de Marie.

C'est ainsi que se passe ma vie,
Dans l'espoir qu'un jour, à Nazareth,
Je mourrai dans les bras de Marie,
Dans la paix, dans un bonheur parfait.

Sur l'air : *Nous qu'en ces lieux combla de ses bienfaits.*

Quand l'Eternel fit l'homme à son portrait
    Et qu'il forma tout ce beau monde,
Il dit : Je veux ; à l'instant tout fut fait ;
    Sa parole est riche et féconde.
Mais pour tirer l'homme de ses malheurs,
    Le Tout-Puissant, ô grand mystère !
Souffrit pour lui d'ineffables douleurs,
    Puis il mourut sur le Calvaire.

Quand du néant Dieu tira l'univers,
    Il agit seul et n'eut point d'aide ;
Il le para de mille objets divers.
    L'homme comme roi le possède ;
Mais pour régir et sauver le pécheur,
    Il s'associe en tout les prêtres.
Il donne à tous le titre de Sauveur,
    Ils sont dès-lors du ciel les maîtres,

Quand le mortel travaille à son salut,
    Il s'occupe d'un grand ouvrage ;
Mais pour atteindre à cet auguste but,
    Il lui faut un divin courage.
En se sauvant, l'homme fait cent fois plus
    Que s'il produisait mille mondes.
Il accomplit le dessein de Jésus
    Tant ses volontés sont fécondes.

Le Tout-Puissant, jaloux de notre cœur,
    Lutte contre notre malice ;
Il lutte encor contre l'esprit trompeur
    Et même contre sa justice.
Est-il amour semblable à ton amour ?
    Tu nous aimes plus que toi-même.
Pour notre bien tu combats nuit et jour,
    Vraiment ton amour est extrême.

Sur l'air : *Immortelle Sion de ton auguste enceinte.*

JÉSUS. Toi qui, par tes beautés, éclipses tes compagnes,
Toi qui ravis les cœurs, qui charmes les esprits,
Comment t'ignores-tu ? Plus belle que les lis,
L'AME De tes élans d'amour partout tu m'accompagnes.
FIDÈLE. Couronne, ô doux Jésus ! de mon âme les vœux,
Et ravive mon cœur de l'amour qui te presse ;
Qu'enfin, dans les hauteurs des cieux,
Je goûte ton ivresse.

JÉSUS. Sors, ma sœur, au plus tôt, sors de la nuit obscure,
L'astre brille à tes yeux, cours après mes troupeaux.
Autour de mon bercail, fais paître mes agneaux ;
L'AME Là, près de mes pasteurs, ils boiront une eau pure.
FIDÈLE. Couronne....

JÉSUS. Ton désir est ardent, bien plus, il est immense,
Tu brûles de me voir dans l'éternel séjour ;
Mais garde en attendant mes agneaux nuit et jour,
L'AME Et sois sûre à ta mort d'avoir la récompense.
FIDÈLE. Couronne...

Sur l'air : *Un fantôme brillant séduisit ma jeunesse.*

JÉSUS. Puisque je vois toujours ta grande négligence,
Et que je vois surtout que le péché te plaît,
Tu ne mérites pas de vivre à Nazareth.
'AME RE- Sors, sors de ce lieu saint, fuis loin de ma présence.
'NTANTE. Grâce, grâce, ô Jésus ! que vais-je devenir ?
Quelle est dure à mon cœur cette triste nouvelle ?
Laisse-toi t'émouvoir, tu vois mon repentir.
Ah ! consulte ton cœur, je te serai fidèle.

JÉSUS. Pourquoi tant abuser du secours de mes grâces?
Sors, sors de Nazareth, suis tes fades amours;
Cours après les démons, ces horribles vautours;
Ils te dévoreront au grand jour des disgrâces.

L'ame repentante. Ne suis-je pas, Jésus, l'objet de tes labeurs ?
Voudrais-tu pour toujours détruire ton ouvrage ?
Ah ! frappe, me voici ; sois sensible à mes pleurs ;
Mais ne me prive pas du céleste héritage.

Jésus. Je me rends à tes vœux, car mon cœur t'aime en-
Mais cesse de pécher et marche sur mes pas. [core ;
Si tel est ton désir, ne crains pas le trépas,

L'ame repentante. Déteste tes péchés, que ton cœur les déplore.
Prends ton calice amer, déverse-le sur moi ;
Je tremble à son aspect, mais il m'est salutaire ;
Ta main, en me frappant, réveillera ma foi.
Je te dirai toujours : *Merci, merci, mon père !*

Sur l'air : *Mon doux Jésus, enfin, voici le temps.*

La religieuse a sa compagne. J'entends frapper, j'entends même gémir ;
Le bruit redouble, ah ! quelqu'un doit souffrir.
Allons ma sœur, mais à l'instant,
Vers cette voix plaintive ;
Allons, ma sœur, mais à l'instant,
Vers cette voix plaintive
Qui gémit tant.

L'ame repentante. Pardon, mes sœurs, mon cœur est repentant ;
J'ai mérité l'éternel châtiment.
Ouvrez, ouvrez-moi Nazareth ;
Ouvrez, je vous en prie ;
Ouvrez, ouvrez-moi Nazareth.
Hélas ! j'ai de ma vie
Un vif regret.

La religieuse a sa compagne. N'est-ce pas là les cris du repentir ?
Je souffre, hélas ! j'entends son long soupir.
Mon cœur palpite de douleur,
Mon âme est attendrie ;

Mon cœur palpite de douleur,
A la voix qui nous crie :
Ouvrez, ma sœur !

LA FILLE
REPENTAN. Recevez-moi, mes sœurs, à Nazareth,
De l'ennemi j'ai rompu le filet ;
Daignez m'ouvrir, je n'en puis plus.
O que ma vie est sombre !
Daignez m'ouvrir, je n'en puis plus,
Daignez me mettre à l'ombre
LA RELIG. De vos vertus.
A LA FILLE
REPENTAN. Ma pauvre enfant, entrez à Nazareth ;
Ici le cœur est toujours satisfait.
Consolez-vous, ma chère enfant,
Séchez, séchez vos larmes ;
Consolez-vous, ma chère enfant,
Séchez, séchez vos larmes ;
Plus de tourment.
LA FILLE
REPENTAN. Mes chères sœurs, que mon bonheur est doux !
Vous me traitez comme une d'entre vous.
Vos lois seront toujours mes lois,
Vous serez mon modèle ;
Vos lois seront toujours mes lois,
Car je veux avec zèle
Porter ma croix.

Air nouveau.

L'AME
FIDÈLE. Que vais-je devenir? d'amour mon cœur se pâme !
Je me sens défaillir en proie à ma langueur ;
Je sens une céleste flamme
Me brûler nuit et jour de sa plus vive ardeur.
L'AMOUR
DIVIN. Tu te meurs, il est vrai, mais ton âme chérie
Se réveille à l'instant, et, sous une autre loi,
Tu vis une céleste vie ;
Car tu vis en Jésus et Jésus vit en toi.

L'ame
FIDÈLE. Vraiment, amour divin, je te vois admirable ;
Tu me perces de traits et tu me fais mourir.
    O que cette mort est aimable !
A l'instant je revis pour toujours te bénir.

    O prodige d'amour ! ô mystère indicible !
Tu t'immoles pour moi, pour moi tu veux mourir.
    A ton amour je suis sensible,
De ton amour je veux, nuit et jour, me nourir.

L'amour
DIVIN. Vos deux cœurs ne font plus qu'une seule et même
Plusieurs fois, mon enfant, je te l'ai déjà dit. [âme,
    Admire ce trait de flamme
Qui transperce vos cœurs et qui sur eux agit.

L'ame
FIDÈLE. Amour, ô tendre amour, amour vraiment mystique,
Ta flèche à chaque instant pénètre dans mon cœur,
    Et, par son ardeur séraphique,
Allume en moi des feux qui font tout mon bonheur.

L'amour
DIVIN. Vous n'avez à vous deux qu'une seule et même âme,
Ton âme est toute à lui, son âme est toute à toi,
    C'est moi qui toujours de ma flamme
Vous brûle de mes feux, vous vivez sous ma loi.

Sur l'air : *Je mets ma confiance.*

L'AME FIDÈLE.   Je dors, mais mon cœur veille,
    Il veille nuit et jour ;
    Mais est-ce une merveille ?
    Rien n'entrave l'amour.
    Je l'aime et le révère,
    Cet époux de mon cœur ;
    Lui seul est ma lumière
    Et mon parfait bonheur.

JÉSUS.   Ouvre-moi, je t'appelle,
    Ma colombe et ma sœur ;
    A moi viens avec zèle
    Et donne-moi ton cœur.

Viens, je frappe à ta porte ;
Viens m'ouvrir à l'instant.
L'amour qui me transporte
Me brûle constamment.

L'AME FIDÈLE. Je prête mon oreille,
J'entends mon bien-aimé ;
Il frappe, il me réveille ;
Mon cœur en est charmé.
Je me lève au plus vite
Et j'ouvre à mon époux.
Alors, toute interdite,
Je tombe à ses genoux.

Je suis, hélas ! confuse
De ton excès d'amour.
Dans mon cœur il s'infuse
A chaque instant du jour.
Ton amour est extrême ;
Je ne puis y tenir.
Je voudrais, Dieu que j'aime,
Pour toi d'amour mourir !

Fuyez, grandeurs mondaines,
Vos charmes sont trompeurs.
Fuyez, voluptés vaines,
J'abhorre vos douceurs.
Après toi je soupire,
O mon divin époux !
T'aimer fait mon martyre,
Mais rien ne m'est si doux.

Air nouveau.

L'AME
FIDÈLE. Je te cherche partout, ô tendre époux que j'aime !
Mon cœur languit d'amour. Puis-je vivre sans toi?
Tu ne l'ignores pas, ton amour est ma loi.
Je t'aime, tu le sais, mon ardeur est extrême.

JÉSUS. Je suis tout près de toi, ma chère et tendre épouse;
Je suis tout en ton cœur; là, je fais mon séjour,
Et de ton cœur aimant j'alimente l'amour.
Mon âme de ton âme est nuit et jour jalouse.

L'AME
FIDÈLE. Mais d'où vient, ô Jésus, que l'enfer m'environne;
Qu'il m'attaque sans cesse à chaque instant du jour;
Qu'il veuille de mon cœur enlever ton amour?
Que vais-je devenir? De frayeur je frissonne.

JÉSUS. Que crains-tu, chère épouse? Ah! calme tes alarmes!
Ne suis-je pas toujours le Dieu puissant et fort,
Le vainqueur de l'enfer, le vainqueur de la mort?
Modère tes frayeurs, sèche, sèche tes larmes.

L'AME
FIDÈLE. Sois béni, cher époux, mon cœur, enfin, respire.
Oh! non, je ne crains plus; n'es-tu pas mon soutien?
N'es-tu pas mon trésor et mon unique bien?
Je te suivrai partout; après toi je soupire.

Air nouveau.

JÉSUS. Oh! quelle est ta beauté, Mère tendre et chérie!
J'aime à le répéter: oh! quelle est ta beauté!
L'éclat en est si vif que, mon âme ravie,
Se plaît à contempler ta douce aménité.

MARIE.   Si je fais tes délices,
Auteur des beautés de mon cœur,
De mon cœur reçois les prémices,
T'aimer toujours fait mon bonheur.

JÉSUS. La beauté de ton cœur, de mon cœur les délices,
Sur l'aile de l'amour te porte dans mon cœur;
Et là, de tes ardeurs tu m'offres les prémices,
Et tu lances vers moi les traits de ta ferveur.

MARIE.   Si je fais...

JÉSUS. La première beauté qu'en toi mon cœur admire,
Est, je le dis à tous, ta grande humilité.

Partout où je la vois, cette vertu m'attire ;
Son nom est glorieux ; il est la vérité.

MARIE.　　　Si je fais...

JÉSUS. La seconde beauté qui dilate mon âme,
Est le lis de ton cœur, la belle pureté.
Tes yeux sont si perçants et si remplis de flamme,
Qu'ils sont toujours fixés sur ma divinité.

MARIE.　　　Si je fais...

JÉSUS. La troisième beauté dont la rose est le type,
Est le divin amour, l'aimable charité,　　　[cipe
Qui de tes saints transports est toujours le prin-
Et qui te donne droit à l'immortalité.

MARIE.　　　Si je fais...

JÉSUS. Tous les jours tes beautés prennent un nouveau
Mon cœur en est ravi, les fixe avec amour. [lustre;
Non, il n'est rien en toi que de noble et d'illustre ;
Croîts sans cesse en beautés jusqu'à ton dernier jour.

MARIE.　　　Si je fais...

─────────

Sur l'air : *Sur les fleuves de Babylone.*

JÉSUS.　　　Tu m'as blessé, chose inouïe !
Par un regard de ton œil vif,
Et ton amour, plein d'énergie,
De ton cœur m'a fait le captif.
Je suis content de la blessure ;
Elle me plaît, je la chéris.
Oui, ton amour est sans mesure,
Dans ton cœur brûlant je le lis.

L'AME FIDÈLE.　　O doux Jésus ! cette blessure,
Qui de joie inonde ton cœur,
Me réjouit et me rassure,
Excite toujours ma ferveur.
Je veux de plus en plus te plaire ;
Par conséquent, toujours t'aimer.
Fais de mon cœur un sanctuaire
Digne toujours de te charmer.

Jésus. De mon amour je suis victime ;
Je te le prouve chaque jour.
N'es-tu pas de mon cœur l'intime
Et l'objet de tout mon amour?
Ouvre ton cœur à ma tendresse ;
Non, je ne puis vivre sans toi.
Ah ! tu le sais, l'amour me presse ;
Ouvre, je suis ton divin roi.

L'ame Mon bonheur, ô Dieu de tendresse,
fidèle. Est de te plaire nuit et jour
Et de te retenir sans cesse
Par les transports de mon amour.
Vers toi nuit et jour je soupire ;
Viens au plus tôt, viens dans mon cœur.
Ah ! fais cesser mon long martyre,
Et que je meure de ferveur.

Jésus. De ton cœur je frappe à la porte ;
Ouvre-moi, je veux t'enrichir.
L'amour qui, pour toi, me transporte,
Pour ton salut me fait mourir.
Cette mort, qui fait mes délices,
Montre à ton cœur tout mon amour ;
Presse mes pas : Quels sacrifices
Te coûteraient-ils en retour ?

L'ame Puisque pour moi l'amour te presse,
fidèle. Et que pour moi tu veux mourir,
Je veux aussi, Dieu de tendresse,
Ne vivre que pour te servir.
Oh ! que n'ai-je un cœur tout de flamme
Pour te l'offrir à chaque instant !
Que ton amour brûle mon âme ;
Dès lors mon cœur sera content.

Sur l'air : *Le monde en vain, par ses biens et ses charmes.*

LA NAZA- | Le souvenir de mes affreux désordres
RÉENNE. | Navre mon cœur d'un déchirant regret.
Parle, Seigneur, intime-moi tes ordres ;
A t'obéir mon cœur est déjà prêt.

JÉSUS. | Ton repentir me plaît, Nazaréenne ;
Mais toutefois laisse couler tes pleurs.
Ils ont rompu de tes péchés la chaîne,
Et tu ressens mes divines faveurs.

LA NAZA- | Je pleure, hélas ! je pleurerai sans cesse ;
RÉENNE. | Un vif regret s'est fixé dans mon cœur.
Par un effet de l'amour qui te presse,
Daigne, ô Jésus, adoucir ma douleur.

JÉSUS. | Tous tes péchés, comme à la Madeleine,
Te sont remis par ton excès d'amour.
Console-toi, l'amour vers moi t'emmène,
Ne pèche plus, sois à moi sans retour.

LA NAZA- | Merci, Seigneur, soutiens mon énergie.
RÉENNE. | Ah ! c'en est fait ; je veux t'aimer toujours.
Viens à mon aide, ô divine Marie,
Offre à Jésus de mon cœur les amours.

Sur l'air : *O doux Jésus tout languissant d'amour.*

JÉSUS. | Je veux parler, chère épouse, à ton cœur.
Viens au plus tôt, viens dans la Solitude.
Là, loin du monde, on goûte le bonheur,
Et des vertus on se forme à l'étude.

L'AME | O doux Jésus, je viens avec transport ;
FIDÈLE. | Parle à mon cœur, me voici, je t'écoute.
Je te suivrai partout jusqu'à la mort.
Pour t'obéir il n'est rien qui me coûte.

Jésus.   Ferme les yeux au monde séducteur.
Le vain éclat, hélas! qui l'environne
Porte la mort dans l'esprit, dans le cœur.
Fuis ce danger; viens, à toi je me donne.

L'ame
fidèle.   Ah! c'est assez, ô cher et tendre époux,
De ton amour je sens la douce ivresse.
Tu veux mon cœur, ton cœur en est jaloux;
Il est à toi, j'en suis dans l'allégresse.

Sur l'air : *Heureux le cœur fidèle.*

L'infortunée   Ma misère est extrême;
a Marie.   Elle me fait horreur.
Tout me dit anathème,
Dieu, le monde et mon cœur.
O Marie, ô ma mère,
Tu connais mes malheurs.
Je veux enfin te plaire,
Fais cesser mes horreurs.

Le monde me rebute,
Tout en moi lui déplaît.
A mes ennuis en butte,
Je cours à Nazareth.
Tout me tient à sa porte,
La faim, la soif, le froid;
L'indigence m'escorte,
Mon cœur est à l'étroit.

L'infortunée   Ouvre-moi ton asile,
a la religieuse.   Daigne briser mes fers;
Je ne vois dans la ville
Que mille maux divers.
Couvre-moi de ta robe,
Cache ma nudité,
Et dès le point de l'aube,
Montre ta charité.

LA RELIGIEUSE Ma douleur est extrême ;
A L'INFORTUNÉE. O quel poids pour mon cœur !
Viens, ma fille, je t'aime !
Modère ta frayeur.
A l'aspect de tes chaînes,
Mes yeux versent des pleurs.
Tes peines sont mes peines,
Tes douleurs mes douleurs.

Sois sans inquiétude ;
Viens, entre à Nazareth.
Dans cette solitude,
Le cœur est satisfait.
Prends notre nourriture
Et travaille avec nous,
Et de ton âme pure
Le ciel sera jaloux.

L'INFORTUNÉE. Ma joie est infinie,
Je suis hors du danger ;
Je suis près de Marie ;
Je ne saurais changer.
LA RELIGIEUSE. Glorifions ensemble
Notre divin Sauveur.
Son amour nous rassemble ;
Pour nous quel grand bonheur !

SIX FILLES AU-DESSOUS DE 10 ANS, A MARIE.

Sur l'air : *Toi dont la puissance infinie.*

ENSEMBLE. Sèche nos pleurs, tendre Marie,
Sois sensible à tous nos malheurs.
Daigne, daigne, ô Mère chérie,
Nous entourer de tes faveurs.
Prends pitié de nous, bonne Mère,
Ne sommes-nous pas tes enfants ?
Ouvre à nos vœux un sanctuaire,
Mets à l'abri nos jeunes ans.

ANNE. Je suis, moi, sans père et sans mère ;
Je pleure, hélas! encor leur mort.
Ah! que ma douleur est amère,
J'ignore quel sera mon sort !

LOUISE. J'ai, moi, les auteurs de ma vie ;
Mais leur projet me fait horreur :
Par la plus affreuse infamie,
Ils veulent vendre ma pudeur.

JEANNE. Et moi, j'ai bien encor mon père,
Mais avec lui quel grand danger ?
Sa vie, hélas! est si légère,
Que je crains toujours de changer.

ROSE. Pour moi, ma mère est bien en vie,
Mais puis-je, hélas! ne pas gémir ?
Au vice elle me sacrifie.
Mort! viens, couronne mon désir.

MARIE. Moi je suis pauvre et mendiante,
Sans toit, sans parents, sans amis.
Mon jeune âge et ma vie errante
Me plongent dans de noirs soucis.

AGATHE. Et moi le remords me dévore ;
Ma vie, hélas! fait mon tourment,
Et cependant il faut encore
Que mon cœur reste impénitent.

ENSEMBLE. Daigne, ò Marie, ò tendre Mère,
Nous choisir un cœur généreux.
Qui, dans notre exil sur la terre,
Dirige nos pas vers les cieux.
Tu sais quelle est notre faiblesse,
Vole, vole à notre secours ;
Bannis de nos cœurs la tristesse
Aujourd'hui, demain et toujours.

Ton cœur aimant, ò tendre Mère,
D'espoir fait palpiter nos cœurs.
Tu vois notre extrême misère,
Daigne obvier à nos malheurs.

Qu'un toit, n'importe bien minime,
Couronne au plus tôt nos désirs;
Arrache à l'enfer sa victime,
Mets un terme à nos longs soupirs.

———

Sur l'air : *Heureux le cœur fidèle.*

JÉSUS. Viens, accours, je t'appelle,
Je mets fin à tes maux.
Viens, accours avec zèle,
Entre dans mon repos.
Viens, que ma main couronne
Ta longanimité,
Et que je t'environne
De ma félicité.

L'AME
FIDÈLE. Je t'aime, ô divin maître,
Et la nuit et le jour;
Mais comment reconnaître
L'excès de ton amour?
Je ne suis que faiblesse,
Ah! que puis-je t'offrir?
Je te dirai sans cesse :
Ou souffrir ou mourir !

JÉSUS. Ce désir de ton âme
Me plaît, me réjouit.
Plus ce désir s'enflamme,
Et plus il me ravit.
Viens, entre dans ma gloire,
Jouis de mon bonheur,
Et chante ta victoire
Sur le monde trompeur.

L'AME
FIDÈLE. Il est vrai, pour te plaire,
J'ai souffert les mépris,
La douleur, la misère
Et des maux inouïs.

Tu veux, en récompense,
M'admettre dans les cieux,
Me prouver ta clémence
Et couronner mes vœux.

Jésus.   Quitte ta Solitude,
Objet de ton amour.
Viens avec promptitude
Au céleste séjour.
L'ame fidèle. O flamme de ma flamme,
Je viens avec transport,
Sois l'âme de mon âme
Et ma vie à la mort.

———

Sur l'air : *Chère jeunesse en qui pour l'harmonie.*

Jésus.   L'amour divin, qui de ses feux t'enflamme,
De plus en plus m'unit, me lie à toi ;
Dans ses ardeurs entretiens ta belle âme,
Et vis toujours sous mon aimable loi.

L'ame
fidèle.   O doux Jésus, tu formes dans mon âme
Ces vifs élans qui ravissent mon cœur !
De plus en plus ton amour les enflamme ;
Dans ton amour je trouve mon bonheur.

Jésus.   Ton cœur me plaît, j'y trouve mes délices,
C'est un jardin semé de belles fleurs.
Avec plaisir j'en reçois les prémices,
Quand, le matin, tu m'offres tes ferveurs.

L'ame
fidèle.   Si de mon cœur tu reçois les prémices,
Quand, le matin, je t'offre mes amours,
N'est-ce pas toi, source de mes délices,
Qui les fais naître en mon cœur tous les jours ?

Jésus.   Nazaréenne à ma voix sois fidèle ;
Je fixerai mon amour dans ton cœur,
Et, tous les jours, enchanté de ton zèle,
J'enrichirai ton âme de ferveur.

O doux Jésus, que n'ai-je plus de zèle,
Pour te fixer par l'amour dans mon cœur !
Je te serai désormais plus fidèle,
Et te servir fera tout mon bonheur.

Air nouveau.

L'AME
FIDÈLE. Qu'est devenu mon cœur? Amour, je le réclame;
C'est toi qui me l'as pris. Hélas ! qu'en as-tu fait?
Amour, rends-moi mon cœur; je le veux tout de flamme,
Je le veux tout brûlant, rends-le tel qu'il était.
Pleurez, mes yeux, pleurez toujours,
L'unique et tendre objet de mes chastes amours.

L'AMOUR
DIVIN. Et pourquoi te plains-tu? Je rends avec usure;
Je n'ai pris qu'un seul cœur, je veux t'en rendre deux:
Le cœur du bon Jésus, qui t'aime sans mesure,
Et le tien, plus fervent, par l'ardeur de ses feux.
Digne amante, console-toi,
Ton cœur est à jamais au cœur du divin Roi.

L'AME
FIDÈLE. Ah ! s'il en est ainsi, daigne tarir mes larmes;
Hélas ! je n'en puis plus, je me meurs de douleur.
Sois sensible à mes pleurs, mets fin à mes alarmes,
Et renouvelle en moi la première ferveur.
Pleurez....

L'AMOUR
DIVIN. Sèche, sèche tes pleurs; dans l'amour qui te presse,
Ne reconnais-tu pas qui possède ton cœur?
Je te l'ai déjà dit, c'est le Dieu de tendresse,
Ton Jésus, ton époux, ton aimable Sauveur.
Digne amante....

L'AME
FIDÈLE. Je te bénis, amour; ah ! continue encore. [sus;
Prends mon cœur, je le veux, donne-le au bon Jé-
De tes feux tous les jours, ô grand Dieu que j'adore,
Daigne embraser mon cœur, l'orner de tes vertus.
Je suis au comble du bonheur,
Je suis toute à Jésus; il possède mon cœur.

L'AMOUR DIVIN. Non, non, ne pleure plus. Ce cœur que tu réclames,
L'amour te le rendra tout embrasé d'amour ;
Et dès lors tout en feu, comme un faisceau de flam-
Ton cœur s'envolera dans l'éternel séjour.　[mes,
　Digne amante....

L'AME FIDÈLE. Amour, amour, jouis de ses divines flammes,
Au moyen de mon cœur, entre bien dans son cœur,
Et puise dans le sien, pour verser dans les âmes,
Les feux qui, tous les jours, inspirent la ferveur.
　Je suis...

———

Sur l'air : *Diou miséricordious.*

JÉSUS. 　Viens, ma sœur, à l'instant,
　　Viens tout gaîment,
　　Viens, je t'appelle ;
　Fuis les monts d'Amana,
　De Sanir et d'Herma,
L'AME RE- Fuis, fuis ces lieux d'horreur, à ma voix sois fidèle.
PENTANTE. A toi, Jésus, je viens ; Jésus, je viens ;
Jésus, je viens. Ah ! brise mes liens.

JÉSUS. 　Fuis, ma sœur, fuis bien loin,
　　Fuis avec soin
　　Le noir repaire
　Des lions furieux,
　Des léopards affreux ;
Fuis le monde pervers, viens dans mon sanctuaire.
L'AME. A toi, Jésus...

JÉSUS. 　Viens, viens à Nazareth,
　　Qu'un vif regret
　　Brise tes chaînes ;
　Et bientôt à l'autel,
　Puis à la mort, au ciel
Je saurai couronner tes labeurs et tes peines.
　A toi, Jésus...

———

Air nouveau.

JÉSUS. Ta voix me réjouit, ô vierge pure et sage ;
Tu ne sais que parler des feux du saint amour.
Agis ainsi toujours, et ton riche héritage
            Sera le céleste séjour.

L'AME
FIDÈLE. Jésus, parle à mon cœur, il t'écoute en silence ;
Il t'écoute sans cesse et le jour et la nuit.
Ton langage toujours me prouve ta présence,
            Et toujours j'en goûte le fruit.

JÉSUS. Puisque ton cœur m'écoute, âme sainte et chérie ;
Tu connais mon désir, je te l'ai dit souvent.
Viens, viens au saint autel, reçois l'Eucharistie,
            C'est mon auguste sacrement.

L'AME
FIDÈLE. Que tes accents sont doux ! ils ravissent l'oreille,
Ils éclairent l'esprit, ils embrasent le cœur,
Ils inondent de joie. O l'aimable merveille !
            Je suis déjà dans le bonheur.

JÉSUS. Tes doux gémissements, tes soupirs ineffables
Et ces cris amoureux que produit ta ferveur,
Sont toujours pour mon cœur des concerts agréa-
            Qui toujours ravissent mon cœur.   [bles

Air nouveau.

JÉSUS
A MARIE. Tes élans amoureux, tes transports de tendresse,
M'attirent par amour, ô vierge, dans ton sein ;
C'est là que je revêts pour tout le genre humain
Et la nature humaine et sa grande faiblesse.

MARIE. Amour divin, plus actif que la flamme,
Viens m'embraser de tes vives ardeurs ;
Viens couronner le désir de mon âme,
M'associer à tes grandes douleurs.

Jésus. Quand je vins dans ton cœur, ô vierge toujours pure,
Ton accueil me plût tant, tu m'offris tant d'amour,
Que, pour me procurer ce plaisir chaque jour,
J'ai voulu te donner ma chair en nourriture.
Marie. Amour divin.....

Jésus. Ton cœur brûlant d'amour fait toutes mes délices,
Et mon plus grand plaisir est d'y venir souvent ;
Celui qui, comme toi, me reçoit dignement
N'a pas à redouter de l'enfer les supplices.
Marie. Amour divin.....

Jésus. Admire tous les jours l'ineffable mystère.
Ce que jamais mortel ne pourra concevoir,
Je n'ai, pour l'opérer, besoin que de vouloir ;
Ainsi puis-je en ton sein revenir tendre mère.
Marie. Amour divin.....

Jésus. Tout en toi me ravit, mère tendre et chérie,
Sans parler des beautés de ton cœur tout amour,
Qui sont pour les élus, dans l'éternel séjour,
Un sujet d'admirer ma grandeur infinie.
Marie. Amour divin.....

Jésus. Sans parler des beautés dont ton âme est ornée,
Tu brilles d'un éclat qui ravit tous les cœurs,
Les anges étonnés admirent tes splendeurs,
De guirlandes de fleurs ta tête est couronnée.
Marie. Amour divin.....

Jésus. Je me plais dans ton cœur tout embelli de roses,
Types du saint amour qui consume ton cœur,
Cultive tous les jours cette charmante fleur.
Oui, tout en toi me plaît, même quand tu reposes.
Marie. Amour divin.....

Jésus. Ta belle pureté, cette vertu des anges,
Brille de son éclat, les cieux en sont ravis ;
Elle fait de ton cœur un nouveau paradis.
Tu remplis tous les cœurs de plus belles louanges.
Marie. Amour divin.....

Air nouveau.

JÉSUS
A MARIE. De tes vifs traits d'amour, ô divine Marie,
    Tu m'as blessé, mais c'est au cœur.
Dans tes yeux ravissants, mère tendre et chérie,
    Je vois les feux de la ferveur.
    Combien tu me plais, ô Marie !
    Je t'aime et la nuit et le jour ;
    Ton âme est pleine d'énergie,
    Et ton cœur est brûlant d'amour !

ES FIDÈL.   Offrons à l'auguste Marie
    De nos cœurs les vives ardeurs ;
    Imitons du ciel l'harmonie,
    Avec lui chantons ses grandeurs.

JÉSUS. Je découvre en ton cœur un trésor de tendresse ;
    Tu n'agis jamais que pour moi ;
Car ton plus grand bonheur, dans l'ardeur qui te
    Est d'observer toujours ma loi.   [presse,
    Ton amour n'est pas un problème,
    M'aimer fait ton plus grand plaisir,
    Et pour moi t'oublier toi-même
LES AMES   Est de ton cœur le seul désir.
FIDÈLES.   Offrons.....

JÉSUS. Tout en toi me ravit, Mère tendre et chérie,
    Tu n'agis que pour mon amour.
Oui, tout ce que tu fais, ton cœur le vivifie,
    Et ton cœur m'aime sans retour.
    L'aimable beauté de ton âme
    Paraît sur ton extérieur ;
    Tes élans sont des traits de flamme
    Qui blessent vivement mon cœur.
LES AMES   Chantons de l'auguste Marie
FIDÈLES.   Et les beautés et les grandeurs,
    Imitons du ciel l'harmonie,
    Faisons éclater nos ardeurs.

Sur l'air : *Par les chants les plus magnifiques.*

Jésus. Entends ma voix, Nazaréenne,
Je te parle au fond de ton cœur.
Mon amour qui brise ta chaîne
T'inspire de plus la ferveur.
Heureux si, jaloux de me plaire,
Ton cœur fait toujours des efforts !
Au ciel dans le sein de mon Père
Tu goûteras de doux transports.

Veille, ma fille, sur ton âme ;
Daigne en prendre le plus grand soin.
Que l'amour divin par sa flamme
Repousse l'ennemi bien loin.
Satan s'agite avec furie,
Il voudrait envahir ton cœur.
Mais ne crains rien, âme chérie,
Je suis de l'enfer le vainqueur.

La Naz. O quel bonheur, Dieu débonnaire !
Me voici par ta grâce au port ;
A l'abri dans ce sanctuaire,
Non, non, je ne crains pas la mort.
O bienheureuse pénitence,
Qui convertis la boue en or!
Tu seras par ton influence
De mon cœur le riche trésor.

Air nouveau.

Jésus. Bien des chrétiens prêchent mon évangile,
Mais leurs motifs sont-ils dignes de moi ?
Hélas! souvent une idole fragile
Les fait faillir, en publiant ma loi.

L'AME O doux Jésus, seul auteur de mon être,
FIDÈLE. Pour moi, je t'offre et ma langue et mon cœur !
   Pour te bénir et te faire connaître,
   Je suis tout zèle et je suis tout ardeur.

JÉSUS. Les beaux discours sans la beauté de l'âme
   Ne font, hélas ! que contenter l'esprit ;
   Mais quand l'amour de ses feux les enflamme,
   Ils vont au cœur, ils produisent leur fruit.
L'AME FID. O doux Jésus.....

JÉSUS. A quoi leur sert d'annoncer mes oracles,
   Si l'intérêt inspire leurs accents,
   Et si l'orgueil, toujours riche en obstacles,
   Est le moteur de tous leurs mouvements ?
L'AME FID. O doux Jésus.....

———

Sur l'air : *Permettez qu'avec franchise.*

UNE RELIG. Le bruit qu'on fait à la porte
   Me transporte ;
   Je vais à l'instant ouvrir.
   C'est peut-être quelque fille
   Sans famille
   Qui ne cesse de gémir.

UNE PÉCHER. Je suis une malheureuse,
   Bien honteuse ;
   J'ai forfait à mon honneur.
   Tout, hélas ! en moi me crie
   Que ma vie
   N'est qu'un abîme d'horreur.

LA RELIG. Courage, Mademoiselle,
   Votre zèle
   Pour venir à Nazareth
   M'assure déjà d'avance
   De l'urgence
   De votre profond regret.

10

LA PÉCHER. La cause de mes alarmes,
De mes larmes,
Et de tous mes grands malheurs,
C'est de n'avoir pas mon père,
Ni ma mère,
Ni proches, ni protecteurs.

Non, personne ne peut croire
A l'histoire
Des mes amours criminels ;
J'ai fait partout des victimes
Par mes crimes,
Dans tous les rangs des mortels.

Je courrais de ville en ville,
Toujours vile
Dans mes désordres affreux ;
Victimant avec adresse,
La jeunesse,
Par mes accents doucereux.

Je trompais, par mon langage,
Le jeune âge,
Encor brillant de pudeur ;
Et par mes douces caresses
Et promesses
Je triomphais de leur cœur.

LA RELIG. C'est assez, ma chère fille,
La foi brille,
Vous voyez la vérité.
Entrez dans notre refuge
Vicifuge
Et voie à la sainteté.

LA PÉCHER. Vous voulez que dès cette heure
Je demeure
Avec vous à Nazareth ;
J'y veux vivre en pénitente,
Dans l'attente
De mourir d'un vif regret.

J'invoque avec confiance
L'influence
De l'étoile de la mer.
Je sens qu'elle rompt la chaîne
Qui m'enchaîne
Au plus profond de l'enfer.

Je t'en conjure, ô Marie,
O ma vie !
Daigne me conduire au port.
N'es-tu pas ici mon guide,
Mon égide ?
Non, je ne crains pas la mort.

Sur l'air : *Je suis enfin résolu.*

LA CONVERTIE. Je chéris l'humilité,
Et je hais la vanité.
L'une mène à la patrie,
L'autre à l'abîme éternel.
A ton exemple, ô Marie !
Je marche droit vers le ciel.

Mon cœur, dans un saint transport,
Demande à rentrer au port.
C'en est fait, monde perfide,
Mon cœur est tout à Jésus.
Je marche d'un pas solide
Dans la route des élus.

Je me jette à tes genoux,
De mon salut sois jaloux.
Je suis, Jésus, repentante ;
Le regret est dans mon cœur ;
Je veux être pénitente,
Pour toi mourir de douleur.

JÉSUS. Entre vite à Nazareth,
Ton vif repentir me plaît ;
Embrasse la pénitence,
Et travaille avec ardeur,

Supplée à ton innocence
Par une extrême douleur.

Ne crains pas, ma chère enfant,
Car ton repentir est grand.
Que ton amour te rassure
Contre les cris du vautour;
Ton cœur m'aime sans mesure,
Tu voudrais mourir d'amour.

Viens, ma fille, viens au ciel,
En t'approchant de l'autel.
Riche de l'Eucharistie,
Quitte ce monde trompeur;
Viens dans la cité chérie
Y jouir de mon bonheur.

Sur l'air : *Un Dieu voulait se faire aimer.*

Amour, ô Jésus, mon amour,
Couronne les vœux de mon âme!
Mes désirs croissent nuit et jour;
Ils sont ardents comme la flamme.
Amour, mon cœur languit d'amour,
Il brûle d'un amour sincère;
Il ne soupire nuit et jour
Qu'après ton amour qui l'éclaire.

Amour, ô Jésus, mon amour!
Tu me fais sortir de moi-même,
Et tu me fixes nuit et jour
Dans tes feux consumants que j'aime.
De mon cœur l'amour est vainqueur :
Par lui mon âme est plus aimante;
Elle est un foyer de ferveur,
Elle est déjà toute brûlante.

Amour, ô Jésus, mon amour!
Tu me blesses d'un trait de flamme!
Je porte ce trait nuit et jour
Et dans mon cœur et dans mon âme.

Je souffre un martyre d'amour,
Et l'amour en est le principe.
O quand, au céleste séjour
Mon cœur verra son prototype !

Amour, ô Jésus, mon amour !
Je ressens l'ardeur de ta flamme.
Elle pénètre nuit et jour
Jusque dans le fond de mon âme.
L'amour ravit toujours mon cœur,
De tous côtés j'en vois l'emblème ;
Je sens enfin que la ferveur
N'est plus à mon cœur un problème.

Amour, ô Jésus, mon amour !
Je n'aime que toi sur la terre,
Et je veux t'aimer nuit et jour ;
Tout le reste n'est que misère.
Que l'avare aime ses trésors ;
Le sensuel, ses jouissances ;
L'orgueilleux, ses pompeux dehors,
Moi, je n'aime que tes souffrances.

Amour, ô Jésus, mon amour !
Allume tes feux dans mon âme,
Et qu'ils me brûlent nuit et jour.
Ah ! que ne puis-je être tout flamme !
Amour, amour ne tarde plus ;
Exauce au plus tôt ma prière.
Quand te verrai-je, ô doux Jésus,
Au ciel, dans ton vrai sanctuaire ?

Amour, ô Jésus, mon amour !
Amour, sans toi je ne puis vivre !
Amour, brûle-moi nuit et jour ;
Amour, partout je veux te suivre.
Je veux te suivre, amour, amour,
Jusques au sommet du Calvaire ;
Je veux être à toi nuit et jour
Et vivre dans ton sanctuaire.

Amour, ô Jésus, mon amour !
De tes feux puis-je me défendre ?
Tes feux me brûlent nuit et jour
Sans que je puisse te comprendre.
Amour, ô quel excès d'amour !
Pour toi je souffre le martyre ;
D'amour je me meurs chaque jour,
Et pourtant d'amour je respire.

Amour, ô Jésus, mon amour !
Tu t'agites comme la flamme ;
Tu ne t'agites nuit et jour
Que pour le salut de mon âme.
L'amour me fixe dans ton cœur,
L'amour te fixe dans mon âme.
L'amour de nous deux est vainqueur,
Il nous tient tous deux dans sa flamme.

Amour, ô Jésus, mon amour !
L'amour, qui t'a fait mon esclave,
A toi m'attire nuit et jour
Par un parfum doux et suave.
Amour, je m'endors sur ton cœur,
Là, je sens l'ardeur de tes flammes.
Et puis, tout brûlant de ferveur,
Mon cœur la répand dans les âmes.

Amour, ô Jésus, mon amour !
Pour toi je vis et je respire ;
Pour toi je me meurs nuit et jour
Dans un pieux et saint délire.
Amour, consume-moi d'amour.
Oh ! quand viendra ma dernière heure,
Où, dans ton éternel séjour,
Je pourrai fixer ma demeure !

Jour
de la prise
d'habit.

Sur l'air : *Un fantôme brillant séduisit ma jeunesse.*

Quel triomphe éclatant ! la grâce en nous opère !
Elle a brisé nos fers, vaincu nos ennemis,
Et du Dieu trois fois saint nous ouvre les parvis :

Nazareth est pour nous un abri tutélaire.
Prêtez-nous vos accords, amoureux séraphins,
Et de vos cœurs brûlants la céleste énergie.
Alors nous chanterons dans nos pieux refrains :
Nous sommes à Jésus et filles de Marie !

Adieu, monde trompeur ! adieu, monde perfide !
C'en est fait, nous rompons avec toi pour toujours ;
Non, non, tu n'auras plus de nos cœurs les amours,
Marie, à Nazareth, nous prend sous son égide.
Prêtez-nous....

Aux pieds des saints autels, sous les yeux de Dieu
Nous jurons à Jésus un amour éternel ;   [même,
Lui seul est notre époux, l'hymen est solennel,
Au monde séducteur nous disons anathème.
Prêtez-nous....

Air nouveau.

Idem. Je renonce aux plaisirs du monde,
    A ses grandeurs, à ses trésors ;
    La grâce en moi toujours seconde
    De nos faiblesses les efforts.
    Je fuis loin de toi, Babylone !
    Ton nom seul fait frémir mon cœur ;
    Mon doux Jésus fait mon bonheur,
    De son bonheur il m'environne.

    Je hais les parures du monde,
    Je les repousse avec horreur ;
    Elles sont la source féconde
    Des profonds soupirs de mon cœur.
    Quelle déplorable folie
    De s'attacher aux vanités
    Et de rechercher les beautés
    Que le Dieu du ciel répudie !

    Dès ce moment l'obéissance
    Sera la règle de mon cœur,
    Et Dieu, qui bénit le silence,

Répandra sur moi la ferveur.
Me voilà fille de Marie,
Ce titre couronne mes vœux;
Mon cœur est déjà tout joyeux,
Et mon âme est toute ravie.

Sur l'air : *Le monde en vain, par ses biens et ses charmes.*

Tous tes accents, humble nazaréenne,
Sont vifs, brûlants; ils pénètrent le cœur.
L'amour divin a consumé la chaîne
Qui t'étreignait dans les bras de l'horreur.

Ton repentir nous ravit sur la terre;
Il charme aussi les anges dans le ciel,
Et le Seigneur, sensible à ta prière,
D'amour t'embrase aux pieds du saint autel.

Réjouis-toi, ton long pèlerinage
Est à sa fin; Dieu va t'ouvrir les cieux.
Voici Jésus; il vient, allons, courage;
Pars à l'instant, quitte ces tristes lieux.

Sur le même air.

O doux Jésus, toi qui brûles les âmes,
Brûle mon cœur de tes feux en ce jour!
Tout hors de moi, par tes divines flammes,
Je prends l'essor vers l'éternel séjour.

O doux Jésus, sans toi je ne puis vivre!
Mon cœur soupire après toi nuit et jour;
Au Golgotha je veux toujours te suivre,
Et te prouver mon véhément amour.

O doux Jésus, de mon cœur les délices,
Infuse en moi tes célestes ardeurs!
Au cœur aimant les plus grands sacrifices,
Sont, je le sens, d'ineffables douceurs.

Air nouveau.

Diverses classes des filles de la solitude de Nazareth.

Amour, ô Jésus, mon amour,
Seul espoir des Nazaréennes!
Fais leur comprendre nuit et jour
Que l'amour a brisé leurs chaînes.
Vivre et mourir à Nazareth,
Amour, c'est le vœu de leurs âmes;
Je sais que ce désir te plaît,
Consume-les donc de ta flamme.
Chantons, mes sœurs, chantons en chœur,
    Jésus est notre frère,
Faisons-nous de son divin cœur
    Un pieux sanctuaire.

Amour, ô Jésus, mon amour!
Tu vois, au cordon d'écarlate,
Celles dont l'amour nuit et jour
Partout brille et partout éclate.
Tu connais leur pieux désir,
Mets-les au rang des prétendantes.
L'amour, fruit de leur repentir,
De plus en plus les rend ferventes.
Chantons, mes sœurs.....

Amour, ô Jésus, mon amour!
Bénis les vœux des prétendantes;
Elles désirent nuit et jour
D'être de plus en plus ferventes.
Amour, tu connais leur désir,
C'est d'être filles de Marie;
Pour couronner leur repentir,
Couronne au plus tôt leur envie.
Chantons, mes sœurs.....

Amour, ô Jésus, mon amour!
Daigne des filles de Marie
Consumer le cœur nuit et jour,
Et fais-les vivre de ta vie.
Sois touché de leur repentir;
Amour, amour sèche leurs larmes;

Elles voudraient d'amour mourir,
Tant tu les ravis par tes charmes !
Chantons, mes sœurs.....

Amour ! ô Jésus, mon amour,
Verse sur nous des flots de flamme !
Notre désir est nuit et jour
D'embraser de tes feux les âmes.
Les visiteurs de Nazareth,
Frappés de notre grand silence
Et touchés de notre regret,
Admirent de Dieu la clémence.
Chantons, mes sœurs.....

Sur l'air : *Un Dieu voulant se faire aimer.*

Diverses classes du quartier d'éducation correctionnelle de la Solitude.

Amour, ô Jésus, mon amour !
Prends soin des pauvres pensionnaires ;
Elles s'occupent nuit et jour
De pleurer leurs grandes misères.
Jadis, esclaves des plaisirs,
Du monde elles suivaient les traces ;
Mais aujourd'hui tous leurs désirs
Sont de profiter de tes grâces.

Amour, ô Jésus, mon amour !
Sur les cordons de l'espérance
Déverse tes feux nuit et jour,
Et rend leur amour plus intense.
Le refuge de Nazareth
Pour elles est un sanctuaire ;
Elles n'ont plus qu'un seul regret,
Celui d'avoir pu te déplaire..

Amour, ô Jésus, mon amour !
Tu vois l'amour des prétendantes ;
Elles désirent nuit et jour
D'être tes fidèles amantes.
Amour, tu vois leur repentir,
Fais-les bientôt approbanistes,

Et puis couronne leur désir
En les faisant congréganistes.

Amour, ô Jésus, mon amour,
Tu connais les approbanistes ;
Leur cœur est à toi nuit et jour,
Tu les aimes, tu les assistes.
Amour, viens, vole à leur secours,
Satan sans cesse les harcelle.
A toi seul elles ont recours,
Daigne les remplir d'un saint zèle.

Amour, ô Jésus, mon amour !
Vois l'ardeur des congréganistes ;
Elles se montrent nuit et jour
De tes exemples les copistes ;
Fais qu'à jamais ton bon plaisir
Soit seul la règle de leur vie.
Amour, c'est là leur grand désir,
Couronne donc leur sainte envie.

Sur l'air : *Le monde en vain, par ses biens et ses charmes.*

Noël. Divin enfant, ton aimable sourire
Me réjouit, m'enivre de douceurs. [pire.
Plus ton cœur m'aime et plus mon cœur sou-
Ah ! c'est assez, modère tes faveurs.

Divin enfant, je te vois dans la crèche
Brûlant, pour moi, d'un amour excessif ;
A chaque instant ton silence me prêche
Que c'est l'amour qui t'a fait mon captif.

Divin enfant, à toi seul je me donne ;
Mon vrai bonheur est d'être tout à toi.
Dans mon exil, ton amour m'environne ;
Je ne crains rien, mes armes sont la foi.

Divin Jésus, l'amour toujours te presse ;
Mais c'est surtout à la crèche, à la croix.
Puis à l'autel tu nous apprends sans cesse,
De ton amour les ineffables lois.

Divin enfant, que ta grâce est puissante !
Elle a conduit mes pas à Nazareth.
Là, sous tes yeux, je vis toujours contente ;
Tu me l'as dit, mon repentir te plaît.

Air nouveau.

Réjouis-toi, Trinité que j'adore,
Pour te venger un Dieu s'anéantit !
Le monstre affreux que ta justice abhorre,
Est terrassé ; l'enfer vaincu frémit.
    Réjouis-toi, Vierge sainte,
        De la pudeur
    De ce lis, l'amour de ton cœur !
    Réjouis-toi, Trinité sainte !
        Chantez en cœur,
        Anges du Seigneur !
Et nous chrétiens, dans cette enceinte,
        De nos concerts
        Remplissons les airs.
        Réjouis-toi,
        Jeune berger,
        Cours à ton roi
        D'un pas léger !
    Réjouis-toi, Trinité sainte !
        Chantez....

Réjouis-toi, Vierge par excellence,
De l'Eternel le fils devient ton fils !
Cet enfant-Dieu, formé de ta substance,
Presse ton sein, tu regarde et tu ris.
    Réjouis-toi....

    Réjouis-toi, tressaille d'allégresse,
Ange du ciel célèbre ton bonheur !
En s'incarnant l'éternelle sagesse
Fait éclater sa suprême grandeur.
    Réjouis-toi....

Réjouis-toi peuple saint, peuple antique !
Dans l'avenir contemple ton Sauveur ;

Tu vois son jour, psalmodie un cantique;
C'est le beau jour, le jour du vrai bonheur.
     Réjouis-toi....

Réjouis-toi, peuple à jamais fidèle,
De l'Enfant-Dieu tu goûtes les douceurs!
Presse ses pas, il est ton vrai modèle,
Et, dans le ciel, tu verras ses splendeurs.
     Réjouis-toi....

Sur l'air : *Je mets ma confiance.*

Dans une pauvre étable,
Un Sauveur nous est né,
Et cet enfant aimable,
L'amour nous l'a donné.
Allons tous à la crèche
Lui donner notre cœur;
Son silence nous prêche
Qu'au ciel est le bonheur.

O prodige ineffable !
Quelle immense bonté !
Jésus, pour un coupable,
Naît dans la pauvreté.
Une crèche est son trône,
Sa cour, deux animaux;
Ce grand mystère étonne,
Mais il guérit nos maux.

Chantons avec les anges
Un cantique nouveau;
Un Dieu couvert de langes
Est pour nous au berceau.
Tressaillons d'allégresse,
Et, dans un saint transport,
Chantons que sa tendresse
A changé notre sort.

O Jésus, plein de charmes,
Sois toujours avec nous !

Mets fin à nos alarmes,
Daigne nous sauver tous.
Tu vois notre misère,
Viens, viens nous secourir.
N'es-tu pas notre frère?
Pourrions-nous donc périr?

Air nouveau.

Circoncision. Anges, quittez les célestes portiques,
Venez unir vos chants à nos concerts,
Chantons en chœur le Roi de l'univers,
Exaltons tous son nom par des cantiques.
Chantons Jésus qui couronne nos vœux,
Chantons Jésus, Jésus qui nous rend tous heureux.

Son nom ressemble à l'huile répandue;
Il nous guérit, il chasse nos langueurs
Il nous éclaire, il embrase nos cœurs.
O vif amour! ô grâce inattendue!
Chantons....

Jésus ton nom est doux, saint et terrible,
Il fait frémir le démon aux enfers;
Il brise, il rompt du cœur humble les fers;
Il est des saints le bonheur indicible.
Chantons....

D'un pôle à l'autre, ô Jésus, dès l'aurore,
Partout ton nom est béni des mortels!
Il l'est bien plus aux pieds des saints autels.
A ton nom seul tout s'incline et t'adore.
Chantons....

Sur l'air : *Un fantôme brillant séduisit ma jeunesse.*

Pâques. Sion, sèche tes pleurs, ton Sauveur ressuscite!
Il sort tout glorieux des ombres de la mort;
Il a brisé tes fers. Dans un pieux transport,
Consacre-lui ton cœur, son amour le mérite.
Réunissons nos voix, célébrons ce grand jour;
C'est le jour du Seigneur, le jour de la victoire,

Exaltons de Jésus le triomphe et l'amour.
Il est tout rayonnant des splendeurs de sa gloire.

Prenez, mes chères sœurs, de votre cœur la lyre;
Mêlez à vos accents des sons harmonieux :
Jésus rompt nos liens, il nous ouvre les cieux ;
Livrons-nous aux transports d'un céleste délire.
Réunissons...

O vierges, revêtez vos robes magnifiques !
Votre époux est vainqueur, couronnez-vous de
Et faites éclater les élans de vos cœurs   [fleurs,
Par des hymnes d'amour et par de saints cantiques.
Réunissons...

Et vous, adolescents, soyez dans l'allégresse ;
Chantez, chantez Jésus dans vos hymnes d'amour.
Dans vos pieux concerts, chantez-le chaque jour,
Mais surtout aujourd'hui que son amour vous presse.
Réunissons...

Et vous aussi, venez, humbles Nazaréennes ;
Par vos pieux accords bénissez le Seigneur.
A votre repentir, mêlez votre ferveur,
Offrez lui votre amour, vos labeurs et vos peines.
Réunissons...

————————

Sur l'air : *Par les chants les plus magnifiques.*

Pentecôte. Esprit-Saint, ô flamme éternelle !
        Vrai foyer de la charité,
        Que ton amour me renouvelle
        Et m'inspire l'humilité.
        Divin amour, source féconde,
        Coule sans cesse dans mon cœur.
        Dès l'instant je renonce au monde.
        N'es-tu pas seul mon vrai bonheur ?

        Doux consolateur de mon âme,
        Descends en ce jour dans mon cœur;
        Allume en moi ta vive flamme,
        Et que mon cœur soit tout ferveur.

Le vif éclat de ta lumière
Dissipe mes absurdités.
A travers la foi qui m'éclaire,
Je vois, j'admire tes beautés.

De plus en plus mon cœur s'abîme
Dans l'Océan de tes splendeurs.
Mon langage est toujours sublime
Quand je parle de tes grandeurs.
Mais qui peut, hélas! me comprendre,
Car mon langage est tout divin?
Vous, cœurs humbles, pouvez apprendre
Les secrets cachés au mondain.

Sur l'air : *Par les chants les plus magnifiques.*

Toussaint. O vous qui régnez dans la gloire,
Soutenez-moi dans mes combats!
Daignez m'obtenir la victoire,
Au moment surtout du trépas.
Soyez touchés de mon martyre;
D'amour je languis nuit et jour.
Vous savez ce que je désire:
Pour Jésus de mourir d'amour.

Saints patriarches, saints prophètes,
Pontifes, confesseurs, martyrs;
Vierges, moines, anachorètes,
Que n'ai-je vos pieux désirs!
Que n'ai-je, ô fils de Zacharie,
Et vous, apôtres du Seigneur,
Votre zèle et votre énergie
Et votre divine ferveur!

Que n'ai-je l'amour qui vous presse,
Anges, archanges, chérubins!
Que n'ai-je de vos cœurs l'ivresse,
Pieux et brûlants séraphins!
Principautés, vertus, puissances,
Trônes et dominations,
Que n'ai-je vos ardeurs intenses
Et vos divines passions!

Ton cœur, ô divine Marie,
Eclipse en amour tous les cœurs;
Seul, il surpasse en énergie
De tous les anges les ardeurs.
Que n'ai-je ton cœur tout de flamme
Pour aimer ton divin Jésus !
De ton amour nourris mon âme ;
Je veux l'aimer de plus en plus.

Trinité sainte que j'adore,
Que ne puis-je avoir ton amour !
N'es-tu pas un feu qui dévore?
Consume mon cœur nuit et jour.
Ton amour est inénarrable ;
Ma langue ne peut l'exprimer ;
Il est encore inimitable.
Seul, tu peux dignement l'aimer.

EN L'HONNEUR DE QUELQUES SAINTS ET SAINTES.

Air nouveau.

O Stanislas, je te vois, jeune encor,
Au temple saint courir avec transport !
Là, tu fais, à genoux, ta fervente prière,
Et tu dis à Marie : *O Marie, ô ma Mère !*
    Oui, je languis d'amour
    Et la nuit et le jour !

O Stanislas, enfant chéri du ciel,
Offre pour moi tes vœux à l'Eternel !
J'ai besoin, comme toi, d'une force divine,
Qui, malgré tout l'enfer, vers le ciel m'achemine.
    Oui, je languis...

O Stanislas, pour conserver tes lis,
Tu quittes tout, tes parents, tes amis !
Ah ! que ne puis-je aussi, sous les yeux de Marie,
Tout quitter pour Jésus et vivre de sa vie !
    Oui, je languis,

O Stanislas, l'ange de l'Eternel,
Vient te nourrir, chez toi, du pain du ciel !
O Jésus, pain des forts, nourris aussi mon âme,
Et consume mon cœur ici-bas de ta flamme.
Oui, je languis.

O Stanislas, toi dont le cœur brûlant,
Au saint autel l'embrase à chaque instant !
Je t'en prie, obtiens-moi ton amour pour Marie,
Et qu'enfin, comme toi, je vive de sa vie.
Oui, je languis...

Air nouveau.

O saint Joseph, au moment de la mort,
Sois avec nous et conduis-nous au port !
Hélas ! trois ennemis nous font toujours la guerre,
Même aux pieds des autels, dans notre sanctuaire.
Oui, nous t'aimons, Joseph,
Et toujours de rechef.

Ces ennemis sont le monde et l'enfer ;
Mais le plus grand est, hélas ! notre chair.
Veille, ô Joseph, sur nous dès le point de l'aurore,
Pendant le long du jour et dans la nuit encore.
Oui...

O bon Joseph, ton nom seul nous ravit !
Daigne envers nous user de ton crédit.
Jésus t'obéissait ici-bas sur la terre ;
Pour nous il bénira dans le ciel ta prière.
Oui...

Pieux Joseph, tu connais nos besoins ;
Dans notre exil prodigue-nous tes soins.
Nous sommes tes enfants, chaste époux de Marie ;
L'amour te lie à nous, à toi l'amour nous lie.
Oui...

Oui, tu peux tout sur Marie et Jésus ;
Oui, tu peux tout en faveur des élus.
Daigne fixer sur nous un regard de tendresse.
Nous t'aimons, tu le sais, pour toi l'amour nous
Oui...   [presse.

O saint Joseph, voici de grands pécheurs !
Daigne au plus tôt, daigne sécher nos pleurs.
Nous t'avons contristé, mais nous voulons te plaire.
Sois sensible à nos cris, sois toujours notre père.
   Oui...

Oui, Nazareth fut un pieux ouvroir,
Et des vertus un expressif miroir.
Saint Joseph, obtiens-nous, par les soins de Ma-
D'imiter de Jésus les vertus et la vie.   [rie,
   Oui...

O bon Joseph, par tes humbles labeurs,
Tu nous apprends à chérir nos sueurs.
Nous offrirons à Dieu de nos travaux les peines,
Et nous romprons ainsi de nos vices les chaînes.
   Oui...

Air nouveau.

Chantons Joseph, c'est aujourd'hui sa fête ;
Chantons Joseph par de pieux accords,
Chantons Joseph, que tout en nous s'y prête ;
Chantons Joseph avec de saints transports ;
Chantons Joseph, célébrons sa mémoire,
Chantons Joseph et son humilité ;
Chantons Joseph, chantons aussi sa gloire ;
Chantons Joseph, chantons sa charité.

Chantons Joseph, soyons dans l'allégrese,
Chantons Joseph à chaque instant du jour ;
Chantons Joseph, son vif amour nous presse ;
Chantons Joseph, offrons-lui notre amour ;
Chantons Joséph dans notre Solitude ;
Chantons Joseph partout à Nazareth ;
Chantons Joseph, faisons-en notre étude ;
Chantons Joseph par notre vif regret.

Chantons Joseph, qu'elle est belle sa vie !
Chantons Joseph, imitons ses vertus ;
Chantons Joseph l'amour nous y convie ;
Chantons Joseph, toujours de plus en plus ;

Chantons Joseph, n'est-il pas notre guide?
Chantons Joseph, n'est-il pas notre appui?
Chantons Joseph, n'est-il pas notre égide?
Chantons Joseph, demeurons avec lui.

Chantons Joseph, il est notre modèle ;
Chantons Joseph par nos pieux labeurs ;
Chantons Joseph, rivalisons de zèle ;
Chantons Joseph, offrons-lui nos ferveurs ;
Chantons Joseph, il est plein de clémence,
Chantons Joseph, suivons-le pas à pas ;
Chantons Joseph, il est notre espérance ;
Chantons Joseph et mourons dans ses bras.

Sur l'air : *Dieu s'unissant à moi par un heureux mélange.*

O saint François Régis, quelles sont tes délices?
Sont-ce, hélas ! ces plaisirs, ces biens et ces gran-
    Qui séduisent partout les cœurs ?　[deurs
Non, pour toi ces objets furent de vrais supplices;
Je veux à ton exemple être à Jésus toujours,
    Faire la guerre à tous les vices
Et mourir pour Jésus en proie à ses amours.

Que n'ai-je, ô saint Régis, tes ardeurs séraphiques,
Pour aimer, comme toi, mon aimable Sauveur !
    Je veux lui consacrer mon cœur ;
Le chanter, comme toi, par mes pieux cantiques.
Oui, je veux, ô grand saint, méditer nuit et jour,
    Tous tes travaux apostoliques ;
Je sens qu'en y pensant mon cœur brûle d'amour:

Ton cœur, ô saint Régis, ne vit que dans les flammes !
Tu les répands partout, elles brûlent les cœurs.
    Tu remplis tout de tes ardeurs;
Car de l'amour divin, à l'autel tu l'enflammes.
Quand pourrai-je aussi, moi, nourri du même amour,
    Etre tout amour pour les âmes,
Et brûler dans ses feux et la nuit et le jour?

Sur l'air : *Un fantôme brillant séduisit ma jeunesse.*

J'admire, ô Liguori, de ton cœur la tendresse !
Marie était ta mère, elle est ma mère aussi.
Comme toi, je ne veux avoir d'autre souci
Que de l'aimer toujours, car son amour me presse.
Venez, cœurs généreux, vous qui brûlez d'amour,
Et comme Liguori, donnons-nous à Marie.
Nous voulons, ô Marie, être à toi nuit et jour !
Bénis, bénis nos vœux, Mère tendre et chérie.

Que n'ai-je, ô Liguori, les ardeurs de ton âme,
Pour aimer une mère, hélas ! qui m'aime tant !
Je voudrais, comme toi, la chérir ardemment,
Et, pour l'aimer de même, avoir ton cœur de flam-
Venez...   [me.

Je l'aime, ô Liguori, cette mère si tendre !
J'ai sucé de son lait dans tes pieux écrits.
C'est en les méditant dans nos sacrés parvis
Qu'en mon cœur son amour est venu se répandre.
Venez...

Sur l'air : *Que t'ai-je fait, Placide ? réponds-moi.*

Comme Crépin, comme Crépinien,
Par mon travail, je veux, Jésus, te plaire.
Sois, tous les jours, ma force et mon soutien,
Et sois encor mon guide et ma lumière.

Ces deux grands saints, brûlant du saint amour,
Sortent joyeux de Rome, leur patrie,
Et vers Soissons ils marchent nuit et jour ;
Dieu les conduit, ils vivent de sa vie.

Pour n'être, hélas ! à charge à nul mortel,
Durant la nuit ils travaillent sans cesse.
Leurs mains à l'œuvre et leur cœur vers le ciel,
Ils sont heureux, l'amour divin les presse.

L'amour divin, qui consume leur cœur,
Leur fait braver le vain respect du monde.

Quoique cachés par leur humble labeur,
Dieu rend pourtant leur parole féconde.

Que n'ai-je aussi, moi, leur humilité,
Pour retracer en tout leur énergie !
Que n'ai-je encor leur grande charité,
Pour consacrer à Dieu, comme eux, ma vie !

Les soissonnais, touchés de leurs vertus,
A leurs leçons prêtent un cœur docile.
Ils bravent tout, suivent partout Jésus ;
On le comprend, leur guide est l'Evangile.

O vous, mortels, qui dormez dans la mort !
Eveillez-vous, rivalisez de zèle ;
De vos tombeaux, sortez avec transport ;
Ne tardez pas, le Seigneur vous appelle.

Sur l'air : *Par les chants les plus magnifiques.*

LUCIE. Soutiens, ô Jésus, mon courage ;
    Que ne puis-je pour toi mourir !
    N'es-tu pas toujours mon partage ?
LES NAZA- Non, non, je ne saurais périr.
RÉENNES. Nous t'en prions, sainte Lucie,
    Obtiens-nous le vrai repentir ;
    Obtiens à nos cœurs l'énergie,
    Pour bien t'aimer et bien mourir.

LUCIE. Mon parfait bonheur sur la terre
    Est d'aimer mon divin Jésus.
    A lui seul je veux toujours plaire,
LES NAZA- Toujours l'aimer de plus en plus.
RÉENNES. Nous t'en prions...

LUCIE. Tout en vaquant à mon ouvrage,
    Mon cœur s'élève vers le ciel,
    Et là, j'admire sans nuage
LES NAZA- Les attributs de l'Eternel.
RÉENNES. Nous t'en prions...

Lucie. En travaillant à la couture,
Je chante souvent mon Sauveur.
Mon cœur, qui l'aime sans mesure,
Les naza-réennes. Ne se plaît que dans la ferveur.
Nous t'en prions...

Lucie. Vers mon Jésus mon cœur s'élance ;
Toute ma joie est dans son cœur,
Et c'est toujours dans le silence
Les naza-réennes. Que je m'enflamme de ferveur.
Nous t'en prions...

Lucie. Toujours, toujours, dans ma prière,
Mon cœur s'embrase tout d'amour.
Je vis, il est vrai, sur la terre ;
Les naza-réennes. Mais je suis au ciel nuit et jour.
Nous t'en prions...

Sur le même air.

Ste Lucie. Depuis longtemps, ô sainte Agathe,
Maman souffre, hélas! de douleurs!
Non, je ne serai pas ingrate,
Daigne au plus tôt sécher nos pleurs.

Ste Agathe. Pourquoi viens-tu, bonne Lucie,
Me supplier pour ta maman?
Dieu pour elle, amante chérie,
Veut de ton cœur bénir l'élan.

Ste Lucie. Ah! daigne, débonnaire Agathe,
Offrir mes vœux à l'Eternel.
Non, je ne serai pas ingrate ;
Fais monter mes soupirs au ciel.

Ste Agathe. Courage, ma chère Lucie,
Jésus a couronné tes vœux ;
Ton amour, par son énergie,
A porté tes soupirs aux cieux.

Ste Lucie. Merci, merci, pieuse Agathe,
Je te bénis de ta bonté.
Non, je ne serai pas ingrate,
J'imiterai ta charité.

Ste Agathe. Bénissons Dieu, chère Lucie ;
Offrons-lui l'amour de nos cœurs.
Ta bonne maman est guérie ;
Réjouis-toi, sèche tes pleurs !

SAINTE SOPHIE ET SES TROIS FILLES :

Foi, Espérance et Charité.

Sur l'air : *Le monde en vain, par ses biens et ses charmes.*

Ste Sophie.
O doux Jésus, je t'offre par Marie,
Mes trois vertus, les amours de mon cœur,
Mes trois enfants qui, pleines d'énergie,
Pour ton amour meurent avec bonheur.

Ste Foi.
J'admire en moi cette noble énergie
Qui me fait vaincre et le monde et l'enfer ;
Cette faveur, je la tiens, par Marie,
Du fils de Dieu qui, pour nous, s'est fait chair.

Ste Espérance.
Je ne crains rien, je suis toute à Marie :
Elle est ma mère, elle aime ses enfants.
Contre l'enfer elle me fortifie,
Et me soutient au milieu des tourments.

Ste Charité.
Mon cœur souvent a recours à Marie ;
Toujours par elle, il triomphe de tout.
Elle est ma force, elle est de plus ma vie,
Malgré l'enfer je suis toujours debout.

SAINTE MARIE-MADELEINE DE PAZZI.

Sur l'air : *Toi dont la puissance infinie.*

Madeleine, dès son enfance,
Se consacre toute au Seigneur ;
L'amour divin, pour récompense,
L'enflamme d'une sainte ardeur.
Vers les collines éternelles
Elle s'élance avec transport,
L'amour la porte sur ses ailes,
Puis sur son sein elle s'endort.

Brûlant de ces divines flammes
Qui des élus font le bonheur,
Elle les répand dans les âmes
Et fait l'office de Sauveur.
Auprès de cette vierge pure,
Se presse une foule d'enfants
Qui, dans une sainte posture,
Ecoutent ses pieux accents.

Du Dieu d'amour, fidèle amante,
Elle parle du Dieu d'amour,
Et, dans l'amour toujours constante,
L'amour la brûle nuit et jour.
Ses paroles toutes de flamme
Embrasent d'amour tous les cœurs ;
D'amour souvent elle se pâme
Dans un océan de douceurs.

Au sortir de sa belle enfance,
Jésus l'appelle à son festin ;
Il la nourrit de sa substance,
Lui sert un breuvage divin.
Dans ce moment elle s'écrie :
Amour, tu m'enivres d'amour !
Amour, prends mon cœur, je t'en prie ·
Je te le donne sans retour !

11

Par des liens en tout aimables,
Jésus devient son chaste époux ;
Ces nœuds sacrés sont admirables ;
Un vrai chrétien en est jaloux.
Elle est toute dans l'allégresse,
Car son cœur est plein de ferveur ;
L'amour, qui le presse sans cesse,
L'inonde d'un parfait bonheur.

Elle parcourt le monastère
En s'écriant : *Amour ! Amour !*
Amour ! Amour ! Puis-je me taire ?
Tu me consumes nuit et jour !
Amour, fais cesser mon martyre ;
Amour, exauce mon désir ;
Amour, après toi je soupire.
Que ne puis-je d'amour mourir !

Amour, ton excès de folie,
D'amour m'enivre nuit et jour.
Amour, si je vis de ta vie,
Fais-moi mourir encor d'amour.
Toujours gémissant sur la terre,
Je ne désire que les cieux,
Et de mon âme prisonnière,
Daigne, ô Jésus ! bénir les vœux.

De Sion s'ouvrent les portiques,
Alors Pazzi s'envole au ciel ;
Les bienheureux, dans leurs cantiques,
Rendent hommage à l'Eternel.
Joignons, joignons au chœur des anges,
Et nos concerts, et nos accords ;
En la chantant par nos louanges,
Imitons ses nobles efforts.

FIN.

TABLE DES MATIÈRES.

CANTIQUES NOUVEAUX A MARIE
relatifs à la divine Eucharistie.

CANTIQUES NOUVEAUX A MARIE
pendant le mois de Mai.

CANTIQUES NOUVEAUX A JÉSUS

relatifs à la divine Eucharistie.

L'AME FIDÈLE.

CANTIQUES POUR LES GRANDES FÊTES.

EN L'HONNEUR DE QUELQUES SAINTS ET SAINTES.

FIN DE LA TABLE.